POR ENQUANTO AGORA

Maria Christina Monteiro de Castro

apicuri FICÇÃO

Rio de Janeiro
2012

Este livro está revisado segundo o Acordo Ortográfico da Língua Portuguesa de 1990, que entrou em vigor no Brasil em 2009.

Editor responsável
Jozias Benedicto

Revisão
Rodrigo Jorge

Capa de Hugo Houayek
Sobre "Ideia Fixa", de Victor Arruda
Acrílica sobre tela, 1998, 1,70 x 1,40 m, coleção particular

Foto: Vicente de Mello

Imagens do miolo: fotos de Jozias Benedicto

Foto da autora: Marcia Monjardim

CIP-BRASIL. CATALOGAÇÃO-NA-FONTE
SINDICATO NACIONAL DOS EDITORES DE LIVROS, RJ

C35p
Castro, Maria Christina Monteiro de.
Por enquanto agora / Maria Christina Monteiro de Castro. - Rio de Janeiro : Apicuri, 2012.
280p.
Inclui bibliografia
ISBN 978-85-61022-69-3
1. Ficção brasileira. I. Título.
12-4723. CDD: 869.93
CDU: 821.134.3(81)-3

05.07.12 19.07.12 037119

[2012]
Todos os direitos desta edição reservados à Editora Apicuri
Rua Senador Dantas 75, salas 301 e 507, Centro
Rio de Janeiro, RJ – 20031-204
Telefone (21) 2524 7625 (comercial)
editora@apicuri.com.br
www.apicuri.com.br
http://apicuri.blogspot.com.br/

Esta não é uma história de verdade.
Esta não é uma história de mentira.

À VIDA

Aos que a confirmam em mim: Paula, Jose Manuel, Lucia, Jair, Patrícia, Carlos Fabio, Sergio, Isabela e os netos Bruno, Renata, Manuela e Luca.

Aos irmãos. E aos amigos, tantos e tão queridos, sempre, sempre, sempre.

PREFÁCIO

Belo Horizonte, meados do século XX. Classe média tradicional, católica. Tempo em que as famílias tinham muitos filhos, que as mães tratavam de educar ficando em casa. Tempo de lençóis cheirosos, guardados em gavetas trancadas.

Esse é o mergulho proustiano de Maria Christina Monteiro de Castro, em seu primeiro romance, que mistura ficção e realidade. É uma estreia tardia, de uma senhora de setenta anos que não tem cara de senhora; mas valeu a espera. É uma escritora nata. Que intensidade de vida comunicada num estilo repleto de expressões fortes e felizes!

Histórias de pessoas que gostam de ler, que têm bom nível intelectual (ah, tão longe do que a grande mídia nos serve hoje)... Mas é o Brasil profundo, em que mergulhamos apenas ultrapassados os primeiros capítulos.

Há ali pilhas de dados para sociólogos, psicólogos, psicanalistas... Mas há, sobretudo, gente, e gente interessante (vendo essas figuras tão bem delineadas, fiquei me lembrando de Dickens, cujos duzentos anos de nascimento são gloriosamente comemorados em 2012). Onde estão essas figuras, que povoavam as velhas casas de família? O avô materno, contador de histórias, amante de frases latinas... O avô que tinha surtos terríveis de cólera, e vivia com um galo na cabeça de tanto batê-la contra as paredes... O outro que lia muito, tinha paixão pelas guerras púnicas... O tio mulherengo ("Cada minuto de minha vida dediquei a fazer felizes as mulheres") e o outro que respondia, quando acusado de adultério: "Ninguém tem ideia de como é cansativo ser casado com mulher inteligente 24 horas por dia!"

Mas as figuras centrais, na poderosa primeira parte do livro, são o pai e a mãe, desenhados com inesquecível relevo.

Da mãe vinha a religião; e desse tema ninguém podia escapar. A menina inteligente (que é a narradora do livro) embaralhava tudo: Quem é Deus? "Ah, meu Deus, essa menina faz cada pergunta...!" É a menina que conta: "Para o bem e para o mal, fomos moldados por seu nome: onipresente, onisciente, implacável, perfeitíssimo." Era a marca que o jansenismo francês imprimira ao catolicismo brasileiro, e que ainda recentemente estava em vigor... Resultado, anota a narradora: o ser humano como náufrago em mares encapelados, à mercê de forças ocultas.

A menina sensível, imaginativa, ia à forra lendo muito, lendo de tudo. E a casa cheia de gente era divertida. Declamava-se! Fazia-se teatro, sem a televisão para cortar tudo... Mesmo nas famílias felizes, existe a luta por um lugar ao sol. Muito mais sensível na família antiga, que era um ambiente mais fechado. Nesse belo romance (realidade?) de formação, vê-se o jogo das quatro irmãs em torno da figura carismática do pai.

A família pede que cada uma delas se defina. ("Só depois percebi: cada uma estava amarrada ou se amarrara a um papel na constelação familiar.") Era como usar máscaras. E sobre a casa inteira reinava o pai, deus tutelar, objeto de reverência e adoração. Político bem-sucedido, distribuía agrados às filhas, cultivava a sua corte.

Nesse quadro, lenta e segura, transcorria a vida. "Viver era simples e garantido, como o cheiro do refogado às 11 horas." Depois, em visão retrospectiva, é que se iam descerrar as cortinas, fazer-se luz sobre certos comportamentos — a paixão daquele por aquela, a doce perversidade do tio, o choro contínuo da filha da vizinha, a casa vendida às pressas, os primos jurados de morte...

Não vou contar as histórias; não tiro esse prazer de vocês. Só deixo registrado que esse romance/realidade se lê como uma comovente educação sentimental ao estilo de Flaubert: como as quatro irmãs foram saindo dos seus casulos (para o que colaborou, claro, a mudança desafiadora para o Rio de Janeiro); como a realidade exterior (a política, em período dramático da vida brasileira) foi interferindo nas existências individuais (começando com a carreira cintilante do pai).

A história mais desenvolvida, como não podia deixar de ser, é a da narradora, que é, ela própria, todo um romance, com a sua ânsia de vida, sua mente inquieta, suas rajadas de paixão... Assim ela passa por um casamento que teve os seus bons momentos (a calmaria da maternidade, um certo sentimento de plenitude, aquele egoísmo dos casais felizes) até que o dia a dia faça passar o seu rolo compressor... e aí a lucidez retorna em forma de dor, de hiperconsciência; e nada escapa desse olhar, nem a realidade brasileira nem as utopias (julgamento severo, cortante, do casal Sartre/Simone de Beauvoir, observado na viagem deles ao Brasil, cercado de dóceis admiradores...)

O fracasso do casamento abre as portas para os capítulos finais, em que todas as histórias (irmã por irmã) vão-se delineando sem perder a sua carga de inesperado e de inacabado. É uma mulher madura (e sozinha) que conta essas últimas histórias, em que se misturam tristezas e alegrias. Não é assim, a vida?

Mas de tantas histórias, fica esse enigma fabuloso que é o ser humano, com suas vitórias e derrotas. No caso desse livro, tudo compensado abundantemente pela presença de um grande coração. Que não se cansa de bater.

Luiz Paulo Horta, jornalista e membro da Academia Brasileira de Letras.

VIDA

Convidada para a vida, a menina se descobriu inundada de afetos – era tanta fala, tanta gente, tanto medo e tanta raiva, tantos sons e cheiros, tanto reboliço – como uma vertigem. E então, ela amarrou o cabelo num rabo de cavalo, pegou na caixa um lápis preto Johann Faber nº 2 e um apontador, afinou mais ainda a ponta com a Gilette Blue Blade do pai que pegou escondida no armário do banheiro e, enquanto pensava – *quem sabe, um dia, vou juntar tudo isto e ter uma história pra contar* –, caprichou bem a letra e escreveu as primeiras linhas num caderno pautado, capa mole, de sessenta folhas. E sempre que a emoção transbordava, toda vez que perdia o ar porque não entendia, tinha medo ou sentia mais do que aguentava, ela enchia mais um caderno, que ia se somar aos que se empilhavam nas estantes, entupiam as gavetas, ocupavam malas e malas. Assim, durante anos, ela registrou e guardou, quase escondeu – até de si mesma – a sua difícil, desajeitada, indagadora e apaixonada relação com o mundo.

Tempos atrás, éramos quatro, quatro mulheres, quatro irmãs

NASCER

Preciso de um ponto de partida e escolho meu nascimento, segundo me contaram, ouvi e guardei, sonhei ou imaginei. Com pequenas diferenças, podia ser o de qualquer uma, porque então era assim o ontem, o hoje e o amanhã, igual e parado, entra dia, sai dia, na Belo Horizonte de meados do século XX. Cidade que também surgia – muito jovem, pouco menos de cinquenta anos. Como as irmãs, nasci na cama de boa madeira de pais que se amavam, em quarto amplo de uma casa de classe média do bairro de Lourdes. Pelas mãos enérgicas de dona Olívia, também responsável pelos dois partos anteriores de minha mãe: sob seu comando, bastavam bacias de água fervida, roupa de cama e toalhas novas e limpas, tesoura esterilizada no álcool em fogo, muito suor e alguns gritos – funcionava, a gente nascia.

Milhares de pequenos seres viram assim o mundo pela primeira vez, centenas foram afilhados de batismo da cearense de fala mansa – diplomada pela Santa Casa, do Rio – que classificava suas gestantes em três espécies: as lamentosas, as resignadas e as boas parideiras – estas, as dotadas de ancas largas, pernas robustas, voz forte e prazer em gerar. Uma tia garantiu que mamãe era um clássico exemplo do terceiro tipo, porque segurava o ritmo da respiração e o autocontrole durante as muitas horas do trabalho de parto e dava à luz, sem gemidos nem excessos, um bebê por ano. Contaram que a avó acompanhava tudo desfiando um terço trazido do Vaticano e, a cada contração dolorosa da filha, alçava a voz em jaculatórias de súplicas à Nossa Senhora Visitadora, imagem itinerante, presente nos partos da família há bem uns oitenta anos. E que quarto de parturiente deveria estar muito limpo e cheirando a álcool e, dependendo da dona, a colônia francesa. E que, em nossa casa, as bacias eram de ágata, simpatia para proteger de infortúnios o recém-chegado, e a água, abençoada pelo padre Eustáquio, salesiano holandês com fama de milagreiro, era conservada em três garrafões fechados, dias antes encostados à parede, como silenciosos guardiões protetores à espera do acontecimento.

Noite de lua cheia, silêncio na rua quieta e clareada cheirando a magnólia, anos depois uma vizinha contou que os lençóis eram de linho bordado em azul, trazidos da Itália pelo tio-avô diplomata – aquele, bem casado com uma mineira virtuosa e que acabou expulso do Itamaraty porque no caminho oriental da *carrière* deu de cara e corpo com uma marroquina de seios fartos e olhos líquidos de amêndoas – (segundo a família, uma turca devassa que cheirava a alho), e não hesitou entre o posto e o gosto: vestiu um caftan e um turbante, abriu uma loja de esfirras e se estabeleceu por lá, nunca mais voltou pra ficar.

Tudo isto pode ser fato, invenção de tia, vizinha, mãe ou babá, ou mistura de fantasia, escuro, medo e desejo, porque todo mundo tinha muitos filhos naquele tempo e até lá pelos meus seis anos, antes de dormir de touca e pijama de flanela e enrolada num cobertor felpudo, coisa que eu gostava mais era ouvir histórias de nascimentos, chegadas e partidas, nas noites glaciais do inverno mineiro. Como se o que guardei, o que chamam memória, não fosse, ela também, ficção. Como se o que guardei, o que chamam história, não fosse, ela também, invenção. E deve ter muita fala e coisa que não é minha aí misturadas, porque eu vivia perguntando, perguntando e preferia casos de gente a fadas, madrastas e bruxos, aquelas bobagens de pozinhos mágicos, assombrações e aparições.

Disseram também que meu pai, à espera do lado de fora da porta, me recebeu e me olhou, coçou a cabeça e não disse nada – sonhava com um filho homem – depois entrou, afagou os cabelos suados da mulher (beijou-a, talvez) e falou: "Tudo bem, nós vamos tentar de novo." Quando minha avó sussurrou, ao relutar em me ceder para seus braços, porque me achava débil demais: "Tomara que vingue", ele me tomou com cuidado (era amoroso), me aqueceu numa manta de lã (era azul), roçou de leve seu rosto no meu e desceu as escadas, cada degrau bem devagar, para exibir sua terceira filha à família em oração na sala de visitas, me embalando ao som de uma antiga cantiga de ninar. Exibir é modo de dizer, porque aquele neném mirrado – opinião unânime de quem viu – não era grande coisa.

Vinguei, mas temeram por minha vida porque não chorei forte e, mesmo após duas palmadas, apenas emiti uma espécie de miado: "É frágil", cochicharam de boca em boca. Nunca entendi como numa casa onde a liberdade de culto era zero, lar de povo tão temente a Deus, ousaram chamar tia Carmem, ocultista e iniciada em artes divinatórias. Ela chegou linda como sempre e, cercada por expectante silêncio, desenrolou a recém-nascida, concentrou-se, avaliou, perscrutou o além e consultou o zodíaco. Veio uma inesperada lufada de vento, um clarão se deu de repente e ela fechou questão, voz demiúrgica: "Domingo, Sol no zênite. É miúda, vai lutar muito e enfrentar dolorosos sofrimentos, verterá lágrimas amargas, mas saberá viver e gozar os acasos e vencerá. Entre choros e risos, entre o cair, o desistir e o levantar, ela crescerá!" De par em par, abriram as janelas, a casa respirou. Os vizinhos vieram, o tio propôs um brinde, e o licor de jabuticaba saiu da cristaleira. Mãe de meu pai, a avó Brozinha havia cancelado com pesar a mesa de biriba, pendurou à porta um cartaz para as parceiras desavisadas, encheu uma compoteira com goiaba em calda, deixou sua casa, dobrou duas esquinas e veio conhecer a neta. Chegou perto, franziu os olhos, fez um muxoxo e vaticinou: "Nada especial, mas tem o olhar esperto, terá a testa ampla e o nariz em gancho, igual ao meu."

Missão cumprida, vitoriosa, dona da história e dos fatos, a avó materna desceu, contou em voz alta meus dedos dos pés e das mãos, conferiu o coto do umbigo e o branco dos olhos e, sacerdotisa de origens, aspergiu os presentes com o resto da água benta. Dona Olívia também se fez presente, e tantas tias – futuras mães, já de barriga – vieram se apresentar, cumprimentá-la, reservar seus préstimos. Lá em cima, cismarenta e em repouso, como era de costume a mãe não recebia visita. Talvez frustrada por mais uma menina, quem sabe triste por desapontar o marido amado, recuperava-se no quarto em penumbra e ficaria de resguardo quarenta dias à base de canja e cerveja preta para garantir e prolongar a amamentação (Nunca confessara a ninguém, mas temia não ter leite para esta filha, a terceira em pouco mais de três anos: sentia-se tão cansada!).

Então, com pequenas diferenças, até certo momento podia ser o nascimento de qualquer uma, de *apenas* mais uma na família, mas um fato marcou sua singularidade: Ah o avô! Centenas de vezes o avô materno, um apaixonado pesquisador de guerras e estratégias militares e amante de frases latinas, sentou com ternura a neta em seu joelho e a provocava, a voz grave: "Você nasceu no dia da Operação Barbarossa, o maior combate de todos os tempos, quando a Alemanha, à frente de cinco cruéis exércitos, atacou a União Soviética sem declaração de guerra, uma pérfida, vergonhosa traição." Fazia uma pausa – era um jogo delicioso que só os dois conheciam, um segredo que os dois partilhavam – esperava que ela pedisse: "Conta agora aquela parte que eu mais gosto", e tomava fôlego: "Naquele dia sombrio, todo o mundo temeu o pior" – a voz ganhava um vibrato, iluminava-se o olhar da menina: "Todo mundo, menos eu, o seu avô Lilavo. Você despontou como um raio de esperança, a minha *lumen vitae: a luz da vida,* o arauto da virada. Olhei a sua carinha adorável e pensei com meu botões *dubium apud me non est:* nenhuma dúvida, esta criança chegou para anunciar a fulgurante vitória dos Aliados!" Sempre o julguei um mago, um sábio, um adivinho e foi adorável acreditar na sua certeza do glorioso significado de *meu* nascimento.

Em sigilo, guardou por dez anos o jornal do dia, que me presenteou de aniversário. No meio da festa subiu em um banco (era baixinho), pediu silêncio, pigarreou, abriu o alfarrábio e leu alto a manchete histórica para os convidados apavorados – colegas de colégio e primos, bocas cheias de sanduíches e lambuzados de brigadeiro – "Tropas alemãs rompem o Pacto Ribbentrop Molotov e invadem a União Soviética." Deu-se a debandada ao subtítulo retumbante "Churchill afirma: Hitler é um monstro maligno, insaciável na sua sede de sangue e pilhagem."

Era fascinante o mundo do meu avô Olavo O'Connor: nas férias, antes de dormir no quarto comprido, onde se enfileiravam as camas de uma porção de netos, eu atendia à sua voz de comando e o seguia em incursões noturnas, enquanto trancava uma a uma as dezesseis janelas do casarão e, num movimento circular de seu binóculo Zeiss, focava a vizinhança pachorrenta, o casario silencioso, o terreno baldio da esquina, o breu do bairro e anunciava em voz alta:

“Tudo calmo no *front* sul”, “nada de novo no *front* norte.” De pijama listrado e chinelo, refestelado em sua cadeira de vime entre dezenas de gaiolas e samambaias que pendiam do teto da varanda de piso de azulejo, coçava o galo da testa e suspirava: “Vivi tempos heroicos.”

Na infância, os limites do mundo eram a família. Mamãe olhava o infinito e exclamava: "ah, nada é tão importante, nada tão valioso!"; Sofia prendia o cabelo e alguém dizia: "linda, o jeitinho da avó Brozinha"; Isabel saía correndo aos pulos, dava um corrupio, e a tia punha a mão na cabeça: "Uma lebre: igualzinha à prima Belinha"; e à cara amuada de Celina para comer, logo se ouvia: "Nada gulosa, vai ser magrinha e fraquinha, puxou ao vô Dodô." "*Em nossa* família, tudo é *parecença*", não cansava de repetir a tia Guiomar, solteira, enxerida sempre rondando e sem ter o que fazer. Naquela casa, todas as conversas, todos os temas se encerravam e se explicavam, ou com a palavra *Deus*, ou com o ditado que resumia tudo: *Quem sai aos seus não degenera.*

Quem eram estes *seus*? Precisava saber. Ela era bem pequena e pensava: se eu conseguir, vai ficar fácil entender por que sou ou não sou assim, por que a outra faz assado. "Como o mundo é simples, como o mundo é lógico!", ela se dizia. "É só olhar os parentes e tudo se esclarece!" E foi cavucar suas origens.

A FAMÍLIA DA MÃE

Henrique de Carvalho Caldeira, avô de minha mãe, era médico, foi presidente de Minas (naquele tempo, governador se chamava presidente) e se elegeu vice-presidente da República, na chapa de Rodrigues Alves. Ganhou, mas não levou, ficou doente e morreu antes da posse. Casou-se muito jovem com a mais velha de quatro de uma família de mulheres bonitas, tiveram três filhos, e ela morreu no parto de mais um. Por costume, a irmã solteira criava os órfãos e casava com o viúvo. Sobrava uma, ele não tinha escolha e casou com minha bisavó Esther, a Teté, doze anos, chorando assustada e com vontade de fugir. Nada lhe perguntaram: destino traçado, ela curvou a cabeça e obedeceu. Contava que escondeu a boneca de louça e olhos de vidro com cílios e tudo na arca tacheada do enxoval feito às pressas.

Parece que gostou de sua parte no butim: teve mais cinco filhos com o "dr. Henrique" e dele falava com respeito e vaga nostalgia. Enviuvou com pouco mais de quarenta anos e foi morar com meus avós. Ganhou um quarto no casarão, onde passava o dia bordando, severa, sem óculos, camisinha de pagão para bebês "católicos" pobres. Os cabelos, branquíssimos, foram mais tarde tingidos de azul, e o vestido, sempre preto e longo, era de um tecido brilhante e pesado que farfalhava ao movimento dos pés, tafetá talvez. Apagou aos noventa e cinco sem um ai, bem vestidinha e penteada, afundada em sua poltrona azul-marinho. Nunca vi as pernas da bisavó (cheguei a pensar que não tinha), mas recordo seus sempre idênticos sapatos abotinados, suas mãos muito brancas, ativas e delicadas de veias azuis, seus resmungos e sua paixão pela neta Carmem, a mística e mais bonita do clã. Chamava de burra a tia Dora, mas como nunca leu um livro e não ia a lugar nenhum, nunca se soube por quais critérios avaliava inteligências. Não gostava de rádio e falava quase nada, então seu quarto cheirava a palmas de igreja e alfazema e era austero e imaculado como um convento: silêncio, porta fechada e ela ali bordando calada e desfiando a cambraia para fazer aquela bainha fininha, de furinhos. Implicava com meu avô, seu hospedeiro e marido da única filha mulher, e o sentimento era recíproco, nunca descobri por que. Atribuiu-se a missão sagrada de resguardar até o casamento a castidade das oito bisnetas: da poltrona, por trás da porta fechada, sabia o que se passava em todos os espaços da casa e controlava o tempo que levávamos no banheiro, no portão, na cozinha, no quintal com os primos. Julgasse necessário, confiscava o livro que andávamos lendo, e num átimo descobria o nome, sobrenome e situação social e familiar do vizinho que acabara de se mudar; estimulando, liberando ou proibindo sua companhia e proximidade. A vida é árdua, e mulher tem que ser criada no cabresto, era a máxima da bisavó.

Minha avó Bibi, única filha mulher de Teté, mãe de minha mãe e de mais três mulheres, era mais liberal, ousada e leve que as duas (qual a explicação?). Possuía grande senso de humor, era baixinha e bem gorda, e ria de tudo a toda hora, se sacudindo, bamboleando e franzindo os olhos. Nada moralista, respondeu de pronto ao lhe perguntarem sobre a nova vizinha, acusada de pular a cerca: "Não sei nem quero saber, quem entende de cama é lençol." E à notícia do flagrante de dois netos sem roupa e abraçados na sala, invocou o livro sagrado: "Grandes coisas, e daí? Adão e Eva também não estavam nus no paraíso?" Referia-se ao marido com ironia e em tom maternal, acho que o julgava tolo e infantil, mas mandava fazer para ele enormes bifes sangrentos, que espetava e provava antes, para ver se estavam a gosto. Realista, entendia a vida como uma sucessão de pequenas concretudes: pão fresco e boa manteiga no café da manhã, sempre uma carne e uma verdura no almoço, lanche com sopa, queijo e torradas, casa limpa, roupa lavada, filhos e netos de nariz assoado, dentes areados e banho tomado. Senhora do casarão, mantinha-o nos trinques: "Capricho, pontualidade, boa mesa e empregados treinados", repetia, "e, é claro, encerar, encerar" (brilhavam as tábuas do piso!), e entre uma e outra aparição na cozinha para ordens, uma afofada no canteiro das hortênsias, a supervisão do gineceu doméstico e das contínuas recepções familiares com chás e biscoitos amanteigados, passava as manhãs e os dias, os meses e os anos. Tinha mãos suaves e macias, boas de apertar, e uma noite, quando me punha para dormir, respondeu a meu beijo e elogio: "Têm que ser, fora bordar almofadas e esporádicas tapeçarias, nunca fiz nada com elas" (a bem da verdade, uma vez por semana, reunia-se a amigas para costurar enxovais para grávidas "católicas" pobres). Síntese existencial da vó Bibi: Aprenda a mandar, preencha seu dia com funções singelas, e a vida é um passeio.

Mamãe, de nome Isaura, tinha três irmãs, cada uma carregada de filhos. Uma morreu muito cedo, era bonita, pequena e aflita, um tanto gaga. Cheguei a gostar muito dela, deixou três filhos adoráveis, mas foi curta nossa convivência. Outra gostava de música francesa, tinha uma filharada, morava em uma casa que lembrava um sítio, com sótão, porão e árvores no jardim enorme, e só saía de casa para ir à missa. Seus olhos eram grandes e ardorosos, muito expressivos. A mais nova foi a paixão dos sobrinhos: muito linda, elegante, teve o primeiro Cadillac rabo de peixe de Belo Horizonte, comprava roupa na Casa Canadá, tinha um bom gosto de arrepiar e, muito jovem, foi para o Rio de Janeiro fazer um curso de decoração de interiores: formada, voltou e assombrou a cidade pequena com sua coragem em misturar cores exóticas, tendências e tecidos, e usar decapê (virou febre naqueles tempos). Não havia mulher mineira sofisticada que não a contratasse na hora de embelezar a casa. Lia e se inspirava em revistas estrangeiras. Numa época, teve mania, obsessão mesmo: só recomendava móveis Luiz XV, ou XVI – um dos dois, não sei. Depois, se apaixonou pelo estilo Manuelino e ninguém sabia muito bem o que era.

O avô, Olavo O'Connor, vulgo vô Lilavo, tinha lindos olhos azuis, era advogado e delegado de polícia. Embora o nome irlandês, descendia de clã das terras altas da Escócia e nunca se descobriu como e por que família vinda de tão longe acabou batendo com os costados nas Gerais. Na testa, lhe crescia um galo móvel, explicado por terríveis surtos de cólera, apenas aplacados por sucessivas batidas de cabeça na parede; tinha que bater até ficar roxo e inchar. Ninguém ouvia o que ele dizia, e ele foi ficando cada vez mais enfiado pra dentro. Gostava de passarinho, tinha mais de vinte, a varanda vivia cheia de restos de alface, casquinhas e cocô, e ele passava as manhãs soprando alpiste, trocando a água e o forro de jornal das dezenas de gaiolas. Colecionava pios e se orgulhava de reproduzir o canto de seus pássaros e se comunicar com eles, *individualmente*. Fora a passarada, lia narrativas de guerra, estudava a democracia ateniense, o helenismo e os grandes impérios e se refugiava das mulheres da família e de suas " melosas pieguices sentimentais" em uma sala secreta, onde, sentado em frente a um tabuleiro coberto por enorme mapa-múndi dos primeiros séculos, simulava batalhas históricas com exércitos de soldados de chumbo. Tocava corneta e tudo. Deixou uma biblioteca sobre cercos, campanhas bélicas e biografias de grandes estrategistas, de Napoleão a Alexandre, Agamenon e Sun Tzu, mas sua paixão eram as Guerras Púnicas. A única vez que foi à Europa, já septuagenário, fez questão de conhecer os Alpes, a Sardenha, a Córsega e a Sicília e de tirar o chapéu e os sapatos e banhar os pés no Mediterrâneo, onde, em prantos, prestou comovida homenagem a Aníbal e aos mortos cartagineses. Foi minha grande paixão, e eu o compreendia perfeitamente quando o ouvia murmurar, de si para si, porque era medroso e no fundo manso de coração, que só era feliz de verdade entre seus passarinhos, seus livros de guerra e seus exércitos de chumbo. Fantasia, teu nome é Olavo O'Connor!

A FAMÍLIA DO PAI

Tinha o avô, Adolfo de Lima e Castro, vô Dodô, descendente de mineradores e de gente da chamada nobreza do café. Era do lado pobre da linhagem, mas mantinha o porte altivo e um olhar transparente e suave: isto de ouvir dizer e de uma única fotografia em sépia, pois morreu logo depois que nasci, e dele não guardo lembrança nem tom de voz. Nascido em Sabará, às margens do rio das Velhas, lá criou e viu morrerem os primeiros filhos. Uns diziam que a família teria origem ilustre, vinda de Portugal com títulos de terras e que entre os Seiscentos e os Setecentos, mais da metade de seus varões estudavam em Coimbra. Outros, que não era bem assim: a turma fugira da Península Ibérica por conta da Inquisição e do Édito de Expulsão dos tempos de Torquemada – seríamos cristãos-novos, chegados corridos e com uma mão na frente outra atrás, via ilha da Madeira. Abracei esta segunda versão: do lado paterno, herdamos e conservamos acentuados traços semitas. Meu pai dizia que seu pai fora o homem mais alegre que já existiu e contava: entrevistado, o banqueiro José Guimarães, o homem mais rico de Minas, respondeu "sim" à pergunta se era realizado; "sim", se atingira suas metas de sucesso e prosperidade, e ao lhe perguntarem quem gostaria de ser se pudesse escolher, respondeu: "Queria ser Adolfo de Lima e Castro, porque nunca conheci ninguém mais vocacionado para a felicidade." Reza a lenda que meu avô caía de quatro pela mulher, Maria Licurga, a avó Brozinha, e uma vez em que ela ia passar uma temporada no Rio, indagou quantos dias ficaria fora e ouviu: "Só volto depois de receber vinte e cinco ardentes cartas de amor." Ele levou-a à estação e, no momento em que ela ia subir no trem, entregou-lhe um pacote com vinte e cinco cartas em papel de seda azul, perfumadas – um bardo, um menestrel, um impetuoso romântico, o avô que eu nunca vi. Ela era seca e turrona, tez trigueira e meio índia bororó, e nem vacilou: viajou assim mesmo, pacote sem abrir debaixo do braço, mas guardou as cartas e cada detalhe do dia. Adorava e se pavoneava toda quando recordavam o poético episódio, até hoje assunto de rodas em Sabará. Veio a guerra, ele se chamava Adolfo e representava empresas alemãs, o nome e a atividade depunham contra ele, invadiram e quebraram seu escritório e tudo o que tinha dentro, e ele não conseguiu mais forças nem lugar para trabalhar. O homem feliz morreu cedo, quem sabe, de tristeza.

Tio Silvério – apelidado tio Téo (que criança consegue falar Silvério?) – era engenheiro. Nos anos cinquenta, foi nomeado presidente de importante companhia estatal, responsável por desenvolver estudo sobre o rio São Francisco, apontar soluções para seu regime, suas bacias e micro-bacias, indicar obras para seu melhor aproveitamento hídrico e projetos técnicos para alavancar a qualidade de vida das populações ribeirinhas. Montou equipe de especialistas, mandou virem compêndios ingleses e alemães e, após um ano, entregou ao governo um alentado diagnóstico onde estabelecia comparações entre o rio brasileiro e outros do mundo, o Tigre, o Eufrates, o Nilo e o Yangtze. Acabou por concluir que, enquanto esses prestavam enriquecedora contribuição ao cotidiano, transporte, alimentação e saúde das populações de suas margens e cidades avizinhadas, com vazantes e cheias temporárias que fertilizavam as terras, irrigavam as lavouras e abasteciam com água de qualidade seus cidadãos ribeirinhos, o São Francisco provocava caos e pânico ao subir, era ceifado por incontroláveis desmatamentos, queimadas e exploração de ouro, sua fauna era pobre e seu ciclo irregular e imprevisível. Finalizava: "Após estudos técnicos fundamentados em modernas linhas de investigação da engenharia e da hidrologia, aponto a solução: extinga-se o rio São Francisco"; versão moderna do Delenda Cartago. Engavetaram a tese por despropositada, foi um Deus nos acuda, puseram a mão na cabeça, lamentaram a confiança, o tempo e o dinheiro perdidos e dispensaram o tio e seu cortejo de peritos. Anos depois, foi presidente, ou diretor, nunca consegui saber, de uma fabrica de barrilha em Cabo Frio, no Rio de Janeiro: também lá tentou introduzir métodos de refino importados da França e da Tunísia, também lá reuniu caríssima equipe de técnicos e também lá não ficou muito tempo. Nem ligava, pegava a pasta, juntava a papelada, punha o chapéu, deixava num canto o guarda-chuva preto e fechava as gavetas – gostava era de colecionar selos raros (com ele, aprendi que existiam Jacarta, Tailândia, Birmânia, Alaska e Conchinchina, animais em vias de extinção, plantas carnívoras, vultos e datas históricas. E que o "Olho de boi", brasileiro, um dos selos mais disputados do mundo, valia mais dinheiro do que uma casa!) e, acima de tudo, muito acima de tudo, gostava de mulher. Tinha várias, incontáveis, todas loucamente apaixonadas e era um mistério como conseguia, sem machucar nenhuma, manobrar paixões simultâneas de origens e intensidades tão diversas. Magérrimo, feio e muito pobre, perguntei como explicava seu sucesso. Sintetizou: "Dedicação. Cada minuto de minha vida devotei a fazer felizes as mulheres. Nada, nunca, foi mais importante", me fazendo voltar à memória uma remota cena de infância: mamãe e eu sentadas na grama do parque olhando os pedalinhos no lago, e ele passou pertinho sem nos ver, enlaçado a uma mulher bonita e bem nova, de roupa espalhafatosa. Eu nada sabia de amor e posse, mas o braço que rodeava aquela cintura era tão firme e tão seguro, que me lembro de pensar "Ah, este meu tio, sabe bem como pegar em uma mulher." Senti ali uma autoridade amorosa, mas com delicadeza, sabe? Um abraço que ao mesmo tempo comandava e protegia, sabe? Anticlerical até a medula, nunca vi ninguém falar tão mal de beatas, carolas, padre e da igreja, rolava de rir com histórias de milagres e aparições, mas sabia de cor trechos da *Imitação de Cristo* e colecionava amigos entre os mais pios sacerdotes de Belo Horizonte, deles recebia comunhão – mamãe se indignava. "Um místico, um santo homem", dele disse padre Artur. Era, enfim, um amado enigma. Até papai, que passou a vida escondendo de vovó as complicações e os negócios do tio, pagando contas e dívidas e amainando as raríssimas rixas entre suas mulheres, reconhecia – e acho que invejava – este extraordinário talento do irmão para provocar amor. Uma coisa, o tio Téo!

Adelaide era a única irmã de meu pai que morava em Belo Horizonte. Duas ficaram no interior, morreram quatro na adolescência ainda em Sabará, e uma assim que nasceu. Mulher de nariz afilado e olhos tristes e passionais. Estudou canto lírico, discutia Proust, citava Oscar Wilde e Voltaire e desprezava a estreiteza da cidade e de sua gente, que, por sua vez, se ressentia de seu ar de *prima donna*, sua petulância, seus arroubos extravagantes. Lia Karl Marx, mas detestava a esquerda – "quem tem que gostar de comunista é pobre" – e foi a primeira pessoa que vi conviver com homossexuais com tranquilidade e afeto (Belo Horizonte, anos cinquenta!). "Ser ou não homossexual não define uma pessoa. Conhece alguém que se apresenta: sicrana, heterossexual?" E, desabusada: "Cada um faz o que quer e como quer, que vida a gente só tem uma!" Tinha a melhor cozinheira e a maior coleção de receitas da cidade e recebia para almoços temáticos, que replicavam pratos de cardápios de uma tal recepção oferecida por Maria Antonieta a um emissário papal, ou de banquetes da corte de dom João VI. Entre seus hábitos idiossincráticos, havia o de cuidar dos próprios dentes. Pegava numa gaveta uma tesourinha, um espelho de aumento e massinhas e fazia suas obturações – tinha mania de dente e consta que obrigava as filhas adolescentes a escová-los doze vezes por dia. Era voz corrente que o marido sustentava uma amante, "teúda e manteúda" – (aquele homem sem graça tinha uma amante?) – mulher inculta e pobre, que dele cuidava como mãe devota. Um dia, ele confidenciou a Celina, sobrinha predileta, então com catorze anos: "Dizem que sou sacana, mas ninguém tem ideia de como é cansativo ser casado com uma mulher admiravelmente inteligente vinte e quatro horas por dia." Em outro momento, deixou escapar: "Tão apaziguante para um homem honrado – um médico, um estudioso como eu! – chegar numa casa simples com cheiro de arroz e feijão refogado e encontrar uma mulher que tira meus sapatos, pergunta se estou cansado, e eu conto um caso e ela escuta sem ter opinião nem nada, só me olhando e dizendo como sou formidável. Sua tia, eu admiro, mas não dá para gostar." Talvez o entendesse: nós a adorávamos, mas a temíamos. Em uma cidade obediente e preconceituosa, era o sal da terra, embora abusasse da dose. "Nasci no lugar errado, no tempo errado, entre gente errada", repetia, insolente. Morreu quando eu tinha lá pelos meus dezessete anos. Não me incluía entre as sobrinhas prediletas, mas, sozinhas as duas, um dia me agarrou pela gola da blusa, cheirava a remédio, os olhos relampejavam. Disse com dificuldade: "Siga meu conselho: nunca fique velha", teve um estremecimento e caiu pro outro lado, sem vida. Passava apenas dos cinquenta.

Mas a pessoa mais importante do lado paterno era minha avó Brozinha, a de nome Maria Licurga. Em solitária jornada, tratou e curou em casa o filho tuberculoso e desenganado, o que veio a ser meu pai. Todo mundo na cidade lembrava, de ver ou de ouvir falar, de minha avó – tão cara fechada, tão miúda, tão franzina – em pé no centro do jardim florido, no colo o filho doente e arfante, o peito côncavo pela dificuldade de respirar, e ela gritando bem alto, para que ouvissem os vizinhos apavorados com o contágio, os amigos que fugiam ou fingiam não os conhecer, os parentes que atravessavam correndo a rua e evitavam o bairro: "Fiquem sabendo, meu filho se chama José e não vai para o sanatório, para um depósito de doentes, onde ninguém sabe quem ele é. Dele trato eu, sua mãe, do meu jeito e na minha casa. Nem passem perto e, se tiverem que se aproximar, tapem o nariz e a boca e não roubem dele o ar, o que ele mais precisa agora. Tão certo quanto eu me chamo Maria Licurga de Lima e Castro, ele vai se curar. E quando ele ficar bom, sou eu quem vai decidir quem pode entrar, quem vale alguma coisa nesta cidade e para quem vou abrir minha porta!"

Dois anos de tratamento – pneumotórax (levantava a camisa e mostrava a cicatriz), injeções, rezas, cataplasmas, unguentos, poções, emulsões, garrafadas, ervas, tisanas, missas, rezas, mezinhas, simpatias, novenas, lambedores, benzeduras, promessas – a mãe de preto e o filho ofegante na casa fechada, trancadas todas as janelas. Fora o médico e raras vezes o padre – o marido, ela despachou para Sabará –, ninguém entrava ou saía.

Tudo isto foi meu pai quem contou, e contou também que um dia os pulmões ficaram claros e respirar voltou a ser simples; então a avó dispensou a roupa escura e vestiu a mais colorida, abriu um guarda-sol com desenhos japoneses e escancarou as portas e janelas da casa, colheu umas flores no jardim e, buquê em uma das mãos, saiu de cabeça erguida, galharda, braços dados com o filho saudável e corado, para uma volta na avenida Afonso Pena; coincidência ou não, numa radiante e iluminada manhã de Domingo de Páscoa.

Ganhou fama de milagrosa e virou atração na cidade, vinha gente de longe para conhecê-la. Ficavam decepcionados: a casa era esquisita e decadente, de longe cheirava a queimado (palmas, do Domingo de Ramos, incineradas em noites de relâmpagos e trovoadas, para apaziguar a ira divina – tinha pavor deles: "Os elementos da natureza são comandados por Deus, só Ele consegue detê-los") e a avó não tinha cara nem maneiras de santa. Davam com uma mulher mal-humorada e arisca, rabugenta, de rosto vincado e talhado a faca, que não perdia um carteado, com direito a brigas tempestuosas, rupturas e lanchinho. Sacudia os ombros, desdenhava: "Se espantam. Não sabem que força é coisa escondida, fica de tocaia e vem na hora em que a gente precisa. Imagina se eu ia deixar filho meu morrer por uma tuberculosezinha de nada." Tinha horror à humildade ("quase sempre simulação, detesto gente que olha pra baixo e fala pra dentro, pura hipocrisia") e cultivava seus orgulhos, entre eles, pelos três filhos e por uma que morrera aos catorze anos ("lindíssima e esta sim, santa") – a menina deixou fama em Sabará por seus conhecimentos de latim e grego – em processo de análise para beatificação em Roma, a vó mandara reproduzir sua foto em dez mil santinhos tarjados de preto que distribuía nas manhãs de sábado, nas cercanias das igrejas de Belo Horizonte. Eu estava lá pelos meus doze anos, quase moça feita, quando papai me narrou esses fatos e foi um esforço sobrepor o extraordinário àquela velhinha mirrada e enrugada, que não ria nunca – a vó Brozinha – que eu conhecia desde sempre e que só via se animar na roda semanal de biriba, com parceiras variáveis e igualmente murchas, onde o morto do baralho ganhava o nome da última que partira para o além.

Até onde consegui garimpar, esta era a gente de meu pai.

Conhecidos os dois lados era hora de avançar e a cada gesto, um certo modo de rir e de olhar, uma tomada de decisão, eu corria às minhas anotações e andava para trás ou para os lados para buscar o avô, a tia, a prima, e assim agrupar a família por traços e tendências e confirmar a frase que explicaria tudo: *Quem sai aos seus não degenera.*

Papai achou graça quando contei minhas pesquisas e a atualizou com valiosas informações. Acreditava irredutivelmente na hereditariedade, com base nas leis de Mendel, o monge austríaco estudioso dos feijões. "É verdade científica", dizia. "O ser vivo é formado por substâncias químicas responsáveis pela transmissão de caracteres hereditários. Um dia, vamos chegar à síntese do homem: isto é a mais pura ciência, irrefutável!" Confirmava a teoria em conversas, conferências, livros, tratados e enciclopédias e punha as filhas sentadas no chão, desenhava (mal) no quadro-negro círculos e espirais estranhos e fazia uma salada – para nós, incompreensível – de genes, cromossomos, células e enzimas. Anos mais tarde, discutia com Sofia: "Que Capital, que Economia, que nada! A marcha do mundo passa pela Genética." A seu ver, os homens se dividiam entre os que acreditam no livre arbítrio – a pessoa tem poder de escolha, a vontade é soberana e o indivíduo é dono de seus atos, uma "completa idiotice" – e os deterministas – e se confessava francamente do segundo grupo. Para ele, já nascemos semiprontos, mais prontos do que semi, é exígua a influência das circunstâncias, dos acasos e dos afetos, destino, só o biológico, e os pobres dos homens – animais irracionais ligeiramente aperfeiçoados – apenas herdam e transmitem, não dá pra mudar quase nada, o mundo é e será sempre o mesmo ou em milhões e milhões de anos, sofrerá mínimas variações (muitos anos depois, me perguntei como ele conciliava a certeza na hereditariedade e na repetição com sua natureza idealista e sua confiança no espírito humano – era tarde demais para dele receber respostas).

Já para mamãe, o homem foi criado à semelhança de Deus, e a explicação primeira é a vontade divina: "Nenhuma folha cai das árvores, nenhum fio de cabelo se desprende de uma cabeça sem que Ele o saiba e permita", do céu vinha tudo o que era bom. E o ruim? "Ah o ruim é culpa do demônio e do homem mesmo, um ser frágil, feito de barro, sujeito a torpes tentações." E de onde vinham as tentações? e por que Deus fez o homem tão frágil? e por que o primeiro homem já foi um desastre? Aí, lá vinha ela com o livre arbítrio e mudava de assunto: "Ai, meu Deus, esta menina faz cada pergunta!" À noite, lia para as filhas o episódio da tempestade no lago e a assustada reação dos discípulos: "Quem é este, a quem até o vento e o mar obedecem?" Era fincado em mamãe o sentimento religioso: dotado de raízes, caules e flores e frutos profundos, permeava todos os seus gestos. Citava Isaías: "Meu conselho subsistirá, e farei toda Minha vontade." E como é que a gente junta *quem sai aos seus não degenera* com a vontade de Deus? Era tão claro: "Ué, não foi Deus quem fez tudo? Ele não fez a família? e família não é para passar de pai para filho?" Ah...! depois, assim sem mais nem menos, deixava escapar a palavra *predestinação* e explicava que Deus escolhia uns para salvar e outros para condenar, *eram poucos os eleitos*. E citava Mateus: "Porque muitos são chamados, mas poucos os escolhidos." E qual o critério? Ai, meu Deus, esta menina faz cada pergunta! Santidade, fé, piedade, explicava. Era então que eu me embaralhava, ficava com raiva e achava difícil entender e gostar de Deus.

Esta, aliás, era a questão central, interrogação de todas as horas: de que Deus falavam? Quem era Deus? Ai, meu Deus, esta menina faz cada pergunta! "Tenho cá o meu Deus", dizia, nariz em pé, sacudindo os louros cabelos, a tia Adelaide (*Era então portátil e mutante, podia assumir formas diversas*). "Um homem livre não precisa da concepção de Deus", jurou o tio Téo, livre-pensador (*Era, portanto, dispensável: alguém passeava pela rua e o deixava cair, displicente – dele não mais precisava*). "Deus, quem o inventou?" perguntava o outro, perfeito carola, flagrado dias depois saindo da igreja e fazendo o sinal da cruz (*poderia, portanto, ser desinventado*). Contaram que um faraó do Egito passava as noites em claro em seu palácio, olhava o céu, cismava: "Quem é o Senhor, para que eu ouça sua voz? Não o vejo, não sei se existe, digam o que disserem, ninguém é mais poderoso do que eu" (*Se duvidavam, por que Lhe dedicar tanto espaço e tempo?*). Existe ou não existe? O que quer, o que espera de nós? Anos mais tarde, li nos *Irmãos Karamázov*, de Dostoiévski: "Como poderia eu viver debaixo da terra, sem Deus?" Enfim, para o bem e para o mal, negado, ignorado, adorado, justificado, discutido, fomos moldados por Seu nome: onipresente, onisciente, implacável, perfeitíssimo, Ele nos via, acompanhava tudo, se necessário, lançava raios de ira, punia, despejava pragas, cuspia fogo, cercava e vigiava, e era assunto de manhã e à noite, antes e depois das refeições, nas procissões e no dobrar dos sinos, no silêncio do quarto, no medo do coração, em todas as estações do ano. "Deus? é Água Viva, Deus é puro Amor" resumia, em êxtase e encerrando controvérsias, mamãe. Tudo obscuro, nada combinava com nada. Nas tardes cinzentas e calmas, de chuva fina, meio às escondidas e em voz abafada como um segredo, tia Carmem falava em astros, nebulosas, mapas, vidências e forças zodiacais.

Havia ainda tia Dulce, espírita e médium reputada, que se fiava em Kardec: "Não existe injustiça, a lei do Carma é impessoal e equânime, e a reencarnação é prova maior da justiça divina. Recebemos o que merecemos, de acordo com erros e acertos em outras encarnações." Mas todo mundo tem que pagar o que fez – e não lembra – em outras vidas? Ai, meu Deus, esta menina faz cada pergunta! "É o que explica um nascer deficiente, cego, surdo, ou sujeito a uma vida de sofrimentos, enquanto outros nascem saudáveis e ricos e são felizes a vida inteira", explicava, ar superior e convicto, enquanto folheava e nos fazia ler ou lia alto capítulos de *O livro dos espíritos*, *O livro dos médiuns*, o *Evangelho segundo o espiritismo* e obras de Chico Xavier, encarnando Emmanuel, André Luiz e sei lá mais quem. Não perdia ocasião de ir a Uberaba tomar passe e ouvir psicografias e colecionava recortes, depoimentos, testemunhos, matérias sobre milagres e fotos de seu mestre e guru. Fazia treinamento de cura e nunca apertava mãos de desconhecidos.

A julgar por qualquer das cosmologias que nortearam a nossa formação – hereditariedade, vontade divina, encarnações, força dos astros – o ser humano não dispunha da mínima margem de manobra. Era antes um cego à deriva, um náufrago em mar encapelado, zanzando perdido à mercê de forças ocultas, desconhecidas, poderosas e infalíveis. Nada era passível de mudanças: o destino espreitava desde o primeiro dia, o primeiro ar nos pulmões. *Maktub. Inshallah. Baruch HaShem! Fiat!*

INFÂNCIA

Testemunhas confirmam, fui uma criança chorona. "Nervosinha, enjoadinha, birrenta, irritadiça, trabalhosa", alfinetava tia Dora, megera de olho gordo e língua viperina. Em verdade nem parente era, mas, conforme uso em nossa infância, mulher mais velha era tia; homem mais velho, tio; gente da mesma idade era primo e todo velho virava avô ou tio-avô, o que fazia de Belo Horizonte um único aglomerado familiar e tornava cada vez mais impossível minha tarefa de mapear as forças que nos formavam ("fora os negros e os índios, tudo é primo", dizia a avó paterna, meio mestiça, neta de Bororós).

Aguentei calada, muito tempo. Calada, mas em fúria. Tia Dora passava por mim desdenhosa e dizia "ô menininha complicada" ou "impertinente e cheia de não me toques, sempre agitada." Cochichava: "Eterna fonte de preocupação, não engorda, magrinha, pálida e doentia, suspeitaram que seus problemas tinham origem em sífilis e fizeram dezenas de testes, mas, afinal" – dava uma parada, olhava pros lados, baixava a voz, os olhos apertavam, sacudia os ombros – "rebate falso, os exames não deram nada, não está contaminada", pérola maligna desovada para a menina que ia lá pelos onze anos, asmática, medrosa, devoradora de livros e curiosa do mundo. Arrepio na espinha, corri ao dicionário. Sífilis? *Lues, peste sexual, doença gálica, sifilose, doença britânica, doença venérea. É uma doença infecciosa crônica causada por uma...* nada que eu entendesse, mitigasse minha aflição ou decifrasse minha respiração apertada. Sífilis! Perguntar à mamãe era fora de questão. Para ela, missa e unidade familiar tinham valor de dogma e a tia era comensal das tardes beneficentes de costura, às quartas-feiras. Esmagada, busquei os sábios: do lado paterno havia um ramo de biólogos, apenas entrevistos atrás de microscópios ou com suas redes nas matas, à cata de borboletas azuis, libélulas e centopeias – contei a eles minha aflição. Me ouviram atentamente, mas explicaram que de sífilis nada sabiam, concentrados que estavam "no estudo de toxinas de animais invertebrados para experimentos nas funções do sistema nervoso e na coagulação do homem." Zonza, voltei ao dicionário.

Medo da ira divina e de fazer mamãe sofrer. Ao mesmo tempo, os livros, as fábulas e a moral materna me convenciam do inevitável e inadiável triunfo do bem, o mal tinha que ser purgado: à noite, em oração até altas horas, implorava a intercessão divina para descobrir de que modo abater o dragão da maldade, até que, uma noite, enquanto virava e desvirava na cama em visões terríveis e povoadas de monstros e fantasmas – todos com a cara da tia Dora – ouvi, como se vinda do céu, uma voz suave que ordenava: "Arme-se e lute e mostre quem ela é, revele ao mundo a verdadeira face desta virago, desta mulher cruel." Passe livre! Meses mais ocupando as insônias com fantasias de morte (um raio? um golpe de espada? uma poção de veneno? um empurrão no abismo?) e planos de vinganças covardemente adiadas, até que tive um lampejo, o meu Eureca! Estávamos em guerra, eu tinha um inimigo, aquele era um caso para meu avô Olavo O'Connor!

Ele me recebeu na sala secreta em frente ao tabuleiro e soldados em armação de combate, me ouviu em meditativo silêncio, fez perguntas, os olhos se acenderam ao repto de provar na prática seus conhecimentos bélicos e sentenciou: "*Non progredi est regredi*: quem não avança, recua. Não temos tempo a perder." Consultou livros e mapas, confirmou dados e táticas e números das campanhas das Termópilas, Dardanelos e Alcácer Quibir. Procurou documentos na estante, refletia em voz alta: "Quem sabe, adoto soluções táticas da guerra do Peloponeso?" Judicioso, levantou-se, andou daqui pra lá e de lá pra cá, provavelmente como imaginava faria um tribuno romano antes de decisão complexa, com um gesto preciso ajustou no corpo a toga inexistente e repetiu Júlio César "*Si vis pacem para bellum*: se queres a paz, prepara-te para a guerra." De passagem, recordou Cícero: "*Bellum indiget celeritatis*: a guerra exige rapidez" (em tensão, falava assim, nas duas línguas) e depois de ressaltar a importância estratégica do elemento surpresa, dele recebi instruções precisas. Abriu a porta e me despachou, trêmula, trôpega, atordoada, mas confiante na vitória. Ouvi, do alto da escada: "Cruze o Rubicão: *alea jacta est*", respirei fundo e adentrei, desafiadora, na sala onde as mulheres da família beliscavam biscoitinhos de canela, no chá semanal em prol da Cruzada da Pobreza Envergonhada. À minha entrada intempestiva, vovó levantou os olhos do bordado, balançaram-se os cabelos azulados da bisavó, agitaram-se em barulhenta revoada as tias em bando, perderam o rumo e o ponto as agulhas de tricô, mas resoluta invadi o campo de batalha, intrépida cerrei fileira em frente à tia Dora e, sem dar ao adversário tempo para reação, berrei numa saraivada que ela não era digna de ser chamada de tia porcaria nenhuma, era perversa, intrigante e pérfida, merecia ser banida da face da Terra. Lembrando-me das Termópilas, a encurralei: "A senhora morre de inveja de mamãe. Porque ela é bonita e feliz e bondosa e luminosa e tem quatro filhas bonitas e felizes e bondosas, e a senhora é muito feia e muito má. Porque seus oito filhos são a coisa mais sem sal e burra do mundo. E são gordos, horríveis e não tiveram suspeitas de sífilis, como afirmou que eu tive. São burros, calmos e gordíssimos." Não recuei nem mesmo ao tremelicar da xícara de mamãe no pires e, a um fundo e sofrido suspiro vindo da esquerda, apontando a porta, gritei, cercada pelo olhar em pânico da aturdida unidade familiar: "Ostracismo, Ostracismo!" Ela era lenta de ideias, mas o gesto expressava tudo, e não ofereceu resistência, aos recuos bateu em retirada para nunca mais. Foi uma festa geral. Olhares brilhantes confirmaram o triunfo, e descobri que a ninguém poupava de perversidades a agora manifestadamente detestada ex-tia. Vieram aplausos entusiasmados. Depois de três dias de muita tristeza, mamãe viu o jardim voltar a vicejar: flores se abriram, a grama verdejou, o cajueiro frutificou e tudo ficou bonito de novo, livre do mau-olhado "daquela mulher horrível, nem sei como a suportei tanto tempo."

Aprendi com o episódio o valor das boas alianças e nobremente dividi os louros com meu estrategista Olavo O'Connor. Meu avô, para coroar tão glorioso feito, rememorou, num grego de improvável fidelidade, trechos da *Ilíada* e da *Odisseia*, citou mais uns dois ou três autores épicos, me *osculou*, me *cingiu em um amplexo* e, exultante, saudou nosso triunfo, polegar para cima: "*Pax facta est.*" Nem precisou traduzir.

Paz em termos, é verdade, porque quem nasceu ou foi criado em família numerosa aprende cedinho o que fazer para ter voz e mostrar que existe: mesmo antes de ter clara a tal da consciência, é preciso correr para ver se encontra e se encaixa em um lugar vago, de preferência o mais parecido com o que julga ser, ou escuta dizer que é. Uma árdua peleja. Um perrengue, uma luta sem tréguas. Mal dei conta de mim, fui obrigada a curvar-me à dolorosa evidência de que nunca eu seria *tudo* naquela casa, nunca possuiria *todo* o amor dos pais, porque Sofia, a mais velha, reinava absoluta no lugar da formosura – tinha incríveis olhos azuis (herança do avô escocês) e cabelos fartos, louros e sedosos, que brilhavam ao sol (herança não sei de quem): "Já viram criança mais bonita?" (um acinte, beleza tão indiscutível!) – e Isabel ocupava o posto, digamos, de originalidade: sem mais nem menos, como puro acaso ou acidente, soltava uma frase espirituosa, uma tirada inesperada, que seria repetida mil vezes pelos membros da família, vizinhos e agregados, ou fazia um gesto surpreendente e, petulante, olhava em volta para confirmar seu sucesso. Ardorosa, tudo nela era paixão; "Sabe a última da Isabel?" Para meu maior desconsolo, desenhava muito bem, era *uma artista nata*: "Tem uma pincelada renascentista: à la Giotto, Sanzio, coisa assim."

A futura apaixonada pela língua portuguesa recebeu ali a primeira lição de sinônimos: *Beleza é igual a Sofia, Interessante é igual a Isabel* – verbetes fechados no dicionário familiar – e passava os dias rondando os pais, se agarrava às suas pernas, roía as unhas, se desesperava: "Ei, senhores, descubram-me, quero a minha cota de maravilhamento!" Durante algum tempo ficou assim inerte, ansiosa e desventurada, à espera que a revelassem, a refletissem ou lhe apontassem seu caminho único. Marcar território tornava-se crucial, porque o núcleo ganhava novo contorno com a chegada da quarta mulher, motivo para mais uma visita da Nossa Senhora ao quarto cheirando a álcool, para vovó subir e descer escadas com bacias de ágata e garrafões de água benta, a família se reunir na sala e o pai aguardar de fora da porta, receber mais uma filha, agradecer a dona Olívia, acolher e olhar a recém-nascida e coçar a cabeça, dar um beijo na esposa suada e ainda mais desapontada e descer para apresentar o bebê, desta vez, sem falar em tentar de novo.

Parco conhecimento do mundo, Ai, meu Deus, esta menina faz cada pergunta! avaliei a situação e as sobras e, como havia aprendido a ler quase sozinha aos quatro anos e vivia encafuada com livros,

(nenhuma descoberta mais fascinante, nenhum brinquedo, nenhum embrulho, nenhum presente me apaixonava igual. Eu ganhava um livro e me sentia dona de um tesouro precioso, abria a capa e entrava em seu mundo mágico, trêmula, virava as páginas e me grudava, dançava ao ritmo das frases. E não existia fome nem hora do almoço; mais tarde, no Rio, nem adiantava chamar para a praia, não tinha sono nem nada, e entre uma e outra gota do chuveiro, por que não correr e ler mais umas linhas? Do livro pulavam figuras – príncipes, fadas e feiticeiras, varas mágicas e gestos heroicos, florestas, castelos, monastérios e dramas. Lendo, eu apreendia a riqueza do mundo. Se fosse de figuras coloridas, se dava o encontro: que lindo, é assim uma princesa! eis um ogro! uma carruagem puxada por seis cavalos! Se só de palavras, me enfiava nelas e aí mesmo que esquecia o que me cercava e deixava correr, desabrida, a fantasia: a cada personagem, eu conferia um rosto e montava o cenário, criava respostas e falas e me transformava na princesa, no rei ou no príncipe, no justiceiro, o espadachim e o pirata, nunca na madrasta má, as irmãs cruéis, e nunca, nunca o lobo mau. Me enredava escolhendo a tia, a prima, a vizinha cruel, capaz de perseguir, mentir e comer a vovozinha e a neta: o livro abria milhares de possibilidades – entre ele e eu só a imaginação. E quem eram os escritores, o nome por trás do livro, o inventor, meus heróis? Como alguém tira da cabeça uma história de gente que fala, se encontra, faz e transforma as coisas? Como alguém inventa gente? Onde encontrar as palavras que formam uma história e prendem o leitor?)

adorava relatos mirabolantes e recolhia o que via, ouvia e percebia, descobri a parte que me tocava, o papel que me cabia: eu seria o olhar e a memória da família, observaria e registraria seus matizes, tentaria classificar, compreender e comparar seus jeitos, suas nuances. Bem, falando assim, *olhar* e *memória*, é coisa pretensiosa demais, mas como eu vivia fazendo (me fazendo?) perguntas "por que a tia mais bonita surge e some, surge e some, zap-zap parecem cantar seus vestidos de seda?" "Por que o amigo do papai chega e se enfia na cozinha em cochicho com a arrumadeira?" "Por que mudam de assunto à nossa chegada – psiu, psiu – quando falam do tio Felipe?" "Por que tem gente que manda e fala alto e tem gente que obedece e fala engolindo as palavras?" – e desde que me entendia por gente, antes de pegar no sono e enquanto meu olhar seguia no teto de madeira o sinuoso trajeto dos cupins, repassava – um pedacinho depois do outro – os acontecimentos e as conversas do dia e buscava encadeá-los (para organizar, para não ter medo), tomei para mim a missão de guardar aquela história. Passado um tempo, vi que observar e juntar era "virado para dentro" e não me conferia prestígio, seria preciso tornar visíveis meus dotes para ganhar o olhar e o aval dos adultos: vasculhei as paixões literárias do clã, aguardei os gestos de aprovação e estímulo e me fiz atração dos encontros familiares ao declamar "A máquina do mundo", de Drummond, poemas de Bandeira, e, em inglês, o discurso de Marco Antônio, em *Júlio César*, e o "Ser ou não ser", do *Hamlet*, as peças prediletas de meu pai. Aniversário, batizado, primeira comunhão e velórios ("*to die, to sleep, perchance to dream...*"), lá vinha a convocação. "Já viram Celina declamar?" Pródigos, vieram os aplausos: "impressionante desempenho, inegável talento", eu acreditava e me aplicava.

Estas reuniões eram – imagino hoje – uma perfeita xaropada, mas quem viveu naqueles tempos em província sabe fadada ao fracasso a festa *simples*, onde não se sucediam caprichadas apresentações de cantores, poetas e bailarinas – recrutados entre parentes esforçados e amigos dos donos da casa. Às vezes, o tio ou o avô fazia um pedido especial – o "*If*", de Rudyard Kipling, era o campeão de audiência e sua frase final ganhava um *crescendo*, muitos chegavam às lágrimas – "*And – which is more, you'll be a Man, my son*" – e estava garantida a fatia do orgulho paterno (para ganhar este olhar, eu decoraria a Bíblia!), que exigia a atenção do público: "Em inglês, em inglês!" – um certo ar de condescendência da mãe (resolvi: eu me farei piedosa e conquistarei seu coração) e a irrestrita admiração do resto da plateia, a maioria sem entender uma palavra. Quase sempre nem eu, uma boboca completa, dona de inglês precaríssimo e de estreita visão de mundo, mas dotada de enorme facilidade para decorar, reunir e repetir sons e palavras. Esta territorialização se explica: os vestidos eram quase iguais, os sapatos de verniz não variavam e os enormes laços de fita só diferiam na cor (difícil, muito difícil dar um laço de fita). Então, não é que cada uma fosse uma coisa só – a bonita podia ser inteligente e a original, bonita – mas fincar a bandeira, reservar um feudo, era garantir a posse de um espaço sacrossanto na atenção, no amor e nos comentários elogiosos dos pais, do grupo familiar e adjacências. Funcionava como titulação num cartão de visita. Eu tinha, eu conquistara um lugar! O *meu* lugar!

Chegada a hora, a quarta filha cutucou daqui, cutucou dali, deu umas empurradinhas nas que haviam chegado antes e se posicionou perto da segunda, entre engraçada e surpreendente. Fomos sempre grudadas, apesar de tão diversas – ela era boêmia e lunar, fui sempre amante do sol e das manhãs – dormíamos e sonhávamos no mesmo quarto e nos entendíamos quase sem palavras, só nos descolando lá pelos meus vinte anos, quando me casei e fiquei por aqui, e a música – e mais tarde eu soube, a dor e a vontade de ser inteira – a levaram para longe, violino, discos e partituras debaixo do braço, maços e maços de cigarros, tatuagem de pássaro nas costas e uma explosão de talento e garra. Foi minha irmã predileta, mil e um afetos nos uniram, curiosidades nos aproximaram, e, em pequenas, cada uma se exibia, invejava e valorizava as qualidades da outra. Era magra, mais do que nós outras, angulosa, tinha o corpo ágil e sem curvas como de um garoto, entremeava as frases com palavrões cabeludos que usava como o mais puro vernáculo e, fora sua arte, raras mas apaixonadas amizades e a mania de colorir os cabelos, tudo o mais para ela era "perda de tempo." Estudar geografia? Perda de tempo. Aprender a botar uma mesa, criar um cardápio? Perda de tempo. Roupa bonita, namorar, andar por aí, pegar uma praia? Perda de tempo. Eu admirava nela a atmosfera de mistério: sempre em movimento, deslizava, ninguém a conseguia reter – nunca se abria inteira – ela criticava minha obsessiva busca pela transparência, meu esforço para abrir portas, clarear, escancarar janelas e derrubar paredes: "Pobre Celina, explica tudo por causa e efeito, pensa a vida como uma operação exata e acredita que perguntando, perguntando, vai ter todas as respostas e entender o mundo. Há muita coisa além das palavras... há a pausa, a espera, o buraco, o silêncio." Reticente, andava pelas margens, reverenciava os escondidos, os meio-tons, os véus e as cortinas: "O outro é o outro e sempre nos escapa." Me ensinou a conhecer e a amar música, lia meu diário e dizia "escreva."

Comemorei seu achado: ela era mesmo meio caprichosa, moleque e vivia em contatos íntimos com algum outro mundo, se comunicava com instâncias estranhas, das quais só ela conhecia a senha. "Queimava, era pura paixão", anos depois uma amiga a definiu (ou se referia a Isabel?) Em ninguém vi tanta capacidade de juntar amor e raiva", disse dela uma outra (ou falava de Sofia?). Uma corda retesada, vibrátil, como a de seu instrumento. Quantas vezes me deparei com Flávia na rua, numa esquina, numa praça, e ela fazia psiu! e ficava ali parada e absorta, narinas fremindo e olhos semifechados como um predador, sentidos concentrados em acompanhar "o som do vento de outono nas árvores", "o bater sincopado dos martelos na obra", "o assobio do amolador de facas", "o movimento singular das ondas na ressaca": "Tudo é som, tudo tem silêncio e vazio, tudo pulsa, tudo tem ritmo", insistia para me ensinar, para eu entender, para eu aprender. Viciada no físico das palavras faladas e ouvidas – som e ritmo, mas que para me atingir tinham que passar pela mente – eu percebia como barulho disforme o som das coisas e da natureza. E me extasiava com sua sutil, apurada sensibilidade.

Assim, ao chegar à adolescência, cada uma de nós já havia se definido e sido definida. Só muitos anos depois percebi: éramos prisioneiras – de uma forma de se apresentar ao mundo. Cada uma estava amarrada e se amarrara a um papel na constelação familiar. Se não abríssemos os olhos, se não nos munissemos de novos instrumentos – e nem todas conseguiram fazê-lo – vida afora seríamos atores de fala única, cada uma repetiria, *ad nauseam*, idêntico ponto na trama mutável, exigente, intrincada e espessa do mundo. Máscaras! *Persona*!

AURORA

Nossa formação acenava para um mundo arrumado e previsível – de pai para filho e de pai para filho desde os primórdios da civilização (mineira, pelo menos) – um pacote pronto, fechado e bem amarrado, com mínimo, escassíssimo intervalo para o imprevisível, o acaso, o insuspeito e a diversidade. Ainda que nunca enunciado, nutria nosso grupo familiar um vago sentimento de casta, a crença de que o poder e o prestígio nos eram devidos. A meta era confirmar, reforçar e atender às exigências e padrões aprovados para rebentos bem-nascidos em família patriarcal, de classe média e católica, o que significava atochar naquela graciosa e informe matéria-prima os códigos, leis e normas da união familiar feliz e da religião verdadeira e única: mulher bem educada era cinquenta por cento de cada um – dois dogmas, porque família é igreja laica, a gente aprende.

Educar mulheres consistia em inculcar e cultivar nelas as virtudes ditas femininas, propiciadoras de um casamento duradouro e – dentro do possível – harmonioso, sem rusgas desnecessárias – especialmente as que do lado feminino pudessem ter origem. Para casar, eram criadas. Seu valor humano seria medido pela capacidade de atrair um marido e fazê-lo feliz – marido feliz era cânon, valor absoluto de mulher bem educada. Orgulho, troféu. Portanto, em resposta grata ao empenho educativo, competia-lhes cumprir com brio o papel de finas e quase inúteis figuras ornamentais e polidas, e muito úteis guardiãs da paz doméstica: o tal do brilho nos salões, um francesinho aqui, um pianinho e, pelo menos, um *Pour Elise* lá, um certo treino na arte de receber – saber arrumar uma mesa, combinar pratos em cardápio e dispor talheres, copos e taças na ordem correta. Como jamais viver sem informações tão absolutamente indispensáveis? Ah... e conhecer a linguagem das flores e obedecer a critérios de cor e proporção ao combiná-las em canteiros no jardim ou num arranjo em cima do piano, saber usar o tom adequado – nem familiar, nem superior – ao lidar com os empregados (uma das tias a instruiu: "Nada de superioridade, mas jamais perca a majestade") e admitir como indiscutível o valor do homem-futuro-protetor-e-provedor, este, atarefado lá fora, porque tinha muito mais o que fazer e vivia ocupado com as heroicas, gloriosas, honrosas, relevantíssimas questões universais. Ouvíamos: *o homem foi feito para a guerra, a mulher para o descanso do guerreiro.*

A elas, a tarefa de manter. Lustrar e repassar o bastão. Era assim. Sem jamais duvidar dessa verdade, muito cedo, percebi que, no exíguo e provinciano espaço onde nos movimentávamos, havia um bando de mulheres indóceis. Às vezes, aqui e ali irrompia o intempestivo gesto de uma dama transgressora, já de saia arregaçada para saltar o muro. Por exemplo, em nossa família, ainda que conservadora, patriarcal e devota, poucas se moldavam ao ideal dos educandários e salões da moda: a que tocava bem piano e era prendada cozinheira, às vezes, exagerava no ponche e praguejava como um marujo; a beata piedosa varria a igreja e *era assim* com o padre, mas detestava as lides domésticas e sua casa era um pardieiro, uma vergonha de desleixo e sujeira; a mãe de família exemplar ganhou a rua, passou a se pentear e se perfumar demais e sobre ela surgiram tenebrosos boatos. Uma tia, circunspecta, de profundo espírito religioso e ciosa dos deveres conjugais, confessou, num pacato cair de tarde cheirando a caju, à sobrinha de doze anos seu sonho de "viver como uma eremita em tenda armada na areia vermelha de um deserto longínquo, ver desfilarem as caravanas, me alimentar unicamente de tâmaras e grãos e nunca mais ter que ver a cara do cretino de meu marido." Minutos depois o cretino chegou, ela amarrou à cintura o avental de babados e correu à cozinha para preparar "um jantar caprichado": mexia a panela e concluiu, à meia boca: "Dizem que no Saara vivem nômades, beduínos misteriosos de tez cor de oliva e boca vermelha, que transitam noite e dia pelas imensidões em seus camelos, uma loucura!" De noite, sem conseguir dormir, eu pensava: que coisa, a tia Lota! Era tudo descosido, ouvido e sussurrado à meia voz, e nela pura intuição, mas já era possível à menina entrever, nos rejuntes da construção edificada sobre sólidos mitos de plenitude e felicidade, a insatisfeita, a revoltada, a desistida, a desvairada romântica. Havia ali um início de ardência, gestava-se uma coisa nova, e a mulher começava a não suportar o sutiã. O desejo do prazer e da liberdade, porta de escape para a histeria e o ressentimento, despontava no (belo?) horizonte.

À medida que a menina crescia e observava, se tornava mais evidente o contraditório, o sobre-humano esforço para conciliar o desejo e o dever, juntar corpo e alma e corresponder à obrigatória e exigida perfeição, à pressão do medíocre, opaco cotidiano. Sem aviso, o represado rompia as amarras do gênero, e a doçura e a graça – *qualidades naturais* – cediam lugar ao desvario. Uma manhã cinzenta, uma cena pastoril: a tia muito rica e ociosa ao piano de cauda, canta uma ária italiana. No sofá confortável de veludo, folheio uma revista. Vem a empregada de uniforme e touca e pergunta alguma coisa – não se interrompem o canto nem o dedilhar. A copeira insiste, indaga de novo. Incompreendida em sua excelsa arte, expulsa do panteão pelo comezinho, a tia dá um grito, bate a tampa do piano, arremessa à parede um vaso tcheco de cristal – *em que romance terá lido esta cena?* – sobe em convulsivo pranto a escada em caracol e tranca-se com estardalhaço no quarto. A empregada dá de ombros, murmura "haja paciência", varre os cacos, enxuga o chão e volta à cozinha, o enredo lhe é familiar. Fico ali um tempo, desajeitada, sem saber o que fazer, se vou ou não embora. Uns vinte minutos depois e a tia desce, abre de novo a partitura e retoma a ária no trecho abandonado, o canto ressoa feliz. Retornamos ao idílio, escolho outra revista: quem sabe corto meu cabelo assim? me ajeito no sofá. Um hiato de loucura, e tudo volta ao que era. Nada aconteceu. Outro dia, a vizinha piedosa e modesta perde a cabeça, desatina e sai pela rua, surra um dos filhos até lanhar e só para quando mamãe e a dona do armazém intervêm: prende a respiração, recolhe-se ao silêncio e volta a ser vista semanas depois, o mesmo vestido discreto, a mesma voz baixa, o ar contrito. *Terá sido ela? Terá sido um sonho?* A tia faz quarenta anos de casada, os filhos preparam-lhe uma festa, ela descobre: "Festa? Comemorar o quê? Tem sido uma peleja, não há o que celebrar!" Uma outra tia (soubemos mais tarde, que manteve por anos ardoroso caso com o vizinho) abraça a sobrinha com ternura e pergunta, olhos meigos e voz estrangulada, se eu a amaria ainda, fosse ela uma puta, como diziam. Não conhecia a palavra nem seu significado, mas aspirei seu perfume de lírio e vi de perto os olhos lindos, delineados de preto e marejados, e respondi que sim, que eu gostava mais dela que de todas as outras, quando eu crescesse eu queria ser igual a ela, ela era mais bonita que o mundo todo, e que sim, não precisava duvidar, ela podia ser qualquer coisa, eu a amaria sempre. Muito.

"Os hormônios, os hormônios", banalizavam os homens, zombando e rindo alto, guardanapo no pescoço, nos almoços de domingo, em festas de família e dias santos. O machismo não era, como creem e acusam hoje, a fala grossa, a tirania insolente, o mando rude. Sutil e protetor, era um abrigo valioso que acolchoava e abafava a vontade da mulher e a protegia da ferocidade. Do mundo, dos outros homens, das mulheres, da vida. Querer romper as amarras, uma imperdoável ingratidão. Para os homens, estava tudo muito bom, era só manter as rédeas curtas e ser compreensivo na hora em que a mulher perdesse a cabeça, se entregasse a *pitis*. Ou condescender, benevolente, deixar as coisas mudarem um pouco para tudo continuar como está, como tão bem resumiu Lampedusa, que li mais tarde, em sua obra, *O leopardo*. Acompanhando tudo, na busca de entender o movimento da vida, as falas e as gentes, a menina criou um jogo de adivinhação e se exercitava na prática de antever o irromper do surto e do incontido. Muitas vezes acertou, ou errou por pouco.

O mundo revelado era o feminino. Os homens trajavam terno, davam nó na gravata, se perfumavam, alguns empunhavam a bengala ou punham o chapéu, uma última mirada no espelho e saíam de manhã e retornavam no escuro para o jantar, eram vultos meio sem forma, identificados pela voz grave, pela pressa e o ar solene. Pomposos, imponentes, distantes, os homens. Mas em nossa casa, reinava o *Pai*, deus tutelar e objeto de reverência e adoração. Baixasse ali, Freud recolheria o mais alentado material para abalizar a teoria edipiana, porque sob aquele teto, entre aquelas paredes, ainda que nunca explicitamente pedido, agradar o pai, guardar para ele o melhor bife e a sobremesa, disputar seu sorriso e adivinhar o significado de cada um de seus atos, era missão divina. Nós o achávamos adorável, queríamos viver perto dele e compreendíamos cada uma das finas particularidades de seu ser: por exemplo, como havia sido tuberculoso e viu vários amigos morrerem da doença e muitos temerem o contágio, guardou até os últimos dias o tique respeitoso de virar ligeiramente o rosto quando falava perto demais de alguém ou o beijavam, para nós, superlativo exemplo de elegância e delicadeza. A devoção era retribuída: sedutor, dividia entre as quatro os títulos de *preferida, predileta, favorita e mais querida*, e cada uma se acreditava revestida (com a mais plena justiça) da primazia amorosa. Advogado estudioso, imaginação inquieta, acreditava na Argumentação e na Democracia, na Liberdade e na Justiça (assim, todos com letra maiúscula), nos Princípios e no Bem Público. Recém-formado, muito jovem, ganhou em Belo Horizonte causas de repercussão nacional, e seu escritório – uma sala grande e clara, no andar de cima da casa – e sua fama de competência, seriedade e correção, cresceram rapidamente. Requisitavam seus serviços clientes de toda Minas Gerais. Modesto, ético, nada pretensioso, ele atendia todos sem preconceitos, pobres e ricos: em poucos anos, a sala ficou pequena para tanta procura e ele começou a pensar *quem sabe está na hora de contratar gente e alugar outra maior.*

Sempre às voltas com livros – sua biblioteca ocupava vários cômodos da casa e era formada principalmente por autores franceses e portugueses, mas tinha Shakespeare, Euclides da Cunha e todo Drummond e Manuel Bandeira e era um devorador do Dom Quixote. Rodeado de pastas, dicionários, arquivos, enciclopédias, mata-borrões e canetas-tinteiro e escrevendo à mão ou batendo com o indicador sujo de tinta intermináveis memorandos, petições, arrazoados, recursos e relatórios em uma velha Remington preta, trabalhava até muito tarde, dormíamos embaladas pelo som das teclas, só interrompido à hora do caprichado ritual de preparação do cigarro, o único permitido no dia: parava a datilografia, se comprazia cortando e acomodando na palha o picado do cheiroso fumo de rolo que um compadre trazia do interior, enrolava o pito e se esticava para trás na cadeira de rodinha, os pés em cima da mesa, fechava os olhos e soltava umas baforadas para o alto, o olhar vago e feliz acompanhava a fumaça aureolada até o teto. Entre uma e outra, suspirava e semicerrava os olhos de puro prazer. Ele era o centro, o norte, o sul, o leste e o oeste de nossa vida e desde cedo aprendemos a brincar sem fazer barulho, a respeitar suas horas de concentração e trabalho e a porta fechada de sua sala.

Mas a manhã era nossa. E amávamos sua liturgia: tomar café juntos – excelso ideal de felicidade –, papai e mamãe se sentavam à cabeceira da mesa; ela, cabelos amarrados e chinelos de cetim e penhoar de seda azul; ele ainda de pijama, mas barba feita, penteado e perfumado; uma de nós pulava para o colo dela ou dele, e tínhamos pais e olhares e abraços e conversas em regime integral, até a hora de ele vestir o terno branco de linho 120, botar gravata e fechar-se lá em cima e a mãe entrar no quarto para rezar e nos mandar brincar no quintal, onde chupávamos carambola e jogávamos amarelinha com casca pisada de banana, até alcançar o céu. Lenta e segura, escorria a vida. O escritório prosperava e a casa foi ficando mais e mais animada, um entra e sai de gente, colegas advogados, professores, jornalistas e escritores, e se era, às vezes, confuso viver entre tanta fala e movimento, esse tempo ficou na memória da menina como um todo de bondade e convicções. Viver era simples e garantido como o cheiro do refogado às 11 horas e a roupa de cama tão branca, lavada com anil e quarada ao sol. Tinha gosto de coisa certa. Anunciava o dia o canto dos pregoeiros vendendo dobradinha e carne de porco, leite recém-tirado e balaios de fruta fresca. Morávamos, tios, avós, primos e amigos perto uns dos outros e trocávamos visitas, receitas, almoços e jantares, todo mundo entrava a qualquer hora na casa do outro, todos davam palpite e tinham sugestões e opinião sobre os fatos da vida dos outros, decisões eram debatidas e tomadas em grupo, e quando, muitos anos mais tarde, destamparam-se os bastidores, revelando o que o olhar havia perdido e o entendimento não alcançava – a paixão daquele por aquela, a doce perversidade do tio, o contínuo choro da filha da vizinha, a casa vendida às pressas, os primos jurados de morte – o mundo desabou na cabeça da menina. Criança, a *omertá* foi o céu protetor: faltosos iam para o índex, os desvios calados, erros camuflados, dívidas cobertas, rusgas silenciadas, a ordem era não ver e não falar – se vistos e falados, não repetidos – lição passada e obedecida há muitas e muitas gerações e que deveria ser assim transmitida e preservada, por todos os séculos dos séculos e até...

A depender de mamãe, a tradição adentraria os milênios: "Reaja, controle-se, domine-se" eram suas palavras de ordem quando a boca nos tremia, nos atirávamos ao chão com raiva, trocávamos socos e sapatadas, soltávamos palavrão, ou não dava para segurar a praga. Aprendemos a engolir.

Quando criança, foi difícil; adulta, como foi fácil amar a minha mãe! Que penosa, lenta, fulgurante descoberta!

Tem coisa mais fácil do que amar uma mãe? Mãe ama, acaricia, beija, agasalha, alimenta, elogia, se orgulha, protege, defende, acoberta, vela, ampara, apoia, arrima, cuida, cura, aconselha, acaricia. Tem coisa mais difícil do que amar nossa mãe? Mãe sabe! Mãe fala, diz, afirma, confirma, sentencia, julga, castiga, declara, prevê, manda, ordena, reivindica, cobra, *olha*! Como *olhava* a minha mãe! Dona de temperamento severo e valores estritos, acreditava na premiação dos justos e no castigo dos maus e na supremacia da vontade e do autodomínio. Às vezes – imagino que cansada de tanta certeza – se isolava com um livro de doutrina em meio à nossa bagunça e agitação, ou ficava horas absorta em trabalhos manuais: tinha as mãos pesadas e era com falta de jeito que bordava, embainhava, costurava e remendava, se alongava no escolher da agulha e da melhor cor e textura da linha, suspirando de vez em quando e olhando para o nada. Nunca ficava parada. Tinha o gosto do simples, dividia a vida entre o bem e o mal e seu ideal de perfeição era o mais parecido possível com um dia a dia comum, tudo fluindo no ritmo, no previsto e sem surpresas. Respeitava as horas, os ciclos, os rituais, os códigos, as tradições e as regras. As mãos ganhavam jeito na cozinha e eram famosas suas balas de coco, as torradas com queijo e espinafre, a ambrosia e a torta gelada de abacaxi, que nunca mais descobri ou comi igual. Disputávamos vorazmente seu tempo e atenção. Muita gente se recorda de seus olhos e juram que eram verdes, mas sei que eram castanhos, irisados de amarelo, com raios finos de verde. Já adulta, na busca de defini-los, comparei-os a olhos de animal em cativeiro – aflição encarcerada em espaço estreito.

Adolescente, eu a adivinhava carnal sob a estrita disciplina e fui aprendendo a conhecer e amar suas amarras e cada gesto seu e, até hoje, me faz falta o som de suas raras, mas cristalinas risadas. Gostava de música, era mais ou menos entoada e andava pela casa, ou saía do banho, toalha enrolada na cabeça, cantarolando sempre o mesmo trecho de *Thaïs*, de Massenet. Eu ficava muitas vezes ali, assustada com seu ar perdido e tentando adivinhar o que a faria feliz, seguia o rastro de sua alegria e o fugidio iluminar dos olhos. Mas bem cedo descobri como era restrito nosso papel na vida de mamãe. Ela nos amava sim, até bastante, mas, muito acima de tudo, tinha duas adorações absolutas: papai e Deus. Deus mesmo, o Pai Eterno, o Uno da igreja Católica, com sua coorte celestial, Nossa Senhora e o séquito de santos. Mamãe tinha oração e santo pra tudo e, quando acontecia coisa ruim, corriam para perguntar a ela a qual recorrer e ela o tinha na ponta da língua ou consultava um caderno guardado dentro de um baú como tesouro: um era especialista em devolver coisas perdidas, outro curava olho doente, um salvava casamento, aquele tornava férteis as estéreis. "Cada santo tem seu carisma, é só saber a qual invocar." O cadastro hagiográfico dava certo e ninguém duvidava de sua reza forte e do canal direto com o Pai Eterno, sua fé era das tais que moviam montanhas, a bíblica semente de mostarda, e sua mediação, garantia de milagre. Então nos habituamos com mamãe em murmúrios, sempre às voltas com a eternidade e intercalando os afazeres cotidianos – a costura ou a arrumação dos armários, a condução para as aulas de francês e o dentista, as compras no armazém, o mexer da colher de pau na panela – com pedaços do pai-nosso e da salve-rainha. Às vezes, assim sem mais nem menos, entoava uma inacabável ladainha. Irrequieta, se nervosa coçava a cabeça; muito nervosa, coçava até sangrar. Guardava e usava o papelão do papel higiênico para enrolar os cabelos, muito finos e ralos como são os meus, mas não tinha um pingo de vaidade – achava um absurdo o preço dos raros cosméticos então existentes e absurdo maior o tempo que se perdia com seu uso – e em geral, os mantinha enrolados em coque, às vezes (mal) presos por uma velha e enferrujada agulha de crochê.

Marca de nossa casa onde o sagrado e o profano se confundiam, sempre estava acesa a lamparina a óleo que iluminava o altar para São José – homônimo de nosso pai, protetor das virgens e padroeiro dos casamentos felizes – substituído mais tarde por uma estátua do Sagrado Coração, uma assustadora imagem quase de tamanho natural deixada em testamento pela avó (aterrorizante! eu podia sentir a maior sede à noite, a boca estalando de seca até esturricar, mas até ficar bem grandinha, nada me faria levantar no escuro para pegar água na geladeira, tendo que passar por suas escorridas e fosforescentes gotas de sangue). A comida estragava e vinha a cozinheira resmungar com o santo, nota baixa e descarregávamos a mágoa no oratório e, ao perder o prêmio da loteria de Natal, papai virava a imagem para a parede "de castigo" e ameaçava nunca mais acender a luzinha. Houve tempos em que a porta ficava aberta e entrava vizinho, gente que ouvira falar do altar, o padeiro, o ajudante de obra, a empregada do andar de cima: a casa ia virando sucursal da paróquia. Até que veio o padre, ficou bravo, falou em sacrilégio e mandou mamãe fechar a tranca e explicar que assim não dava, se queriam pedir e rezar que fossem direto à fonte, à santa madre igreja, afinal, era só dobrar a esquina.

A família se reunia à tarde para a oração do Ângelus: dava as seis, o rádio anunciava a ave-maria e era hora de interromper o que fazíamos e ajoelhar, fornecedores, visitas e empregadas de qualquer credo incluídos, com mamãe puxando o "Lembrai- vos." Cantar, ouvir rádio, ir ao cinema, exceto para assistir a *Vida de Cristo*, ou rir durante a Semana Santa, era pecado mortal, a Quaresma exigia abstinência, silêncio e roupas escuras (tocavam, bimbalhavam, dobravam os sinos das igrejas de Minas!) e jogar pão fora, ainda que ínfima migalha-quase-farelo, um açoite a mais no flagelado Corpo de Cristo (se sujo, podia, mas tinha que beijar o pedaço e pedir desculpas antes). Para além de Deus e Sua gente, existia papai, amor de vida inteira: riu com gosto de todas as suas histórias, mesmo das mais insossas e repetidas, até o último dia da vida dele e nunca a vimos dedicar-lhe um olhar desinteressado, um gesto distraído. Aprendemos com os amores de mamãe como é curta a distância entre a adoração de deus no homem e a adoração do próprio Deus: para ela, os dois se confundiam e aos dois devotou o melhor de si. Com toda essa extraordinária capacidade de crer e amar – quase soterrada por toneladas de moralidades e sufocada pelo compulsório sentimento do dever – mais de uma vez confidenciou às filhas, ao saber dos desatinos de uma tia, dos deslizes da vizinha, das escapadas da prima: "Ah, um perigo esses excessos: sempre fugi das forças irreprimíveis da paixão." Não me enganava: eu conhecia aqueles irisados, os amarelos, os riscos finos de verde.

Então jovem e bonita, sentia pelas filhas um amor orgulhoso e se alegrava quando nos elogiavam, mas fazia figa, pedindo perdão a Deus – acreditava em mau-olhado. Instruída pela vizinha, punha raminho de arruda atrás da orelha ou entre os seios, ouvia falar de um padre *bom de bênção* e nos carregava para a paróquia fora da cidade, uma a uma nos prostrávamos. Trazia da igreja garrafas de água benta e nela nos banhava, em dias de febre alta. Uma vez por semana, se manhã de sol, enfileirava as quatro na varanda e – munida de uma tesoura de ferro de cabo comprido esquentada num fogareiro a álcool – encaracolava nossos cabelos, prendia o cacho de cima com um enorme laço branco e nos mostrava ao espelho, repetindo que éramos lindas – figa de novo. Depois, exibia o resultado a papai e nos entregava à babá Ondina, a mulata mais bonita da cidade, segundo o escritor Ciro dos Anjos, e festejava e batia palmas ao nos ver de banho tomado, vestidas, engomadas e prontas para passear pela praça da Liberdade, ou visitar e tomar lanche com uma das nossas duzentas ou trezentas tias, duas ou três quadras adiante. Era assim. Simples assim.

Tempos depois, a casa ficou ainda mais agitada e barulhenta – parecia um mercado – havia sempre alguém – muitos alguéns – subindo e descendo, caras novas surgiam e sumiam e entravam e saíam, o escritório formigava, acabou-se o encontro do café, sumiu de vez o disputado colo, a comida atrasava, apagou-se a lamparina, não tinha mais reza diária, mamãe não se enfiava mais no quarto e, uma tarde, botou sapato alto – e aposentou o penhoar azul, que deixou amassado e pendurado num gancho atrás da porta do banheiro – e todo mundo, até gente nunca vista, que não era parente nem nada, vinha dizer que devíamos nos comportar, dormir cedo, falar pouco e baixo, não reclamar e não fazer bagunça e que papai ia disputar uma eleição. Uma campanha política. Coisa importante. Coisa muito fina. Vencesse, nossa vida ia mudar muito. Encolhidas, assustadas, assim escutamos, assim ficou guardado: a vida ia mudar *muito*. Mas quem queria, quem escolheu, quem pediu, quem mandou que a vida mudasse?

Tornou-se irreconhecível o som dos passos e das vozes, papai ia e voltava de viagens cada vez mais demoradas, contava casos de lugares cada vez mais perdidos, o terno ficou bege de poeira, mamãe lacerava a cabeça. Ninguém nos olhava. Isoladas, expulsas do paraíso, nos irmanávamos em conspirações de resistência e restauração, exigiríamos nossa vida de volta. Mas já não valia ser bonita, inteligente, surpreendente, original, meus versos ninguém ouvia, ninguém tinha tempo para nós. E sem a confirmação no olhar *deles*, não sabia quem eu era, qual o meu papel na casa, no grupo. *Que movimento faço agora?* E, no entanto, já não nos olhavam, nos dissolvíamos: havia decisões muito importantes a serem tomadas, o palco não era mais nosso, a nova peça nos dispensava. O mundo se tornava outro.

Deste entra e sai, entre a multidão que víamos de relance, me intrigava uma mulher mais velha e bem composta, sempre sozinha, que vinha com frequência e não entrava de jeito nenhum. Apesar dos reiterados convites de mamãe: "Entre, dona Carmélia, a casa é sua, seja bem vinda", ela não cedia, sacudia a cabeça grisalha e dizia do portão, misturando as palavras, sotaque carregado: "Gracias, dona Isaura, vim buscar más cédulas. Tengo votos novos para o Doutor." Cédula era o papel que representava o voto – trazia o nome do partido e do candidato – servia para representar a vontade do eleitor e deveria ser, por ele, depositada na urna. Por aí, descobrimos a forma de participar daquele mundo azafamado: aprendemos a amarrá-las em pacotes médios – umas duzentas em cada bloco – e orgulhosamente conquistamos a missão de entregá-las a quem apoiasse a candidatura de papai. Toda hora e de todas as cidades do interior, vinha gente buscá-las. Do quintal, do canto no jardim, do vão da escada, assisti à cena se repetir dezenas de vezes e confirmei que não adiantava insistir; tio, padrinho, amigos acenavam da janela, ou podia ser vovó a convidar, ela não arredava pé: "Gracias, prefiro aguardar acá mismo", o jeito reverente. Cresci, e me contaram à surdina que dona Carmelia era uma famosa cafetina, uma espécie de comandante da zona e dona do cabaré onde trabalhavam as mais disputadas e escoladas putas francesas da cidade. Em verdade espanhola, ela adorava papai e lhe prometera o apoio eleitoral de suas mulheres e "de todas as meninas maiores de idade da rua Guaicurus." Cumpriu. Correu que na noite anterior às eleições, ela decretou toque de recolher mais cedo, despachou os remanescentes e deu as ordens: "Manãna, quiero todas muy limpias, de blanco, cedula nas mãos." Fontes fidedignas confirmam que o cortejo – seguido de perto por olhares curiosos e cúpidos – parecia primeira comunhão, provocou mais agitaçao que o pleito e rendeu matéria no jornal: às primeiras luzes da manhã, as meninas se dobraram ao cabresto e se postaram em fila indiana, sob estrita vigilância da galega. *Todas muy limpias, de blanco...*

As urnas se pronunciaram e apontaram a zona do meretrício como origem de centenas de votos, alguns infelizmente anulados porque marcados de beijos de batom vermelho vivo, mensagens escritas, ou cheirando a Leite de Colônia. "O voto é secreto, não pode haver marca de origem", fechou questão o juiz eleitoral, aos lamentos do comitê de papai. Nunca jamais se soube o que pensava mamãe de devoção tão heterodoxa, mas ela foi para a cozinha, assou e encheu uma lata inglesa de biscoitos de fécula de batata, que mandou entregar com flores, um cartão de agradecimento e uma novena a São Judas Tadeu e, desde então, passou a incluir ona Carmélia em suas orações cotidianas, novenas e promessas anuais. Pelo resto da vida, contava e repetia o fato e se admirava: "Palavra é o bem mais precioso: fosse o que fosse, nunca vi mulher tão digna."

Quase cinco anos, as mais velhas saindo de uniforme e lancheira, bati pé e insisti que também queria ir para o jardim de infância. Aceita minha matrícula, louca de alegria, lá fui eu. Terceiro dia, de avental com nome bordado – disparei. Nem precisavam mais mostrar o caminho, sozinha corri para minha sala – sentei numa cadeira vazia, perto do estrado da professora. Chegou depois um menino, não gostou de me ver ali e me deu um beliscão. Doeu demais, perdi a fala. Sem entender o que acontecia, em pânico, não me levantei. Veio um segundo beliscão e as lágrimas explodiram dos olhos, em acesso e aos berros anunciei que queria minha casa, queria minha mãe, eu detestava todos eles e acabei despertando na turma a crueldade tão negada e tão comum em todas as doces crianças do mundo: batendo uma mão fechada na palma da outra, me rodearam em coro e repetiam: “Manteiga derretida, manteiga derretida.” Estupefata, me perguntava o que quer dizer tudo isto? o que dizem os meus livros? onde está escrito o que fazer? A menina-que-se-achava-pronta-para-enfrentar-o-mundo desconhecia a propriedade, a possibilidade de uma cadeira ser cativa e não entendia a expressão – entregou-se ao desespero. Submetida a leis e circunstâncias novas e desconhecidas, eu me debatia e me perdia. A professora me resgatou da turba e afoguei-me em seus braços protetores, perguntando entre amargas lágrimas o que eu fiz de errado? Aprendi que cada aluno tinha lugar marcado e o que queria dizer *manteiga derretida*, descobri meu pavor de gente e do *não sabido*. Bateu fundo o despreparo, minha ignorância. Cheguei em casa aterrada, mamãe me abraçou: “O que deu em você?” À noite, ouvi-a dizer à vovó, entre um e outro gole no chá de camomila: “É impressionável, imaginativa, sensível demais. Diz que levou um beliscão e que...”

Naquele dia, naquela hora – descobri anos mais tarde, no divã do dr. Rubens – entendi que, para dar conta da vida, eu precisava saber, conhecer as palavras, todas as possíveis. Fiz desta a minha forma de (buscar, tentar, pretender, procurar) dominar o indomável mistério. E entre os seis e os nove anos, me obriguei a aprender pelo menos três novas expressões idiomáticas a cada quinze dias. Na virada da infância eu só falava *aos borbotões, dormia como uma pedra*, vivia *com a cabeça na lua* ou *nas nuvens*, implicava com a vizinha que *metia o nariz onde não era chamada* e explicava que *estou por aqui com ela*. Nunca perdia a oportunidade de dizer *bem feito, foi pôr lenha na fogueira e deu com os burros n'água*. E insistia com mamãe: *Deixa comigo, faço isto com os pés nas costas*.

A dor do não entendimento e o medo de gente reforçaram minha paixão pela linguagem, o interesse, a curiosidade, a alegria e a embriagante sensação de acreditar desvendar o mundo a cada palavra descoberta – fonte de prazer e rede de proteção. Não voltei à escola, não mais vesti o avental de nome bordado, as irmãs disputaram a lancheira e me refugiei mais uma vez nos livros, nos cantos e vãos da escada e no regaço familiar, àquela altura também enigmático. Mais tarde, foi um sofrimento a entrada no colégio – a lembrança me paralisava, as pernas endureciam e a cabeça latejava: três vezes fui empurrada para dentro do ônibus escolar antes de me conformar a sentar entre as duas irmãs mais velhas, envergonhadas com minhas incontidas lágrimas, meus resmungos e meu nariz remelento. Da janela embaçada pelo choro vi minha mãe se afastar, se afastar, virar um vulto no longe e jurei odiá-la até meus derradeiros dias. *Ou morrer bem nova para ela sofrer muito, ficar culpada e aprender a nunca mais me abandonar*. Porque abandonada e desamparada me sentia ao me apontarem, na sala enorme e iluminada do colégio amarelo, a carteira dupla onde eu deveria sentar vizinha à Lucia Tereza, uma loura gorducha e sardenta de óculos, tranças amarradas com laços de fita azulão, que nem se virou para mim e não parava de morder nervosamente a ponta de vários lápis e as unhas de todos os dedos. Quando finalmente cedeu a aceitar-me a seu lado, descobriu que tínhamos em comum olhos amedrontados e úmidos, o mesmo tremor nos lábios. Nos tornamos amigas, eu adorava conversar com ela, achava a mãe dela a mulher mais bonita do mundo e descobri que morava num palacete com torres e pátios na avenida Atlântica, e tinha uma avó baronesa. Também descobri que a mãe dela era triste, muito triste, eu não entendia por quê. Depois, ela casou com um milionário paulista que criava cavalos e plantava soja e foi embora e depois ficou infeliz e se separou e depois se casou com um milionário mineiro que plantava café e ficou infeliz e o largou e depois com um milionário carioca que tinha indústrias e a largou e anos mais tarde, as duas, sem conter no peito o coração, nos reencontramos ansiosas e nada mais havia a dizer. Perdi-a de vista, mas às vezes me pego com saudades de sua mania de morder unhas e chupar lápis e contar mentiras interessantíssimas.

Mas isto era outro tempo e outra história: eleito deputado, papai passou os clientes para um colega e fechou o escritório, botou na lapela um broche com um facho de fogo e a sigla UDN (União

Democrática Nacional), nos ensinou quem era o Brigadeiro – *Brigadeiro, Brigadeiro, é bonito e é solteiro* – mandou imprimir blocos, papéis e cartões com seu nome e o lema "O preço da liberdade é a eterna vigilância", vendeu a casa de Lourdes com o quintal e o pé de carambola e largou, enferrujando num fundo de armário, a tesoura que fazia cachos. O altar com o São José (que virou o Sagrado Coração), velas, óleo e lamparinas, foi embalado e despachado com os móveis, as pastas, os tinteiros, as canetas e os agora milhares de livros, e a família chorosa despediu-se do resto da família chorosa e embarcou num trem, deixando para trás Minas, as montanhas de ferro, o céu tão limpo e um pedaço de nós mesmos. Próxima estação: a capital, Rio de Janeiro, sede do governo brasileiro.

A CIDADE GRANDE

O Rio de Janeiro zerava tudo. Acabaram as tias e os avós, o leite fresco, o sobrenome e o pé descalço, e virou pó o muro que nos amparava: o mundinho virou mundão, e descobrimos que tudo podia ser muito alto, muito grande e muito longe. O céu era de um azul diferente e não mais nos protegia. Nosso vocabulário revelou-se parco e ganhou palavras novas, faiscantes como pepitas: barraca de praia, esteira, óleo de bronzear, edifício, sol de verão, picada de pernilongo, mergulhar, afogamento, bandeira vermelha, calor, perigo, furar onda, peixada, lanterninha de cinema, carioca... E *maresia*, que falava daquele cheiro que penetrava tudo, se infiltrava na casa, nas juntas dos azulejos e nas janelas, invadia a roupa nas gavetas, tonteava. Fisgada! Levou tempo, resistiu, ela não queria trair Minas e a infância, mas a maresia – cordão umbilical que ainda hoje a ata – forçou as frestas do seu medo e a cidade grande tomou seu coração.

Mas antes, por um longo tempo, ela teve medo do mar. Tanto medo. Tanto mar. Tão grande. Tão sem fim.

Como se falava! Quanta luz! A menina vivia em estado de choque. Quanta gente, quanto movimento, quantas coisas ao mesmo tempo, rápidas, repentinas, arriscadas, ruidosas. Quanta largueza! Atravessar a rua, perigo mortal. Um calor! Que cidade mais louca, trepidante, abafada. No verão, nuvens de pernilongos que o pai tentava matar com a toalha molhada em trouxa, noite após noite, salpicando de vermelho a parede do quarto, o teto da sala, a vidraça da varanda. O apartamento ficava no décimo andar de um prédio em Copacabana, e ela tinha medo do elevador: subia e descia a pé os dez lances de escada, e uma vez que foram de ônibus conhecer a Câmara dos Deputados – *o trabalho de papai* – não só dormiram as quatro no caminho vencidas pela distância, como, ao chegar, não conseguiram encontrá-lo, embaralhado entre centenas de idênticos ternos brancos de linho 120. *Os homens eram assim iguais e papai apenas mais um? Que decepção!* Como somos pequenas, como eu sou frágil. Ninguém aqui tem família nem laços, ninguém é primo, tudo aqui é solto, desatado, desordenado! Detestou este lugar perigoso, que explodia suas referências: *Se eu sabia, eu não vinha* virou seu bordão. Ah... ela queria de volta o tio Téo, sua coleção de selos e a penca de namoradas, queria a tia e a jabuticabeira do quintal, morria de sentir falta da sala secreta, dos pássaros e invenções do avô das frases latinas e dos tratados de guerra. Ah... nem mais lhe importava a tia Dora, não doía o beliscão nem o ficar sozinha e triste no vão da escada cheia de gente. Cadê sua paisagem? O cheiro de terra molhada de chuva? O mundo se desdobrava e, alvoroçado, o resto da família descobria a rua, o mar, as praças e os amplos espaços livres, enquanto ela recusava, se refugiava nos cadernos, nos quadrinhos e na imaginação, para escapar àquela cidade bruta, invasora, nervosa demais, mais intensa que qualquer fantasia. Cidade que a obrigava a sair de dentro, a expulsava de si, cultura do sol exigente, que em poucos meses as transformou em selvagens peles-vermelhas, cheias de bolhas doloridas que aprenderam a descascar devagar e soltavam água ardida. Ela, pouco mais de seis anos. Da mais nova (perto de quatro, quando se mudaram) – quase nada se lembra (guarda a cantiga de roda na voz aflautada, o som de uma gaita, o tamborilar compassado de dedos na janela), mas Sofia e Isabel adoraram a mudança, viraram cariocas rapidinho, aprenderam a falar chiado e desabrocharam, não perdiam a praia, se atiravam nas ondas e corriam pela areia – nem se importavam em queimar os pés – se bronzeavam e faziam fascinantes amigas de rua: Irina era grega, falava mal nossa língua e se gabava da superioridade do idioma natal: "O português nasceu muito depois, grego é língua-mãe, lembrem-se de *pólis, hidro, etno, filo, logia, meta.*" Disputávamos os achados, *sincronia, abstinência, demagogia, democracia, hegemonia*: batia palmas Sofia; *simpatia, metabolismo*: Isabel festejava e Irina confirmava, horas sentadas sobre sacos de estopa recheados de grãos no mercadinho atulhado de seu pai, dente de ouro, braços rijos e sorriso escancarado, que nos ensinou a distinguir especiarias pelo cheiro e a gostar de azeitonas pretas e pasta de gergelim. Sobre deuses, Irina dissertava com espantosa familiaridade: Geia, Zeus, Afrodite, Deméter, Poseidon, sabia tudo deles, contava suas histórias e valorizava seus feitos, quase seus parentes. Quantos mundos dentro do mundo! Tudo isto ali, na nossa esquina, a passos de nossa casa. Alguém bateu à porta, mamãe abriu e a menina de olhos verdes pergunta se podia emprestar uma xícara de açúcar, ou uma colher de pau: Amarílis, italiana, loura e já peituda, morava dois andares abaixo e logo virou amiga, confessou que o pedido de empréstimo era desculpa para se chegar. Fugidos de Mussolini, donos de papelaria, seus pais nos regalavam com sobras de cartolina e lápis coloridos e, se achava tempo, a mãe contava casos de Roma e preparava macarrão *al sugo*, com folhas frescas de manjericão. O pai de Lucinda, do sexto andar, trabalhava no jornal e era taciturno, chegava tarde e parecia muito infeliz, ela tinha medo dele. Não sem razão, nós achávamos: Lucinda namorava meio mundo, tinha uma voz aveludada, era exótica, usava uma única trança grossa que caía pelas costas e com a Kodak que "roubava" do pai, saía fotografando homens, cenas de rua e barracas coloridas. Transgressora, a Lucinda. Tudo o que eu queria ser, não fosse tão medrosa. Num raro dia que me aventurei na areia, a vi de longe fumando, depois soltar a fumaça em rodelas e beijar longamente na boca o vizinho do 1003.

Como podia uma cidade ser ao mesmo tempo tão atraente e assustar tanto? E havia os negros, escassos na nossa lembrança belo-horizontina: o anúncio no jornal "precisa-se cozinheira" atraiu Aparecida, enorme e gorda, que punha as mãos na cintura e gargalhava, tampando a boca para disfarçar os poucos dentes. Boquiabertas – a minguada "gente de cor" que restava em nossa memória infantil eram párias intocáveis, encolhidos, de olhos baixos, que de raro em raro batiam na porta e pediam trabalho em troca de casa e comida – Flávia e eu acompanhamos a entrevista com mamãe e a ouvimos dizer que era neta de escravos com muito orgulho, sim senhora; que era dona de casa própria, um barraco de quatro peças no morro do Pinto, se mamãe quisesse lhe dar a honra será um prazer, é só chegar, nem precisa avisar e será recebida com um cafezinho; aceitava só ter folga aos domingos, sim senhora, à exceção do Carnaval, porque era baiana do Ameno Resedá e não perdia o samba por nada – "que Nossa Senhora de Aparecida, preta como eu e de minha devoção, me desculpe, nem se ela pedisse eu largava meu Rancho" – desfilar era razão e paixão de sua vida, sim senhora. "E que os filhos me perdoem, mas nem por eles faria tal sacrifício, porque a senhora sabe, filho a gente tem e de repente não tem, batem asas, abrem a portinha da gaiola e..." E que tinha marido e dois filhos homens – "muita vontade de ganhar uma menina" – era casada, *casadíssima*, de papel passado e tudo, com o quarto companheiro, cabo de polícia, "homão bonito que só vendo, sim senhora, quando veste a farda, então..." E tampou a boca e escondeu a falta de dentes e deu uma linda risada. A maestria no forno e fogão, a alegria, os pastéis e os empadões de frango e palmito suplantaram a moral materna, e Aparecida ficou em nossa casa – alcovitada por mamãe – até o sexto filho, não sei quantos noivos e namorados e o sétimo marido, oficial do corpo de bombeiros. Um homão! Coisa mais espantosa esta cidade grande!

Que assombro! Em um quarteirão, tinha mais histórias que em toda Belo Horizonte! Em uma manhã, mais coisas aconteciam que em meses, anos de Belo Horizonte! Para complicar, junto com o Rio veio Hollywood: mamãe descobriu o cinema e não perdia uma sessão da tarde de quinta-feira no Metro Copacabana, falava em *happy end* e *technicolor*, deu para olhar ainda mais o infinito e adorava Errol Flynn e Gregory Peck, "a cara de seu pai." Voltava, olhos sonhadores e nos fascinava, contando: "Tudo fica escuro e lá de trás vem um facho de pó que não é poeira, é luz, e que vai para uma grande tela branca e vira figuras, imagens, paisagens, tudo se movimenta e ganha cor e o mocinho vem a galope e usa um chapéu e venta muito – dá para sentir o calor e o vento – e ele franze os olhos e o chapéu quase cai da cabeça. E então, ele apeia, abraça com força e beija a mocinha – na boca! – a ventania aumenta, assobia e levanta poeira de verdade e a música toca e chega a cavalaria..." Como se dava isto? Confessava fechar os olhos em cenas de medo e perigo – a queda no desfiladeiro, a emboscada, a espada que traspassa, o tiro no coração, o sangue que jorra, o tropel. E que puxava o lenço e derramava lágrimas – em público! entre gente desconhecida! – morresse à bala o mocinho antes do beijo final. Como um segredo precioso, contou à menina que num filme triste, na hora da morte do herói, apertou a mão de um desconhecido que lhe estendeu um lenço, um vizinho de cadeira! Tão clara, a transferência: o bem virou o mocinho e o mal, o bandido – Hollywood era outra religião!

Vô Lilavo vinha de Minas, coçava a cabeça, se espantava com a filha se arrumando toda, botando sapato alto, dizendo tchau: "O *tempora, o mores,* que desplante, que perdição!" Imaginem se mulher casada ia sozinha ao cinema em Belo Horizonte, se mulher casada *mineira* suspirava por homem fora o marido, além de tudo, *um artista, um homem sem peias. Que devassidão.* A menina se mordia de inveja deste mundo vedado: queria entrar na sala escura, ver a luz lançar figuras – a lanterna mágica! – se emocionar com tanto amor, nuvens e beijo, queria ser a mãe nas tardes de cinema. Dividida, transtornada, a fascinavam as novidades e recusava o elevador. "Ah se eu sabia eu não vinha!" Papai se desapontava: sempre reconhecera meu temperamento como próximo ao seu, mas caçoava de meus temores e me encorajava, destes medos não admitia compactuar. "O Rio de Janeiro, a capital do Brasil! a abertura para o mundo!" De mar, a menina tinha pavor – aquela imensa massa de água que no mapa virava oceano, o horizonte infindável – e para não o ver nem ouvir seu barulho, ficava de longe lá em cima, emburrada na calçada, braços cruzados, enquanto as irmãs se divertiam e aprendiam a mergulhar, davam cambalhotas, corriam – as ingratas, tão rápido desprezavam Lagoa Santa, tão rápido: não pode ser assim, só porque a gente mudou de cidade, pega o passado e... zás, como se nunca tivesse existido. Um dia, papai comprou iscas, varas e molinete, pôs um boné, vestiu um calção comprido e largo e aprendeu a pescar no mar: nunca trazia nada, dizia que nem precisava do peixe, bom mesmo era gozar a brisa, sentir o cheiro e olhar a vastidão, mas descobrimos que gostava de olhar as moças de maiô. Postado em frente às ondas de Copacabana, apontou "A África fica logo ali" e a menina passou noites e noites em pesadelos horríveis: leões, bramidos, rugidos, o salto sobre a presa, savanas, manadas, zulus, hotentotes, tigres-de-bengala, a África! Logo ali! Que ritmo, que efervescência, nada fica parado, nada é seguro nesta cidade! E tem ruas cobertas com sinuosos desenhos de pedras portuguesas que nos provocavam a brincar com um pé só e pisar no branco e pular o preto e quem errar vai queimar no inferno!

Anos mais tarde, aprendi que Darwin sintetizou, ao fim de suas pesquisas: "Não é o mais forte, nem o mais inteligente que sobrevive, e sim o mais capaz, o mais adaptável a mudanças", ajoelhei e agradeci a Deus estar viva, porque fui um desastre, um fiasco no quesito adaptação. Que mundo vário! Então, mamãe resolveu que era impossível morar no Rio e não dirigir, estudou mapas e ruas e treinou manobras e balizas e assim que pôde fez o exame, na terceira vez, foi aprovada e tirou carteira de motorista e comprou um carro verde e fomos nos orgulhando de sua destreza na direção. E uma noite ela se vestia e passava um batom bem vermelho e prendia os cabelos em coque e abotoava de cima a baixo um vestido decotado de algodão e estava tão jovial, tão remoçada, que a tia mineira não resistiu e disse como era bom vê-la assim sorridente e leve e tive que engolir em seco e admitir que, à vinda para o Rio, devíamos uma mãe menos distraída e muito mais alegre, menos rezadeira de novenas, com menos obsessão por faltas, erros, inferno e pecados e dona de uma forma nova e altiva de falar e andar. Que mãe bonita ela está ficando!

De proibição em proibição, chegou a hora de ir ao cinema – um deslumbramento, o único rival da paixão pelos livros: perdidamente me apaixonei pelo pirata, o mocinho virou namorado e objeto de sonhos, e então descobri que uma pitada de maldade dava graça a um homem e torci pelo vilão e então descobri que uma pitada de indecência não fazia nada mal e torci pelos ousados, e tinha *saloon*, rajadas de tiros, bandidos morrendo às moscas, revólveres fumegantes, justiceiros e cavalos velozes, toda mulher sabia beijar, e diligências e índios selvagens de pinturas, cocares, linguagem e nomes estranhos – sioux, comanches, navajos, iroqueses – sabíamos mais sobre tribos norte-americanas que das nossas. E que milagre, que mistério transformava a abandonada, a rejeitada, numa mulher resoluta que reagia a uma frase atrevida com um tapa estalado na cara do cínico que ria de lado, debochava? Ah meu coração desgovernado! Decorávamos as frases, copiávamos os gestos, cantávamos as canções, o cinema nos modelava. Os heróis de Hollywood eram os novos santos no nosso imaginário.

Com o tempo, aprendi a pegar onda e a não detestar os pés com areia, fomos atrás do bloco de Aparecida no Carnaval, deixamos para trás o alarido de Copacabana e nos mudamos para o quieto Leblon – um vasto areal quase desabitado onde a cidade acabava – seis quarteirões, três predinhos baixos, umas poucas casas modestas, a imponente residência de pedra dos Gebara, um armazém onde papai abriu uma conta, uma padaria e quatro lojinhas mal abastecidas. A gente via, ao final, a Pedra da Gávea, uma rua em curva, apertada, que ia dar em São Conrado e bem distante a perigosa e suspeita Barra da Tijuca, onde as pessoas se escondiam para namorar dentro do carro e nos motéis e o Rio findava de vez. O Leblon. Longe de tudo, no comecinho nem tinha bonde nem nada, só bem depois estenderam os trilhos até aquele fim de mundo, que ia dar na subida do morro. Até então, o limite do Rio era o Jardim de Alá: em seu canal, aos domingos, pescávamos bagrinhos com miolo de pão e os devolvíamos à água; coitados, horrorosos, tão pequenos, e têm a carne horrível, nem dá pra comer nem nada. O Leblon. Meses depois, mudaram-se para a esquina o poeta Paulo Mendes Campos e Joan, sua mulher inglesa: magro, bonito, jeito indefeso, cabelo tombado na testa (Stanislaw Ponte Preta, cronista irônico da vida carioca, inventou que eram penteados com secador). Fora aluno de papai em Belo Horizonte, às vezes se encontravam e conversavam e eu morria de inveja, pedi que me comprassem seus livros, decorava seus poemas. Algumas noites, exagerava na bebida o poeta, e meu coração se confrangia; lá ficava eu, horas e horas de vigia na janela em frente ao bar Clipper, vendo-o tomar mais um, e depois mais um e depois mais outro e torcendo para que Joan, a amorosa Joan, viesse buscá-lo e levá-lo para casa. Só então eu sossegava, punha o pijama e conseguia dormir. No caminho para o quarto, ia repetindo: *"Três coisas, não consigo entender: o tempo, a morte, teu olhar. O tempo é muito comprido, a morte não tem sentido, teu olhar me põe perdido..."*

E em uma manhã nevoenta, encontrei afundada na areia uma concha cor-de-rosa tão linda, em forma de caracol: encostada ao ouvido, me trazia o som de ondas, ondas de todos os mares do mundo!

Juntei-a à minha coleção de folhas secas, cacos coloridos de vidros, borboletas e cascas de cigarras, de ninhos que recolhia ao caírem das árvores. Meu tesouro secreto. Foi no Leblon que Sofia e Isabel descobriram o futebol de praia e fugiam para torcer pelas pernas musculosas dos atletas do Colúmbia e do Cobrinhas, os times locais do futebol de areia. Foi no Leblon que Isabel viveu sua única paixão conhecida: tremia ao ver Edu, um galã que tinha a particularidade de jogar de óculos escuros e era a estrela, o goleador maior do Radar, time da Rua Toneleiros, de Copacabana, que vinha, de vez em quando, desafiar o Cobrinhas, em campeonatos que acabavam em pancadaria. Mal pisava na areia o atleta e a procurava entre o público, dava uma piscadela e Isabel perdia o prumo, tinha crises de falta de ar. Durou pouco o xodó. Logo, logo, ele a trocou pela Eliana; logo, logo trocou Eliana pela Ruth e logo, logo... tinha mulher *assim* dando em cima do Edu e Ruth usava maiô super cavado, sem alça para segurar, um tomara-que-caia! Não dá para competir, se resignava Isabel. O nome virou tabu, o caso estava acabado há um tempão, se uma de nós se distraía e citava o Edu, ela corria para vomitar. Mas também foi no Leblon, e pouco tempo depois, que as duas formaram uma turma animada e passaram a reunir amigos em arrasta-pés semanais, assistidos com inveja por mim e Flávia da porta do quarto, e que acabavam à meia-noite em ponto, quando papai desligava a vitrola e percorria a sala com uma tabuleta "Hora de dormir, cada um pra sua casa."

Ela sonhava com os treze anos, idade para começar a frequentar festas e dançar. E, é claro, fumar, soltar anéis de fumaça e beijar na boca. Como Lucinda.

AZAR E SORTE

O mundo se alargava, e quando papai nos levou às corridas no Jockey, conhecemos duas figuras extraordinárias, um espalhafatoso deputado gaúcho e um esparramado editor carioca. Com eles aprendemos: quem tem alma de jogador explica o mundo todo, o destino dos indivíduos, a vida, o hoje e o amanhã, por duas determinações, azar e sorte. Conhecidos turfistas e apostadores, donos de posses consideráveis, gargalhadas estrepitosas e palavreado atrevido, e caros, potentíssimos e enormes binóculos alemães, eram adorados pelos frequentadores do hipódromo da Gávea: tudo neles era desmesurado. Equivalente à fé de mamãe em Deus e de papai na genética, tributavam tudo à sorte ou ao azar e a predominância de um ou outro pautava as suas – e as nossas – tardes de domingo: os portões se abriam e eles assomavam em largas passadas a Tribuna de Honra, aplaudidos, venerados, saudados como realezas. Apostavam nos primeiros páreos para *sentir* as vibrações e confirmar os palpites, invocavam seus oráculos e, dependendo dos presságios, jogavam fortunas, se tornavam felizes ou infelicíssimos, ferozes ou generosos e nos apertavam em abraços ou nos ignoravam, fingiam não nos conhecer, de nós queriam distância. Em certos dias, nem nos cumprimentavam. Alimentavam outras idiossincrasias, como não apostar em alazão em dias pares ou em tordilhos nos ímpares, repudiar ou escolher uma barbada pelo comprimento da crina ou da cauda, e ocupar o mesmo assento do lado esquerdo ou, meses corridos, o mesmo do direito e repetir o paletó de riscas pretas *da sorte*, até ficar surrado. Nós os adorávamos, representavam a largueza, o excesso, a falta de limites, o oposto do que marcava nossa vida. Sem dinheiro e vocação para grandes voos, a pantomima era motivo de troça de papai: "Pura encenação, teatro, uma ópera bufa", ele dizia, mas, para a dupla, o menor indício – uma corrente de ar, um escorregão, um espirro, o boné que tombava – podia ser o sinal sagrado, a indicação fatídica: se ganhassem no primeiro páreo era bom augúrio, em gestos largos nos apontavam na pista o azarão, olhos molhados celebravam o vencedor, agitavam lenços e esfregavam as mãos. Perdendo, se irritavam e iam embora em gestos dramáticos: o político amassava o paletó que pendurava nos ombros, mastigava com fúria o charuto babado e jurava em altos brados e reforçando o sotaque dos pampas nunca mais voltar, enquanto o editor praguejava e lançava ao ar em grandes gestos as pules rasgadas e gritava aos céus que era tudo marmelada, um bando de trambiqueiros, uma roubalheira só e saía insultado descendo aos tropeções as escadarias de mármore, sob aplausos ou vaias do grande público. Uma trovoada, um maremoto, os dois. Sorte e azar, as medidas do mundo! Bebíamos aqueles exageros, devorávamos cada cena – adulta, vi nos filmes de Almodóvar reprises daquelas tardes no Jockey: nunca uma miudeza, nunca o marasmo, nenhum minuto banal! e ansiávamos pelo fim de semana. Melhor ainda quando um ganhava uma bolada e nos chamava lá em cima, nos dava um abraço apertado e um capilé generoso, "para agradecer a boa fortuna."

Ele nunca soube o que fazíamos com estes presentes inesperados, crescemos, trocamos o turfe por filmes, garotos e festas de dança, nos perdemos e só nos revimos no meu casamento – ele de cabelos brancos, gordo e olhar apagado, proibido de fumar seus adorados charutos –, mas foi com o dinheiro de um destes prêmios que comprei o há tanto tempo sonhado maiô de lastex verde-piscina, americano e caríssimo, igualzinho ao de Esther Williams no filme *Escola de sereias*. Vestia este maiô ao perceber pela primeira vez na vida – sob o calção do Igor, o vizinho magrelo de frente, óculos fortes de grau, timidíssimo, e que vivia me rondando na praia, esticando a toalha e cavando fundo na areia a minha barraca amarela – o volume que procurou disfarçar e, rosto queimando e desviando o olhar, adivinhei ser resultado da atração que ele tinha por mim. Inesquecíveis tardes de domingo, inesquecível olhar de Igor, inesquecível maiô de lastex verde!

IN LISIEUX FIRMATA SUM

O SOMBRIO HÁBITO NEGRO

O primário, em semi-internato, foi no Lisieux, instituição de elite de origem francesa que ocupava um prédio amarelo e extraordinariamente bonito, na Tijuca. A maioria das alunas era muito rica e o padrão financeiro definia a relação com o colégio: uma vez por ano, dava-se a coleta das Missões e ali ficava claro quem era o que, quem podia o que e quem valia o quanto. Fiquei no colégio dos sete aos treze anos, e estudávamos lá havia pouco tempo, Sofia entrou em casa soluçando e bateu a porta do quarto, dramaticamente enterrou a cabeça no travesseiro, se rebelou: disse que não voltava, "era contra seus princípios", em meio a explosões de raiva e lágrimas, discursou contra escola de gente rica. Jurou – ela tinha uns dez ou onze anos – que "nunca, nunca, entenderam?" poria *seus* filhos num colégio como aquele, onde se tratava diferente quem tinha mais, "onde imperava a intolerância, a riqueza era a medida e a religião se transformava em injustiça e alimentava preconceitos." Então, em Sofia, o Lisieux acirrou os sonhos de justiça. Ela acabou ficando – a alternativa era colégio interno, fora do Rio – mas nunca se adaptou, revoltou-se sempre, nunca se esforçou para fazer uma amiga *de verdade*, entre as alunas do Lisieux. Isabel viveu o colégio como uma experiência diferente: integrou-se desde logo ao silêncio, ao recolhimento, aos rituais. Fortaleceu a vontade de tornar-se religiosa. Ajudava em funções litúrgicas, acolitava as missas como coroinha, tocava o sino para as cerimônias, colaborava na regência do coro e chacoalhava a campainha na consagração e comunhão. Em pouco tempo, sabia de cor a vida de dezenas de santos.

Eu achava pavoroso não poder falar, a mudez obrigatória. Como defesa, me entocava na fantasia, no sonho. Aprendi a me refugiar em mim mesma: vigiavam minhas palavras, mas não meu coração, de minha cabeça ninguém tomava conta. Mas tinha medo das irmãs, que apontavam o alto e diziam: "O bom Pastor conhece suas ovelhas. Não dá para esconder nada de Deus." Já Flavia não se incomodava com coisa nenhuma, detestava as freiras, odiava estudar, só fazia o que queria, vivia sob ameaça de expulsão. Só a música me interessa, insistia.

Outra coisa que me irritava era ser só de meninas: vivíamos entre mulheres demais e Verônica, minha melhor amiga e vizinha, estudava em colégio misto e contava histórias sobre *seus colegas homens,* marcava encontros para estudar com *seus colegas homens.* No meio da rua, a gente encontrava um de *seus colegas homens* e tinha *professores homens* e eu achava isto o ápice da liberdade, meu sonho de mulher avançada. "Vocês conhecerão rapazes na hora certa", mamãe assegurava, "quando estiverem prontas para o casamento e a procriação." Falava de Maria, modelo de virtudes, "feliz sem nunca conhecer homem", e nos garantia: "O dia chegará, o homem certo chegará, é só confiar e esperar." O Homem!

O Lisieux espelhava a obsessão do tempo, de nosso meio social e do código religioso em vigor: o uniforme era escuro e pesado – um avental pregueado em tecido grosso e uma blusa branca, com gola, manga e muitas pregas (inverno ou verão, suávamos em bicas) – as meias eram compridas e nunca deviam estar arregaçadas. E ainda havia um chapéu de palha dura e aba larga, com uma tira azul marinho circundando a copa, e no pescoço um colar de fita de cor variável, cada uma indicando a série que cursávamos, terminando o conjunto, em tudo semelhante a uma armadura medieval, um crucifixo. O objetivo era esconder, disfarçar, escamotear, dissimular, mascarar a mais leve possibilidade de volume, curva ou traço de sensualidade e manter "respeitado" o corpo – o sacrário de Deus – jamais entrevisto, mesmo à troca apressada da saia por um calção bufante, para a aula semanal de ginástica. Como era de bom-tom entre a burguesia, nossa alfabetização deu-se simultaneamente em francês e português. Tudo era pecado no colégio. Falar, *pecadão*! Espelhos não existiam nos banheiros, seriam estímulos para a vaidade. Em compensação, cartazes de *Deus me vê*! eram onipresentes nas paredes do refeitório, nos corredores, nas salas de aula. Estudávamos História Sagrada, os Evangelhos, Catecismo, mais da metade do tempo era reservado para aulas de religião, a única verdadeira – a Católica Apostólica Romana. Aprendíamos as quatro operações da tabuada, os Dez Mandamentos, os sete pecados capitais, os sete sacramentos, os quatro evangelistas, os doze apóstolos, os nomes dos profetas, as sete pragas do Egito, a genealogia de José, as doze estações da Via Sacra, o roteiro das caminhadas de Cristo, as parábolas.

O Leblon era o final de linha, e o ônibus escolar ia recolhendo alunas em bairros espalhados, quase três horas se consumiam no trajeto de ida e volta do colégio, e chegávamos em casa tarde, exaustas, batendo cabeça, quase dormindo. Eram tristes, melancólicas, as freiras em seus soturnos hábitos pretos e andar cabisbaixo, contrito, solene e silencioso, que apregoava quão dolorosa renúncia era a vocação religiosa, quão penosa escolha ser serva de Deus. Difícil acreditar em ternura e compaixão por baixo de tanto pano, olhares tão esquivos, disciplina tão estrita.

Todo mês, tinha assembleia. Mas não para falar, discutir, resolver e questionar coisas, como os gregos haviam ensinado: ninguém podia abrir a boca, tínhamos que ficar sentadas e só levantar ao ouvir nosso nome em voz alta, ser anunciada nossa nota em comportamento e aplicação e se merecíamos prêmios, medalhas, ou castigos. Tudo solene e grave, um ritual místico e assustador – acontecia na chamada Grande Sala. Ao final, Leda se dirigia ao suntuoso piano de cauda e interpretava uma das Sonatas de Beethoven, preferencialmente *Ao Luar*, a predileta da Mère Superiora (morríamos de medo dela e uma vez fui chamada à sua sala e ouvi que precisava mudar minha letra urgente, porque minhas maiúsculas caíam para a esquerda, sinal inequívoco de más tendências. Trêmula, perguntei se mudar a direção me garantiria reverter as inclinações, mas ela não prometeu nada e repetia "más tendências, más tendências." Comprei cadernos de caligrafia e fazia exercícios diários, exausta, à noite, antes de dormir. Dois anos depois, minha letra passou a cair para a direita e festejei minha reabilitaçao). Em dezembro, realizava-se a assembleia de gala: as alunas em uniforme branco, pano bem duro e engomado, eram fotografadas para os anais do colégio, todas rindo, cara feliz, mãos em conchas no colo. Comportamento era mais importante que aplicação. A Mère Maria das Dores explicou que assim entenderíamos o Juízo final: "Importa se fomos ou não bons e cumprimos os mandamentos: para Deus, é bobagem este negócio de sabedoria."

No Lisieux, fizemos, eu e Flávia, a Primeira Comunhão, ponto mais alto de nossa vida espiritual. Ouvimos seguidas preleções para aprender como nos prepararmos para experiência tão sublime, como fazer um correto exame de consciência e uma boa confissão. Sugeriram que escrevêssemos nossos pecados para não esquecer de nenhum e, nervosa, encabecei minha lista, letra floreada, com os mortais: *Masturbação* (tinha nome aquela coceira e era pecado gravíssimo?). O padre explicou: "quem põe a mão nos lugares santos à noite vai arder para a eternidade" e tia Lili nos advertira do risco de acordar com a mão seca. Pecado número 2: *Limpei a estátua da santa com cuspe* (vendo empoeirada a estatueta da mesa de cabeceira, usei meu cuspe para limpá-la), segundo as colegas um sacrilégio, profanação de imagem sagrada. Só depois escrevi os corriqueiros: briguei com as irmãs, respondi aos pais, desobedeci etc., etc. Mas a obsessão era não esquecer os dois primeiros, o risco do inferno. Uma longa lista: 87 pecados.

A sonhada Primeira Comunhão foi um tanto decepcionante: não senti Deus entrando em minha alma, não levitei nem ouvi as trombetas dos arcanjos e querubins, como me haviam prometido. A hóstia tinha gosto de pão velho e grudou no céu da boca, eu a tirava com a língua devagar, mas fincou uma lasquinha entre os dentes, um pedaço do corpo de Deus, sinal de condenação. E ainda teve o caso do vestido: nas fotos da cerimônia, entre as mais de duzentas primeiras comungantes, entre aquela alvura toda, duas manchas amareladas se destacavam: eram eu e Flávia, com vestidos diferentes das outras. É que mamãe achou caríssima a roupa exigida pelo colégio e soube que Lalá e Vevé, nossas primas ricas mineiras, haviam gastado um dinheirão com suas vestes e pediu emprestado, uma costureira ajustou-as a nosso corpo. Que raiva! Que humilhação! eu via e revia as fotos e tinha vontade de chorar. Não sei por que estudávamos no Lisieux se não tínhamos dinheiro como as colegas (na coleta das Missões, colaborávamos com muito pouco, cabiam-nos sempre as últimas posições nos gráficos exibidos em murais, mostrando a fonte da doação). E ainda aguentamos mamãe repetindo mil vezes que este negócio de igual era uma bobagem, que devíamos ter personalidade e nossos vestidos eram até muito mais bonitos que todos os outros.

A importância do matrimônio! a tia de Eduarda, por exemplo, explicaram, não é *esposa* do marido, ela vive em pecado. Ele largou a mulher de verdade para viver com ela, mas casamento é sacramento indissolúvel e vitalício, só existe um, outro só para quem fica viúvo. Sim, porque no colégio, era proibido ter pais separados, e Camilla "foi convidada a retirar-se" e muita gente achou correto: "É preciso desde cedo separar o joio do trigo", disse o padre, "uma laranja podre estraga todo um cesto." Esta tia de Eduarda inspirou o primeiro momento de minha vida em que refleti sobre o que era a Beleza: dona de uma casa lindíssima, na Gávea, ela abria suas portas para a sobrinha festejar os aniversários. Numa destas festas, ia subindo o jardim quando vi na contraluz sua figura esguia de chapéu de palha colhendo rosas, de luvas. Podava com uma tesoura prateada, que refletia a luz do sol, recolhia a flor, fazia buquês. Tudo era graça em seus movimentos, encadeados como ondas em mar de bandeira branca. Eu estava lá pelos meus catorze anos. Me lembrei de um filme sobre a cerimônia de chá no Japão e pensei que se houvesse um ritual de poda de rosas seria assim – ela, a roseira, a tesoura, o corte, a flor. Tudo o mais – o sol, as outras plantas, eu, o caminho em curva – era sobra. Ela me viu, protegeu os olhos com as mãos, sorriu e me chamou e me deu uma rosa – de nome que esqueci. Pensei: esta imagem nunca vai sair de mim, é poesia, música, cinema, sonho. E até hoje vive intocada, intacta, na minha lembrança.

Galinheiro, galinheiro, gritavam os garotos na rua, quando passávamos de ônibus escolar: perguntei o que queria dizer, disseram "galinha é mulher fácil." O que seria isto? Uma vez, Sofia se irritou, pôs a cara pra fora da janela e gritou "galinheiro é a mãe." Foi chamada à sala da Superiora e ameaçada de expulsão. Que coragem tinha Sofia! Desde tão cedo, sabia distinguir o justo do injusto! Garota ainda, fugiu de casa e se juntou a um protesto contra o aumento do preço do bonde e obrigou mamãe a correr atrás, se pendurar no estribo e coçar a cabeça, repetir que não entendia Sofia, "sempre diferente dos outros." Papai tomou o lado dela, e adorou, morreu de rir com a resposta malcriada: "É a mãe deles mesmo."

Nos dois últimos anos do Lisieux, eu próxima da adolescência e achando mais e mais sem graça aquela vida sisuda e opressiva onde nunca nada acontecia, descobri, por acaso, um novo prazer, uma forma de liberdade: sempre fui de acordar cedo e adoro as horas e cores do nascer do dia e descobri uma parceira para dividir meu gosto: como eu, Aparecida pulava da cama de madrugada. Combinamos uma chamar a outra e escapulíamos para a praia, quatro e meia, cinco da manhã, hora da chegada do arrastão. Puro êxtase. O dia apenas clareava e, de longe, à medida em que a névoa se dissipava, avistávamos a silhueta dos pescadores, à espera da volta dos barcos. Nos juntávamos a eles para puxar a rede, e se vinha muito peixe – brilhavam, salteavam, as escamas prateadas – ganhávamos alguns, que Aparecida fazia para o almoço. Cheiros, luz, movimento. Voltávamos felizes, Aparecida me enlaçava com o braço gordo e macio, pensando que eu não havia visto o pescador passar a mão nela e chamá-la gostosona. Soltava risada, disfarçava e vinha meio de costas e acenando toda prosa, sem despregar os olhos do homem. Naquelas manhãs na praia tudo variava, cada dia era diferente e às vezes dava peixe, às vezes não. Tão diverso do imutável mundo do Lisieux. Chegava em casa correndo, tomava banho e tirava o sal e corria para esperar o ônibus do colégio, onde viveria mais um dia igual ao outro, e mais um...

Naquele mundo fechado, falávamos francês, todo mundo recitava Molière e La Fontaine, acompanhava a missa em latim e cantava *Tantum ergo*, mas de vida, neca, conversar só sobre pecado, obediência, santo e perfeição. Ouvíamos: "Rachel é judia", "Rebeca é hebreia" – tema ausente em nossa família, onde eu nunca ouvira a definição como valor – e uma vez, em casa de uma colega, alguém contou um caso, o outro arrematou "é que são judeus." Perguntei a papai o que significava e ele explicou que eram donos de uma rica história e uma religião milenar, habitaram Jerusalém e adjacências muito antes dos cristãos e se diziam escolhidos por Deus. Falou de Jesus, Marx, Freud e citou pensadores, filósofos, matemáticos. Perguntei: se chegaram antes, se Abraão era judeu, Jesus era judeu, Maria era judia, por que nos afirmam que só a religião católica é verdadeira? Mamãe fechou a cara, disse que não admitia este tipo de pergunta, que o judaísmo era uma espécie de rascunho do catolicismo. E encerrou a questão.

E então, o colégio foi ficando mais caro, e mamãe resolveu que era hora de mudar; ano seguinte, iríamos para um mais barato e liberal, o São Domingos, das irmãs dominicanas. As aulas seriam em meio turno. No começo, fiquei triste: gostava demais de algumas colegas e, mal ou bem, me acostumara ao jeito do Lisieux. Mas eu teria mais tempo para passear, ler e ir mais ao cinema. E, claro, para arranjar namorado.

Àquele momento, já tomara uma íntima decisão: resolvera, no fundo de meu coração, não me esforçar para ser santa. Queria ir para o céu, mas aceitaria de bom grado alguns anos no purgatório, desde que pudesse fazer o que gostava. Eu queria dar de cara com o mundo de verdade e não mais sentir, como tantas vezes naqueles últimos anos, que o mundo acabara e que todas as colegas, inclusive eu, estavam mortas.

MINAS, MINAS

MUITO MAIS QUE UM RETRATO NA PAREDE

O Rio era nossa cidade, mas férias boas eram em Belo Horizonte, onde saíamos sozinhas a qualquer hora, enganávamos as avós e os tios e sumíamos no Minas Tênis Clube. "Chegaram as cariocas", anunciavam os rapazes do bairro Funcionários, senha para o encontro à noite no muro do casarão. Acabado o jantar, coração aos pulos, uma conferida no espelho, de frente, de lado, sorrindo e séria, mais uma penteada e uma camada de batom e escapulíamos, cada uma aguardada por dois ou três adolescentes ansiosos, corpo miúdo e espinhas na cara, libido cevada por testosterona. Um paraíso ser tão assediada. Nos escondíamos para não ouvir a bisavó de sua janela, despachando os pretendentes aos gritos: "Meninas, para dentro; meninos, para casa. Aqui não é a rua Guaicurus." Fazíamos sucesso: nossas roupas – modestíssimas, feitas por costureiras em casa – eram copiadas, levávamos do Rio as gírias do ano e namorávamos quantos quiséssemos, tinha até fila – bem, *namorar* era ficar de mãos dadas, trocar fotografias, nadar na mesma raia da piscina e dançar de rosto *quase* colado. Prêmio para seus esforços, os mais audaciosos ganhavam beijos de boca encostada. E ainda tinha o Carnaval, imperdível, com missa dançante e mascarados à nossa espera: o álibi funcionava, o caminho da reza era o mesmo da festa, e tomei a minha primeira prise de lança-perfume – cambaleei, enfiei num buraco escuro, um desespero, um zumbido aguçado, eu tremia e suava frio e me sentia distante, perdida no escuro e afastada do mundo. Tentava me agarrar em alguém ou alguma coisa e não conseguia, pensei que ia morrer, me debatia: lança-perfume, nunca mais, jurei. E foi num baile de véspera de carnaval, numa sexta-feira, que um amigo e parceiro de dança – um ás no salão, forte, alto, falante, lutador de boxe, nos ensinou os primeiros passos de rock – o popular Mangueirinha, cheirou tantos lenços, um atrás do outro, que caiu da marquise do clube e morreu. Ainda não se chamava *overdose* e nem sei se foi assim de verdade. A primeira morte de amigo. Dias e dias trancadas e chorando. Naquele ano, nem teve carnaval no Minas, a comoção tomou os grupos e as esquinas, a morte de Mangueirinha foi a dor e único assunto das férias daquele ano. Morte mais besta!

Ao muro, a cada noite, vinha tanto garoto ansioso que podíamos escolher, enquanto no Rio éramos *as mineiras*, envergonhadas e meio sem graça – às vezes, nem bem eu começava a contar um caso, zombavam de meu sotaque puxando o sibilado, caçoavam minha fala arrastada – sumidas no meio de mulheres incríveis e boazudas, de corpos já formados, treinados e tentadores, sereias experientes e audaciosas (*Ah! como eu quis sempre ser e nunca fui sexy*!). Mulheres que sabiam *tudo* da vida.

O encanto durou pouco. Lá pelos meus dezesseis anos, chegou a hora de descobrir que os rapazes mineiros tinham de nós ainda mais medo que nós deles e que as coisas de verdade aconteciam *aqui*, no Rio de Janeiro, e comecei a querer ser como a carioca, invejar e imitar seu sinuoso modo de usar o corpo, andar, cruzar e descruzar as pernas ("sirigaitas desfrutáveis, a maioria não presta e não se dá ao respeito", definia tia Geralda), mas qualquer espelho de feira desmentiria minha pretensão. Enquanto *seu lobo não vinha e a linda rosa juvenil vivia mais ou menos alegre no solar, no solar*, para arrombar as comportas de minha mente, buscava consolo nos requebros, no topete e na voz de veludo de Elvis Presley; em Marlon Brando, de camiseta e músculos magníficos, em *Um bonde chamado desejo*, e em James Dean, seu blusão vermelho e jeito de enterrar a cabeça nos ombros, em *Assim caminha a humanidade*. O cinema foi a salvação, única porta de saída da engaiolada adolescência e de nossas desvairadas fantasias sobre paixões inalcançáveis. Nosso grupo viu o *Bonde* umas oito vezes e toda vez que Blanche Dubois falava *Kowalsky* e Marlon Brando, lindo, arrogante, manipulador, olhava de cima a cunhadinha suplicante, o ar entre o desprezo e a sedução e respondia naquela voz que parecia nunca sair da garganta, dávamos gritos abafados e nos comparávamos para ver quem tinha o coração pulsando mais forte e mais arrepiados os cabelos dos braços. Dia seguinte, uma perguntava pra outra se conseguira dormir... e repetíamos *Kowalsky*!

Talvez seja impossível hoje imaginar a turbulência mental e emocional, a mistura torturante de culpa e desejo de uma adolescente católica e imaginativa, educada em rígido colégio daquele tempo. Só esta soma explicaria o pavor que me tomou ao ser convocada como testemunha – e *cúmplice* – da *tragédia* que aconteceu com nossa amiga e companheira de colégio, a Helena, meses depois de uma dessas eróticas férias mineiras. Mais velha do que eu e Flávia, Helena era cheia de opinião: nascida em Diamantina e filha de amiga de mamãe, beirava os dezessete ou dezoito anos, tinha o corpo feito, um farto cabelo pajem e uma pesada franja que fascinavam os rapazes, pernas longas e bem feitas e uma portentosa bunda. Fora nossa hóspede no casarão e dividira conosco a extensão do muro e a cota dos rapazes, cabendo-lhe, para nosso desgosto, os maiores, mais afoitos e mais bonitos: desconsolada, eu observava que nenhum passava incólume pelo bumbum de Helena. Uma noite, já no Rio, prontas para dormir, Flávia e eu recebemos uma ligação: ela soluçava, tentava falar e não conseguia, queria nos ver com urgência. Marcamos um encontro dia seguinte, e a encontramos desorientada, agarrava nossas mãos, "Estou grávida, estou grávida", repetia, olhos esbugalhados. Estarrecida, sacudi-a muitas vezes, apertei seu rosto contra o meu: "Que loucura é esta? Como pode ter acontecido?" Insistia: "Entenderam? Estou esperando um filho." Como uma criança desamparada, mal conseguia formar frases: "Belo Horizonte... uma vez só... aconteceu... era gostoso, falava coisas doces... não resisti." Sabia quem era o pai, mas disse que nunca nos deixaria saber seu nome ou lhe daria a conhecer o acontecido: "Ele não saberá nunca." Olhei Flávia: olhar perdido, paralisada, uma estátua teria mais vida. Eu só pensava em fugir, daria um pedaço de minha vida para não estar ali, não ouvir o que ouvia. As trevas! O terror, a fornalha ardente! *As coisas acontecem assim? Um minuto de fraqueza e tudo vira de pernas pro ar? Seria Deus autor de punição tão pavorosa?* Disse que seu período estava dois meses atrasado e há noites não dormia, tinha visões, sentia-se condenada ao castigo eterno. *Iremos juntas, se ouço e não contesto sou convivente,* pensei. *Como suportar sozinha o peso de confissão tão grave?* Balbuciante, sugeri que procurasse um padre, quem sabe fizesse promessas, quem sabe rezasse rosários, quem sabe suas preces seriam atendidas e a criança "sairia espontaneamente." Veio o pior: "Já me decidi", ela disse, "vou tirar a criança. Marquei hora com o médico." Um *aborto! O inferno de Dante! – qual dos nove círculos nos tragaria? Como eram mesmo as palavras do Portal?* "Tem ideia do que representa, a que punição se condena?" E ela, firme, "sabe a minha prima Sandra? Ficou esperando e foi expulsa de casa, meus tios a mandaram para o interior e seu nome riscado das conversas. Minha família nunca aceitará uma filha desonrada." Pedia nossa solidariedade, queria que a acompanhássemos à cirurgia! *Onde ela escondia o desespero? O que vou fazer com o meu? Não vê que eu fujo, eu resisto, não cedo à tentação? Por que me escolheu como confidente?* Mas um valor mais alto se impunha: imperdoável abandonar a amiga de vida inteira na hora em que a desgraça lhe batia à porta. Aceitamos, apavoradas. Dias depois, em pânico, fomos as três para o consultório do "especialista", na minha imaginação, um antro tomado por labaredas infernais: nada aconteceu de dramático – fora nossa respiração opressa – fomos recebidas numa sala comum, decorada com quadrinhos comuns, nos atendeu uma secretária comum, que tomou notas e disse palavras comuns e aguardamos sentadas em cadeiras comuns. O doutor era gorducho e bonachão e falou coisas comuns – sorria de tudo e tinha a língua presa, eu notei – e repetia para Helena, dando-lhe amáveis tapinhas nas mãos – que tudo seria simples e indolor, um procedimento comum. Enrijeci, meu corpo doía a cada movimento, a cabeça girava, minha barriga se agitava como um liquidificador enlouquecido e desandei a rezar umas mil ave-marias e a jurar nunca mais pecar, enquanto no banheiro ao lado, Flávia vomitava estrepitosamente e lambuzava tudo (*tem só catorze anos, não deveria ter vindo*) e, com o olhar em pânico de quem pede socorro e caminha para o abismo, Helena seguiu o médico a uma sala contígua, fechada, de onde saiu, zonza, cambaleante e língua enrolada, menos de meia hora depois.

Não tinha filho nenhum, não houve sexo nem relação nenhuma, *deve ter sido nas coxas, como dizem*. "Intacta, como nasceu", disse o doutor dando agora tapinhas amistosos nas *minhas* mãos e devolvendo uma trôpega não-grávida a duas irmãs em choque, em meio à sala comum, que rodopiava. Amparei-a no caminho de sua casa, mas antes – para nos acalmar – propus que nos sentássemos por momentos num barzinho da orla. Eu precisava calar minhas brigas internas, compreender: lá estávamos as três, Flávia, catatônica, Helena, fora do ar, e eu me remoendo, imersa em intrincadas especulações teológico-doutrinárias: *Se não havia bebê, não houve aborto; se é virgem, não houve entrega; portanto, não houve pecado. Como seria justo ela se confessar ao padre?* E eu, confessar o quê? O exame de consciência falava em faltas por pensamentos, palavras e obras: *ora,* eu pensava, as *obras não aconteceram, mas aceitei vir: apoiado em que critério julgaria um confessor?* Queria dizer uma palavra de conforto, ser calorosa, abraçar a amiga, mas estava no fim de minhas forças, além de assombrada com sua (aparente?) silenciosa tranquilidade: sentada sob a barraca que nos defendia do sol, sem nos encarar, mirava o céu que ía se acinzentando – apenas um sutil movimento da cabeça denunciava acompanhar a chegada de nuvens pesadas, prenúncio de chuva. "O *que ela está sentindo? Tem dúvidas? E se fosse comigo? A mudança terá sido obra da misericórdia de Deus?* Saltava à vista nossa ignorância, nosso despreparo: não éramos capazes de identificar uma relação sexual, saber o que acontecia entre um homem e uma mulher. Talvez mineiridade demais, religião demais, repressão e hipocrisia demais: "Somos de Minas, toda de ferro pesando na cabeça, vergando os ombros e dobrando os joelhos de seus filhos", li anos mais tarde, em livro de memórias de Pedro Nava. *Não fôssemos mineiras, seria diferente, nos defenderíamos melhor? Saberíamos a diferença entre desejo, intenção e ato? Aconteceria o mesmo com uma esperta carioca?*

Nos despedimos prometendo nunca tocar no assunto, seria nosso segredo inviolável e guardado até a morte e cruzamos os indicadores sobre a boca, selamos o juramento. Achando pouco para a gravidade do fato, sugeri um pacto de sangue – cruzaríamos os pulsos cortados, como os ciganos –, mas consideramos suficiente o gesto em cruz. Sob pena de acabar nossa amizade, nada de comentar com ninguém, nem mesmo com Isabel e Sofia, bocas seladas como túmulos.

Dias, meses seguintes, enquanto em mim a lembrança provocava tremor até à paralisia, procurei em vão na amiga a sombra de uma desordem moral, a fagulha de um sofrimento, um olhar melancólico, a inesperada suspensão de um gesto ou uma palavra. Mas tomávamos todos os dias na mesma hora o mesmo ônibus para o colégio de Botafogo, nos encontrávamos para comer juntas no recreio o mesmo sanduíche de pão com queijo prato, como de costume juntávamos moedas numa sacola para o cinema dos sábados, sem hesitação ela preparava as aulas de catecismo para as crianças da favela como sempre, o dia clareava, a noite trazia o escuro, viravam as páginas da folhinha e tudo se esfumaçou na memória. Pensei muitas vezes: "*O mundo tem estranhezas, mas a vida não tem esta grandiloquência toda, no fundo tudo é simples e somos nós que dramatizamos, nada é tão grave assim.*"

Anos e anos depois, descubro que este acontecimento foi, sim, definitivo e marcante, o aborto que não houve ficou como marca na memória e volta agora vivo e presente, depois de tanto tempo lá dentro, soterrado entre outras dores e outros pavores. Parecia esquecido e misturado a tantos, mas voltou a atormentar com força, a assombrar como o fantasma do velho rei no castelo de Helsingor, só retornando a seu porão e seu silêncio depois de, transformado em narrativa, se tornar um capítulo a mais na história da mulher que viveu aquelas circunstâncias, naquele tempo, na história que conto agora.

O (QUASE ALEGRE) HÁBITO BRANCO

Adieu Lisieux, estudamos agora neste colégio de Botafogo onde as irmãs vestem branco, caminham ligeiras e de cabeça erguida e são falantes e engraçadas e o prédio é feinho, mas alegre, as salas de aula são pintadas de cores vivas que não combinam e têm mesas e cadeiras de plástico colorido, nem parece que vocação é sacrifício – são felizes, as dominicanas, é fácil gostar delas. A professora de latim é a religiosa mais exuberante – a querida irmã Gemma – dá para imaginar uma freira cheia de paixão? Com que entusiasmo ela inicia as aulas repetindo a fórmula: "Língua oficial da República Romana e do Império Romano, o latim foi, é ainda hoje, e será sempre, o idioma da nossa querida, santíssima, amantíssima igreja Católica. Para nós, brasileiros, é importante, é mesmo primordial saber que do latim derivam as línguas neolatinas, entre elas o nosso amado, amantíssimo português, a última flor do Lácio, inculta e bela!" Dá uma parada, a cabeça circula pela sala e aguarda (retribuímos, correspondemos à esperança) o nosso olhar impressionado, que confirma sua certeza de ser absolutamente imprescindível, questão de vida e morte e de autêntico júbilo, aprender com presteza e alegria o vocabulário e as cinco declinações da amantíssima e jamais extintíssima língua. A aula inicia com *De Bello Gallico*: *Gallia est omnis divisa in partes tres* e ela desenha no quadro negro um mapa tosco do território sob o domínio de Roma e fala de batalhas e imperadores e vencedores e vencidos. Contagiada por sua devoção que me remete à infância – sou, afinal, neta de Olavo O'Connor – em pouco tempo me tornei apta a bater papo com um romano, patrício ou plebeu, e até, com seu inestimável apoio, a ler encíclica sem dicionário, provocando na irmã Gemma a compulsão a me entupir de livros, dicionários e documentos, insistir que eu me dedique mais para ler no original a Bíblia de São Jerônimo e me procurar às vezes no recreio para um bate papo em latim, *culto*, ela faz questão (*como esqueci tão depressa quase tudo?*), *Ave, Sorella*! Estica a saia do hábito branco, balança as pernas curtas e suas grossas sandálias, ajeita os pesados óculos no nariz, pega minhas mãos e me saúda com tanta alegria! *Amicus verus, rara avis!* Disse que se não fosse religiosa e sim casada, queria uma filha igualzinha a mim. A emoção me tomou, beijei suas mãos, mas num acesso de franqueza falei que talvez se decepcionasse, não mereço louvores, sou uma grande pecadora. E que nem falo nem entendo latim assim tão bem, é que tenho facilidade para decorar.

A novidade é que a gente vem sozinha para o colégio e o ônibus – todo mundo toma o mesmo, porque é o mais barato – vem entupido de alunos *homens* do Santo Inácio, do Santo Amaro, do padre Antônio Vieira e do Pedro II, e nem tenho mais medo de rapazes, conversamos e rimos alto e fazemos piadinhas e piscamos uns para os outros e nos escolhemos para sentar juntos, fingindo casualidade grudamos os joelhos, nossas mãos se tocam. Estou completamente apaixonada pelo Zeca Pires, mas ele não sabe. O Mauro fica de longe e depois inventa um jeito de vir para perto. A gente se encosta, se roça e tudo, no 70 superlotado.

Encontro registros desse tempo nos velhos cadernos pautados. Ainda que continuasse a frequentar as festas e os aniversários das amigas do Lisieux – até hoje, algumas estão entre quem eu mais gosto na vida e nos encontramos todo final de ano para matar as saudades – reconheço como fundamental para nossa formação a mudança para o São Domingos, que nos trouxe a convivência com colegas de níveis sociais diferentes (mais próximos ao nosso modesto cotidiano do que as ricas alunas do antigo colégio) e me abriu para a assombrosa descoberta da diversidade e das apaixonantes possibilidades da experiência humana.

ANOTAÇÕES DE CADERNOS

Resolvido*: vou fazer o Clássico e estudar filosofia, gosto de especular, tentar compreender, virar e revirar palavras e o tio disse que isto é filosofia. O perigo é eu virar papai e viver de ideias, sem ancorar. Ele perguntou: "Falemos* *de sonhos: que lugar você deseja conhecer?" "Ouro Preto", respondi. Desconsolado, sacudiu a cabeça: "Minha filha, estamos no livre campo dos sonhos, onde tudo é permitido: tanto lugar bonito e estranho, a China, a Mongólia, a Austrália... Ouro Preto é logo ali, você vai lá mil vezes. Sonhar é de graça, é exercício de liberdade, é afirmação de desejo.Censurar imaginação é o maior mal que se pode fazer contra si mesmo." Mongólia? China?*

(Li, anos mais tarde, em Freud: "O 'não' parece não existir, no que se refere aos sonhos, pura expressão de liberdade": meu pai sabia isto desde sempre!)

As espinhas *secaram, o corpo não é mais peito que cresce demais, cintura que afina de menos e bunda que não empina e nem sou mais a mineirinha assustada, gosto de conhecer pessoas, entendo melhor o que acontece, tenho quatro melhores amigas. Verônica é minha vizinha, é linda e tem roupas incríveis, viaja toda hora para a Europa e chega na janela e me assobia e lá vou eu pra casa dela e a gente nunca se cansa de falar. Delma é tagarela, disputamos quem leu mais livros e conhece mais música e adoramos os russos – ela me apresentou a Gorki e Gogol – e aos domingos vamos para a Biblioteca Nacional, lemos romances, passamos horas entre os livros e nos sentimos intelectuais. Manhã de domingo, o programa, de graça, é o Concerto da Juventude, no Municipal: "Ah, domingo é dia de escutar música clássica", digo para as colegas e acho a coisa mais chique. Ela conhece meus desejos secretos: quero estudar filosofia e escrever livros... Lucila é doce e silenciosa, é clara e direta, é suave e tem as mãos mais lindas – as unhas tão claras que nem precisa pintar – e estuda flauta. Ela vem aqui pra casa e se junta a Flávia, fazem sessões de música nas tardes de quinta-feira, entram pela noite adentro, até papai chegar e dar um basta. Quando pode, mamãe para de arrumar armário e faz bolinho de chuva. A quarta amiga é Eduarda, companheira de devaneios, é silenciosa, estudou na Inglaterra e fala um inglês castiço, me ensinou o que é charneca, conhece castelos, herdades e prados verdes, ladies e lords. Visitou a torre de Londres, sabe tudo dos Stuarts e dos Ricardos e Henriques, adagas e venenos, acho que é a menina mais inteligente que conheço. E tem um jeito particular, irônico, de contar histórias incríveis.*

Mariana *me convidou para a casa dela e era um quarto e sala onde moram ela, os pais, o irmão e a avó, a sala de dia é quarto de noite. A mãe costura para fora, o pai sai para pescar, a avó é velhinha e o irmão nunca vi, quem tem que ganhar dinheiro é a mãe, o dia inteiro a perna para a frente e para trás na máquina de pedal, nunca tinha visto uma mulher ter que dar conta de tudo e fiquei até doente, com febre alta, espanto demais. Sempre que vou lá perco o fôlego na hora em que ela para o trabalho, sacode e limpa a saia de linhas, guarda os vestígios da costura, tesouras, fita métrica, botões, elásticos e agulhas e fecha a máquina, arma uma mesa e prepara um lanche – passa o café e faz biscoitos – e penso que à noite ali é quarto, encostam a mesa na parede e alguém faz a cama, o lugar do trabalho vira de dormir – e ela nem se queixa de dar tanto duro e assa biscoitos de canela. Quando me despeço, ela corre à janela e grita para eu voltar sempre, e no caminho para casa, são cinco quarteirões e quase anoitece, junto na cabeça a costura, o sorriso aberto e o espaço apertado e ando pelas ruas intrigada pelo colorido, pela variedade, pela diferença entre uma pessoa e outra. Ah eu gostaria de conhecer todas as pessoas do mundo, abraçar todas as pessoas do mundo e dizer da minha ternura por todas as pessoas de coragem do mundo. Deixo a casa de minha amiga com vontade de sair perguntando a todas as pessoas do mundo como elas vivem, do que gostam, o que as faz felizes.*

A Superiora *me convocou à sua sala para me instruir sobre as coisas da vida, porque diz que sou líder de classe, mas muito ingênua, "quase uma moça, mas não sabe nada." Fechou a porta e contou a história da mulher – católica praticante! – que na noite de núpcias vestiu uma camisola de pele de tigre e esperou o marido deitada numa cama coberta de pele de leopardo, ele entrou, viu a cena e se enraiveceu: "Escolhi para casar uma mulher virtuosa e não uma prostituta", foi embora e não voltou. Apertou os lábios, baixou os olhos, concluiu: "Urge ficar atenta: como disse Santo Agostinho, somos* massa peccati, *desde Adão o abismo nos olha e ameaça." Me encarou, abriu e fechou as mãos, os ombros caíram. Ficamos em silêncio, eu ruminava o que seria* massa peccati, *como seria uma camisola de pele de tigre. Ia perguntar por que Deus havia criado um mundo tão esquisito; se desde Adão o homem dera errado, não seria o caso de começar de novo? Mas nunca fui tão corajosa assim, se fosse Sofia garanto que perguntava. À insistência do olhar, à duração do silêncio, fui ficando nervosa, balancei a cabeça e disse Entendi, e ela mordeu o lábio outra* *vez e me liberou. Contei a história em confissão e o padre disse que devo ter entendido errado, não é pecado vestir nem cobrir cama com pele de animais. Sexo é assunto muito confuso mesmo, nem mil explicações dão conta.*

*"**Fala você**, fala você!", elas insistiram. "Pra falar, você é a melhor de nós." E tanto fizeram que anteontem, pernas bambas e garganta seca, lá estava eu na fila da confissão para contar ao padre que o tio passa a mão no meu peito e no de minhas irmãs, para ele nos orientar sobre o que fazer. Precisávamos tirar este peso da alma: tudo começou há cerca de um ano, quando comecei a notar que o tio, de um jeito devagarinho, vinha pra perto e alisava a mão no meu corpo. Era tão sutil que duvidei de mim: quem sabe* eu pensava *que ele alisava a mão no meu corpo? Mas toda vez que podia, ele vinha de novo e resolvi conversar com Flávia e ela contou que era o mesmo com ela. E depois, o mesmo com Sofia e Isabel. Estamos desorientadas, ele é tio bem perto, entra pela porta da frente, janta na mesa, e depois fica remanchando, inventa uma história e escolhe um canto e uma sombra para nos apalpar. Chega pertinho e diz baixinho: vai ser bom, vou mostrar uma coisa que você vai gostar e faz a gente querer, quase pedir, ter vontade que aconteça. É um segredo, um segredinho só nosso, ninguém precisa saber. Dá medo o tio, provoca o sim e o não, o quer e o não quer, a gente treme quando vê aproximar a mão lenta e gorda do tio, a sinuosa mão do tio. E a mão lenta e gorda do tio é esperta, sabe aonde ir, ela não erra. Agora na fila, eu treinava o que dizer e chegou a hora e me ajoelhei e falei tudo de um jato, atropelei mão e vontade e medo e vontade e tio e jantar na mesa e bom e mau e bem e mal e família e união e, sem respirar, perguntei se devíamos contar para mamãe e papai. O padre ficou calado, podia sentir seu hálito do outro lado da palhinha. Depois, disse para evitar a ocasião, que ficar perto de quatro meninas "no auge da idade em flor" podia ser tentação demasiada para um homem frágil, talvez carente e solitário. Falou sobre o poder da mulher, sedução e tentação, lembrou Eva, a maçã, o jardim do Éden, a serpente, a expulsão e o pecado original e mandou rezar um terço como penitência. Penitência? Eu que não vou rezar. Contei para as irmãs, rendeu horas de discussão e protestos, me acusaram de ter contado errado e ter sido tímida (acho que fui: difícil falar estas coisas). Chegamos à conclusão que só existe um caminho: quando o tio entrar por um lado, a gente sai correndo por outro: "Nunca ficar sozinha com ele" será nosso lema. Tudo para preservar a unidade da família. Se até o sacerdote defendeu o tio, quem vai achar que é ele o errado?*

Mas quando eu penso no caso, vejo que em mim algo se quebrou, começou ali o fim da inocência, cravou-se uma farpa doída no meu coração e nunca mais acreditei nem na família como fonte de bondade, nem que todo padre é a voz de Deus na terra.

Na aula *de religião, a irmã Lucia disse que devemos ser solidários, não achar que somos melhores que os outros e distribuir o que sobra para quem tem menos. Falou de compromisso com o próximo. Alda perguntou: "E adianta? Não está no Evangelho: sempre haverá pobres no meio de vocês?" A irmã parou, pensou e disse: "Mateus escreve isto sim, mas se todos fizerem sua parte podemos ter esperança de ver diminuir a pobreza e transformar muito do que está aí. Mas, vamos combinar: não saiam por aí dizendo que eu contradisse Mateus, tem gente que não vai entender." Estas dominicanas...*

Ontem, *Gilberto, o bonitão do sétimo andar (irmão do Ricardo, ainda mais bonito), entrou gritando na garagem: "Getúlio morreu, deu um tiro no peito", e corremos para ligar o rádio e a televisão. Nós somos udenistas, a maior parte da família é pró-Lacerda e usa lanterna no peito, mas foi impressionante ver tanta gente chorando nas ruas, a lamentosa multidão que se formou no Brasil inteiro. Papai dizia que ele era um ditador demagogo, um caudilho populista e que a corrupção campeava, mas leu alto a carta testamento e embargou: "Saio da vida para entrar na história", não parava de fungar. Não sei o que pensar, encontrei o vizinho no elevador: "O povo é bobo, acredita em qualquer coisa, morreu um tirano impiedoso." Aparecida ficou tão mal – "os pobres e os trabalhadores perderam seu pai", soluçava – que mamãe a liberou do jantar e ela foi, assoando o nariz pelas ruas, acompanhar a pé o cortejo até o aeroporto Santos Dumont. Depois, mandou fazer um quadro bem grande com a foto de Getúlio e pendurou no quarto dela. As outras empregadas do prédio e o porteiro adoraram e copiaram a ideia.*

Não vou *mais, me recuso: Sofia insistia que eu entrasse na Associação Metropolitana de Estudantes Secundaristas – onde ela milita desde os catorze anos. Tentei escapar, disse que não completei o ginásio etc., etc. mas, tachada de burguesinha, eu fui. Eloquente, ela sobe no palco e discursa contra o aumento do preço da escola, as vis condições do transporte para o operário, o mísero salário* do *professor*. *Quanta coisa ela sabe! Participei de umas cinco reuniões no prédio da União Nacional dos Estudantes, mas desde o Lisieux odeio assembleias, não ambiciono ser "uma reserva de coragem contra as estruturas econômicas e de poder" e me arrepio à palavra hegemonia. Me perguntava: será que estes cinquenta gatos pingados, divididos em correntes que competem entre si, donos deste vocabulário de não mais que quarenta palavras – imperialismo, alienação, espoliação, mais-valia, marxismo, leninismo, capitalismo, totalitário, socialismo, proletário, luta de classes, colonizados e poucas mais – creem que vão fazer a revolução e mudar o mundo? Nunca ouvi, mas contaram que em algumas reuniões ouvem-se os acordes da Internacional. De repente, alguém bradava contra os burgueses. E o que éramos nós, a maioria morando com os pais, bem alimentados e dormindo no quentinho? Tudo isto me atordoa. As reuniões acabavam em gritos e quebra-quebra de cadeiras e eu saía embaralhada – sentia avançar em ideologia, mas me distanciar do ideal filosófico da ágora grega – e resolvi: não volto mais. Ficava pasma: enquanto discursa, Sofia é militante respeitada, os "devotos" se calam para ouvi-la, todo mundo é meio apaixonado por ela, bebem suas palavras, repetem o que ela diz. Aí, ela desce e vem trabalhar com a gente e não reclama ao ver que cabe às mulheres arrumar e varrer as salas, desfraldar a bandeira do Partido, dispor as cadeiras, rodar relatórios, preparar as chamadas, fazer as atas: "O mundo sempre foi assim", explicou um dos líderes. "Mulher é boa de arrumação." Ouvi, incrédula: existe declaração mais reacionária, mais "pequeno-burguesa" do que essa? Eu gosto de olhar a cara de gente, de relações olho a olho, de descobrir o que eu quero de verdade e acho das coisas. Quero me entender e escolher e não seguir o pode não pode dos outros. Ouvir o que ele disse ofendeu meus brios de mulher. Esquisito Sofia não achar isto nada demais, a causa revolucionária justifica qualquer coisa.*

E, então, o líder viu meu olhar indignado e perguntou: por que você é tão vulnerável?

Sou sufocada *por discursos sobre injustiça e ascese, mas o momento mais esperado de meu dia é quando escurece e corro para me arrumar – daqui a pouco, Mauro vai chegar. É a hora em que eu chego mais perto de viver o que leio nos romances, meu corpo arde. Com pavor que percebam minha boca seca e escutem o bater de meu coração, ando pelas ruas repetindo Santo Agostinho: "Senhor, dai-me a castidade, mas não agora." Nem pequei ainda, como querer ser casta?*

Marília *voltou das férias contando que está de caso com um primo, desde bem pequenos sempre foram apaixonados e resolveram "experimentar." Disse que é ótimo fazer a iniciação com primo porque ninguém suspeita e ela pode ir e vir, a mãe até pede para ele tomar conta dela. Que dó, não tenho nenhum parente mais ou menos, não dá pra imaginar nada romântico ou sexual com nenhum. Num destes aniversários de tia, todo mundo no final já meio bêbado e enrolando língua, Flávia chegou, circundou o olhar: "Eta familinha feia esta nossa. Gente mais horrorosa, não sobra um pra contar história!" Onde está, onde encontrar quem vai me abrir para o mundo de verdade?*

Em nossa *casa, o céu é o limite: Isabel viaja nas férias com dom Helder e participa de projetos para acabar com a pobreza, faz trabalho voluntário em favelas – ela e Helena trabalham com crianças carentes – e à noite, fica até tarde lendo e estudando a Bíblia: sonha com um mundo unificado pelo credo católico. Flávia habita o céu, vive no mundo da música. Sofia luta para fazer da terra um céu: "A revolução vai acabar com a injustiça. Todos serão iguais", briga por um mundo unificado pelo comunismo. Se irrita comigo: "Você não tem causas, querer viver e ser feliz é pouco." Bobagem, tenho cá minhas causas, mas é que eu quero o céu sem perder a terra, disseram que não é possível. "Tem que escolher: quem tudo quer, tudo perde", disse Isabel.*

Papai *foi chamado para ser ministro do governo Café Filho, sai cedo e volta tarde, traz papéis,livros e pastas para ler e estudar e anda agora em um Lincoln preto com motorista, e ganhamos um camarote no Municipal. A gente pode ir e convidar quem quiser. Dom Helder aproveitou a deixa e pediu recursos ao presidente para a construção de um conjunto de mil apartamentos de um e dois quartos, cozinha e banheiro para os moradores da antiga praia do Pinto, que pegou fogo no ano passado. Ele diz que em dez anos, com o apoio dos que têm mais e dos poderes públicos, a igreja vai acabar com as cento e cinquenta favelas da cidade e dar existência digna a seus moradores. Vive pra baixo e pra cima com projetos e plantas. Fomos à inauguração: é um apartamento de verdade, de tijolo, com banheiro e cozinha, uma virada e tanto para quem morava em barracos de madeira, os futuros moradores estavam orgulhosos. Chama-se Cruzada São Sebastião. Dom Helder reúne gente aqui em casa: "A questão do cristão hoje é de que forma agir para transformar o mundo. Ele não tem o direito de se omitir." Frei Paulo também vem e traz seus olhos azuis: dominicano,* *holandês, se horroriza com a desigualdade do Brasil: "Um país bonito, uma confusão tão interressante, uma misturra de raças tão orriginal, e tanta gente prrecisando de tudo e esta pavorrosa injustiça." E ri com os olhinhos azuis. Os vizinhos vieram falar para a gente tomar cuidado com dom Helder – coitado, magrinho, subnutrido – dizem que ele é comunista e que Nelson Rodrigues o chama "bispo melancia": verde por fora e vermelho por dentro. "Fingido", dizem. Mamãe não acredita: "Ele usa batina", contradiz: "Comunista são estes padres que andam por aí de roupa de rua."*

Amigos *se admiram com nossa liberdade, uma colega disse: "É a casa mais aberta que conheço." Em parte é – tem casa onde nem filho nem empregada pode abrir a boca e há mil assuntos tabus. Somos estimuladas a divergir, a discutir, nossa língua é livre e afiada. Podemos ler qualquer livro. Mas temos nossa tábua da lei, não escrita, mas a ser cumprida: 1) Espírito vale mais do que corpo, ideia mais do que ações, trabalho intelectual mais do que braçal; 2) homem vale mais do que mulher (ninguém aceita, mas é ancestral); 3) católico vale infinitamente mais do que qualquer pessoa, muito mais que protestante. De pagão então nem se diga, não merecem consideração (ateu tem o benefício da expectativa: a qualquer momento pode ser iluminado pela graça). Nos perguntam sobre branco e preto, pobre e rico, eu respondo que são questões menores, não tomam nosso tempo. Racista mesmo na família só minha avó paterna, que Deus a tenha, porque ela era muito boa e curou papai da tuberculose.*

Fico feliz *quando elogiam nossa liberdade, mas ninguém se engane, sabemos onde o mito desaba: temos abertura intelectual, lemos qualquer autor e falamos e emitimos reflexões sobre qualquer assunto, mas quando entra sexo somos reprimidas e ignorantes, tudo é proibido, vivemos num campo de concentração. Podemos tudo em teoria, mas em se tratando de namoro e garotos, mamãe vigia como um mastim – ela acha este negócio um perigo mortal – e faz vigorar o código herdado em linha direta e sem atualização da bisavó Teté: severa seleção de amigos e frequentes incertas na sala, além de alertas para tomar cuidado com "eles", que só querem "aquilo" e depois nos abandonam cruelmente. Sacode os ombros, ar resignado: "Nada a fazer; homem é assim mesmo." Somos partidas em cabeça e corpo, em duas. Razão e desejo, corpo e alma, como dois inimigos mortais se batem por Celina! Se batem dentro de Celina!*

No momento em que junto estas notas, releio estas páginas, me pergunto: eu era assim? Pensava, via o mundo assim? O que leio é verdade, foi verdade? Vasculho e tento recordar, comparar ao que guardo de mim, ao que guardo em mim. Inutilmente. Cada vez que quero agarrar a lembrança, olho e é diferente. Não consigo colar a menina à mulher, nem sempre me reconheço. E, no entanto, as palavras estão lá, escritas por mim. Marcam um eu que fui e não sou, um tempo que foi e não é.

Lá pelos seus dezesseis anos, depois de muito ler Thomas Merton, Isabel decidiu ser monja trapista – ordem religiosa exigentíssima, calcada em austeridade, solidão e silêncio – e treinava pela casa, pés descalços, vestida em um saco de algodão grosseiro, nas mãos um terço de caroço de azeitona seco. Seguindo Santa Teresa de Ávila, leu (ou dizia que leu) as cartas de São Jerônimo, andou estudando aramaico para ler os Evangelhos no original e quis transformar em cela seu quarto (paredes cheias de imagens de santos, divididas com os posters de Sofia: Lênin discursando e filmes de Eisenstein), mas até mamãe achou exagero. Descia à portaria e pregava aos empregados: "Cristo disse: quando forem pelos caminhos, não levem bolsa nem calçado": pobres e descalços se rejubilavam, sentiam-se santificados. Não se sentava à mesa e fazia jejum dias seguidos – de hora em hora, molhava a boca com algodão umedecido, como vira na TV fazer um faquir. De repente, lhe dava na veneta e armava-se de pincéis e bisnagas, pintava telas enormes cheias de arrebóis e cenas celestiais e reproduzia os místicos, copiava Fra Angelico. A crise durou uns bons meses e era aceita como dado natural – mais uma fase na vida familiar –, assim como Sofia devorando livros de esquerda e jornais, redigindo manifestos e organizando protestos de rua, e Flávia horas e horas em exercícios de escala, arpejos, trinados e *pizzicatos*, entremeados por dezenas de cigarros agora públicos, e pinturas de cabelos: era comum que desse boa noite com eles verdes e dia seguinte, no café, os exibisse vermelho-acaju. A casa vivia cheia. A vitrola tocava Vinicius e Drummond recitando poesias, e o poema "O caso do vestido" fazia mamãe chorar: "*Era uma dona de longe, vosso pai enamorou-se...*" (conheceria mamãe esta dor?). Os parentes de Minas chegavam aos magotes no verão para a temporada de praia, pernilongos, compras e pele descascada e no Carnaval fazíamos fantasias de papel crepom para o baile a fantasia na areia e disputávamos quem sabia mais marchinhas de cor. A mesa do café não era tirada nunca e havia sempre alguém chegando e saindo para o cinema, para cursos, comícios, reuniões ou ensaios. Todo mundo falava muito, era uma casa barulhenta. Colecionávamos revistas de artistas de Hollywood, cada uma tinha suas paixões e colava em álbuns fotos dos astros prediletos. Tínhamos prazo *impreterível* para entrar, ir para cama e apagar a luz, mas era driblado com frequência e Sofia lendo Marx e fumando sem parar – e eu com um romance, lendo Simone de Beauvoir e tentando entender Faulkner, ou copiando poemas, caderno pautado no colo – nos refugiávamos à noite na escada de serviço, Aparecida trancava a porta e dormíamos do lado de fora, esparramadas no piso, sem ninguém perceber. Uma vizinha, Matilde Ribeiro, dona do cinema Azteca, descia do sexto andar, entrava pela porta aberta, sentava no sofá da sala e explicava: "Não se preocupem, não quero atenção, é que minha casa é muito sem graça e gosto de ficar aqui olhando tudo, parece um teatro." Ficava ali algumas horas, depois se levantava e saía. Dias depois, descia, entrava pela porta aberta e sentava no sofá outra vez. Como parte da família.

À casa vinham sempre vizinhas e amigas de mamãe, colegas de colégio, comadres. Muitas vezes, amigos de papai, deputados, secretários de governo, ministros e até o presidente Café Filho. Assim era mais ou menos o dia a dia naqueles anos, mamãe não mudava os hábitos para receber qualquer pessoa e não fomos alertadas para a significação da importância, da subordinação, da superioridade de uns sobre outros, com base em cargos, títulos e funções. Nunca se ouviu em nossa família, em qualquer situação ou dirigido a qualquer pessoa, o clássico *Você sabe com quem está falando?* tão corriqueiro no Brasil e analisado anos mais tarde por Roberto DaMatta e outros sociólogos e pensadores. Não víamos naqueles homens o que se chamava *Poder*: frequentávamos suas casas onde tinham vidas iguais à nossa e suas mulheres se vestiam, faziam compras, discutiam preços, iam à missa, ou à feira, com mamãe. Havia os muito ricos, como o deputado Eduardo Pinto, mas se explicava por que sua mulher era milionária "de nascença" (a maravilhosa, a querida tia Belinha): em sua casa na Vieira Souto, plena orla de Ipanema, enorme, com piscina e tudo, entrei numa sala fechada cheia de tapetes persas empilhados uns sobre os outros e perguntei "para que servem?" Responderam: "Valem muito dinheiro, é investimento certo", fiquei embatucada e lembro de pensar que trabalheira limpar tanta poeira. Contei para papai – sempre descuidado em relação ao dinheiro –, perguntei o que eram investimentos e como tapete virava valor e ele deu de ombros e disse: "Tolice, a acumulação: coisas só devem ter valor de uso." Também muito rico era Henrique Magalhães, banqueiro, político e super amigo, casado com uma meiga *protestante* ("mulher adorável, seu único defeito", lamentava mamãe): católico, aos domingos passava lá em casa, subia para um café e ele e papai fingiam ir à missa e ficavam zanzando nos jardins da igreja Santa Mônica, do Leblon, em confabulações sobre os rumos do Brasil. Eram bons amigos, descobriram que haviam nascido no mesmo dia do mesmo ano e se gostavam muito. Ria de nosso jeito abusado e nos provocava: "Vem aí o aniversário de vocês, preferem ganhar presentes ou minha presença?" Nem titubeávamos, e ele nos trazia presentes caros e bonitos, das lojas mais chiques do Rio. E depois da missa fingida, nos levavam para tomar sorvete na sorveteria Moraes, em Ipanema, onde podíamos escolher entre sabores de mais de trinta frutas. Papai adorava o de tamarindo. Magalhães escolhia o de jaboticaba e levava pra casa uma lata cheia de sorvete de tangerina.

A classe política era então objeto de respeito e até reverência, mas, para nós, aquelas pessoas eram "de casa." O fato é que nossa formação não incluiu treinamento para curvaturas a hierarquias prévias, na adolescência não reconhecíamos seu peso – senão pelo critério da idade, os velhos mereciam respeito (eu era também fascinada pelo mundo dos "intelectuais") – e acabamos desenvolvendo vida afora uma relação dúbia com este tipo de poder, uma familiaridade muitas vezes excessiva, passível de ser confundida com falta de limite, intromissão ou petulância. Entrava o Adauto Lúcio Cardoso, vinha o Aliomar Baleeiro e trazia seu último livro, chegava o Bilac Pinto, o Dinarte Mariz, o Magalhães Pinto, Afonso Arinos (charmoso, o filho, Afonsinho, trabalhou com papai, no Catete), entrava o Aureliano Chaves e então o Café Filho e Aparecida vinha da cozinha e dizia que, fora o Getúlio, só gostava dele e que ia fazer uma comida especial, porque os dois vinham do povo e por isto se entendiam. E Café ria, homem modesto que morava num apartamento pequeno na esquina da Joaquim Nabuco com a Nossa Senhora de Copacabana: constava que um empresário ficou mexido com tanta simplicidade, disse que não combinava com a posição de presidente e que ele merecia uma casa "melhorzinha", quem contava isto era o próprio Café, achando graça. Todos chegavam sem segurança, sem cortejo ou batedores, sem carro oficial nem nada e Café, ao deixar a presidência, trabalhou uns tempos numa empresa imobiliária, até Carlos Lacerda nomeá-lo ministro do Tribunal de Contas. Um dia, ele disse à mamãe que nunca quisera, jamais imaginara ser presidente, nunca o deslumbrara o cargo, ao contrário: "Eu me sinto mortificado pelo tão pouco que posso fazer pelos que não têm nada, pelos despossuídos, que esperam tanto de mim." Ouvíamos que não éramos melhores nem piores do que ninguém e mamãe trouxe de família uma tranquila naturalidade para abrir a casa a visitantes de qualquer classe social e um fino faro para detectar o que mais desprezava: gente pedante ou subserviente, rapapés e puxa-sacos. "De adulação, afetação, fatuidade e hipocrisia, Deus que me livre."

No Natal do primeiro ano de papai como ministro, mamãe nos reuniu na sala onde se apinhavam mais de cem cestas com champanhes, marrons-glacês e patês importados, além de presentes caros, perfumes raros, vinhos de nobres safras e até um peru vivo e engaiolado vindo de um famoso criador (o que obrigou mamãe a um trato com o dono da padaria: ele assaria o bicho no enorme forno da casa e cada um ficava com a metade) e apontou a traquitanda: "Atenção, vamos manter a cabeça fria e o pé no chão. Quase nada do que está aqui veio de amigos, ou de gente que gosta de nós. Querem amolecer seu pai com estes agrados. Puro interesse: assim que ele deixar o palácio e deixar de ser ministro, eles vão sumir e não vai chegar nem uma castanha." Dura lição para quatro mocinhas maravilhadas com tantos mimos, reverências e bajulação, mas em novembro do ano seguinte, Café Filho foi deposto, acabou o Catete, o carro e o camarote, nos pediram de volta a carteirinha dos clubes e dissemos adeus às óperas e aos balés. E em dezembro, ao toque da campainha da porta, a gente podia apostar e acertava: era apenas mais um cartão de Natal.

Vieram pouquíssimos.

O LADO OCULTO DA LUA

Mil e um romances devorados, imaginação desenfreada e uma vidinha danada de sem graça faziam brotar em mim uma nova curiosidade, porque ao comparar a vida de mamãe e papai era possível intuir dois mundos bem diversos: o das mulheres, aberto, evidente e previsível; e o masculino, oculto e misterioso, muito mais excitante. Enquanto ela lidava com feira, alimentos, rezas, telefonemas e chás, preços e troca-troca com vizinhos ou – audaciosamente – pegava um cineminha à tarde, ele punha terno branco, fincava o alfinete de pérola na gravata, passava colônia Yardley, enfiava no bolso um lenço com monograma e sumia no desconhecido, de onde retornava quase de madrugada, com fascinantes casos pra contar: sempre "havia ouvido um amigo dizer que", "havia se encontrado com", "um amigo querido acaba de chegar da Europa e contou que", "pelo que discutira com companheiros, estava certo de que..." *O que acontecia lá fora?*A questão me torturava e, por volta de meus quinze anos, dois acontecimentos confirmaram minhas suspeitas e me empurraram para sair à procura do mundo: de férias em Belo Horizonte, combinei com tio Jaime, casado com a irmã de mamãe, encontrá-lo no escritório, num final de tarde: pegaria uma carona de volta para sua casa, onde eu me hospedava. Tio Jaime era um bom camarada: boêmio, exuberante e exímio cozinheiro, falava inglês que era uma beleza e fumava cachimbos cheirosos, me iniciara em romances policiais, colecionava a revista x9 e possuía e me emprestava a coleção de Agatha Christie, disputávamos quem primeiro descobria o assassino. Devo ter chegado antes do esperado, porque entrei e deu-se um *frisson*, um súbito deslocamento de luz e sombras e um célere descruzar de pernas e ainda pude vislumbrar, sentada sobre a mesa de trabalho, vestido curto e decotadíssimo, uma loura oxigenada que declamava em grandes gestos o que me pareceu um poema, enquanto o tio, na cadeira em frente, mantinha fixo o olhar nas brancas e grossas coxas, que saltavam de atrevidas cintas-ligas pretas. À minha entrada, ela deu um salto e repuxou a saia, ele se atrapalhou, bateu com o joelho na mesa e soltou um palavrão, mas se recompôs e apresentou solene: "Ceci, minha secretária", e explicou – boca estalando de seca (*ele e eu*) – serem, os dois, "leitores apaixonados dos sonetos decassílabos do poeta Raul de Leoni, mescla perfeita de simbolismo e modernismo" e autor dos versos que ela repetiu, agora de roupinha puxada e sentadinha comportada na cadeira:

> Nascemos um para o outro, dessa argila
> De que são feitas as criaturas raras;
> Tens legendas pagãs na carnes claras
> E eu tenho a alma dos faunos na pupila...

Faunos? Legendas pagãs? Cheirava a clandestinidade, a escondidos-excitantes-escuros e trancados quartos, valeu-me duas confissões por maus pensamentos e luxúria. Sempre tive um fraco por poetas, gente que gosta de poesia me conquista fácil e foi instantâneo cair de amores pela moça, me deslumbraram a esdrúxula cor de seus cabelos (talvez me lembrasse Flávia?) e o requintado gosto literário: lemos e discutimos mais dois ou três poemas do Leoni, emocionada ela contou como, um dia, "marco divisório na minha existência incolor, em vida que transcorria em lentidão e aridez, como um riacho quase seco", descobrira *Ode a um poeta morto* entre os livros empilhados e empoeirados de um sebo do Centro, aquele, escondido em frente à igreja São José e "tudo ganhou brilho novo, nunca mais fui a mesma." Nos despedimos como amigas de vida inteira, combinando outro encontro e nova troca de contribuições poéticas.

Jurei comprar e ler *Luz mediterrânea* e voltamos, meu tio e eu. calados no carro, no rádio Dalva de Oliveira cantava "*Que será, da luz difusa do abajur lilás, se nunca mais vier a iluminar outras noites iguais?*" Eu, excitadíssima, tentava compreender cada frase e imagem do que se passara, até o momento em que tio Jaime pegou minha mão e senti o gesto como uma súplica, a proposta de um pacto e a apertei de volta, em sinal de assentimento. Jantamos um delicioso frango ao molho pardo com a tia e os primos, conversa trivial, nem nos olhávamos, nada denunciava nossa recém-inaugurada cumplicidade. Eu me sentia detentora de um bem precioso, admitida – embora à revelia – no templo dos templos, no sagrado e secretíssimo espaço da vida verdadeira. Não se passaram dez dias e o tio me chamou na varanda, me abraçou forte, chorou e contou entre soluços da morte da secretária, a Ceci, afogada em Lagoa Santa, (ela me dissera ser exímia nadadora), onde teria ido com amigos a um piquenique: seu corpo foi içado por pescadores, os cabelos oxigenados enganchados numa rede de pesca. Cambaleei, meu coração disparou, perdi o fôlego e fiquei dias sem dormir, esmagada, aterrorizada pelo peso do mistério e da tragédia. Nunca mais consegui ler o Raul de Leoni, nunca mais consegui gostar do tio Jaime, nunca mais me hospedei na casa dele, nunca mais pedi ou aceitei dele um livro emprestado. Mas nunca tive coragem de perguntar o que ele achava, se foi acidente, crime, ou suicídio, ou algo pior. E o que eu mais queria saber: se o flagrado encontro, aquele final de tarde no escritório e a apaixonada devoção comum à poesia de Leoni teriam alguma coisa a ver com a brutalidade da morte, os longos cabelos oxigenados enganchados numa rede de pesca.

Uma tarde, numa ida com papai a uma loja em Botafogo para comprar material escolar, demos de cara com um vizinho: Ivan, comandante da Marinha, homem baixinho, casado com dona Hortência, um metro e oitenta e amicíssima de mamãe: estava abraçado – literalmente dependurado – com uma mulher também altíssima, bonitona e jovem, mais ou menos metade da idade dele. Demos tão de cara uns com os outros que não houve jeito e nos cumprimentamos, os dois homens bastante constrangidos. Nem bem nos despedimos e avançamos uns passos, meu pai parou, me olhou fundo nos olhos e ordenou, imperioso: “Vamos deixar claro: você não viu nada!” Parei, encarei-o também e resoluta respondi: “Eu vi sim, e muito bem, mas não vou falar nada.”

Confirmado: o mundo da rua era mais palpitante que o doméstico, ali, aconteciam acasos e coisas, o inesperado tinha lugar. E o inesperado era tudo o que eu queria!

Para ganhar mais largura e ter meu dinheiro, pus anúncio de aulas particulares de inglês, me valeu o ótimo curso do Ibeu: desde meus oito anos, estudava a língua na filial da Sá Ferreira, e tive ali, como professores, dois inusitados personagens: de um se afirmava ter sido campeão de tênis em Wimbledon e ninguém sabia como e por que tinha vindo parar no Brasil, e o outro viera se preparar para ser frade franciscano e, peripatético, no intervalo das aulas, lia parábolas em voz alta, andando pelos jardins. Consegui oito alunos, estudava de manhã e ensinava à tarde, em domicílio. Algumas mães hesitavam ao ver à porta a menina com jeito inseguro, de rabo de cavalo e corpo desajeitado e a despachavam, impossível levá-la a sério; outras confiavam-lhe os filhos e a candidata a professora era aplicada e as aulas, baratas. E não é que eu era boa mestra e os meninos aprendiam com gosto? Um começo de autonomia, um belo avanço e o dinheiro me permitia pagar as lições de italiano de dona Sophia Baldaccone, que adorava D'Annunzio e nos fazia recitar Dante, desprezava os italianos do sul e suas pizzas, morria de raiva de Mussolini e chorava copiosamente – enquanto descascava e mastigava uma fruta – com saudades do Duomo de Firenze e dos tesouros da Dinastia Médici. Sempre assim: batia a hora, mamãe trazia um prato com dois figos, ou bananas, ou mangas da estação e dona Sophia os manuseava com cuidado, enquanto lágrimas esguichavam sobre as frutas e ela rememorava a infância dourada, a família distante, nem tocava nos tempos da guerra e da miséria, mas recordava a cidade natal, as pontes: "*Povera, povera Itália...*" E ainda sobrava dinheiro para o cinema e para a revista *Senhor*, onde eu descobria Clarice Lispector, me fascinava a liberdade intelectual do jornalista e escritor Millôr Fernandes e a enxuteza do escritor curitibano Dalton Trevisan.

Sofia estagiava no Banco de Crédito Real de Minas Gerais: por trás do vidro do balcão, conspirava: "Comprovo na prática as contradições do capitalismo." Isabel dava expediente na arquidiocese e colaborava com dom Helder, sabia os nomes e localização das favelas da cidade, entrava e saía de barracos, conhecia muitos de seus moradores. Flávia começava a se apresentar em concertos, participava de um conjunto de câmera. Naquela família onde há séculos o lar era destino único, éramos a primeira geração a trabalhar e explicávamos para a mãe, que coçava a cabeça: "Não queremos morrer secas de raiva, como as velhas tias." Às amigas que estranhavam tanta novidade – que perigo, estas meninas soltas na rua – mamãe retrucava entre o orgulho e o susto: "Soltas, não senhora, controlo direitinho onde vão e a que horas devem voltar. E não é que precisem, são moças de seu tempo, fazem questão de ganhar para os alfinetes."

A adolescência ia ficando para trás e como *quase todas* as mulheres, minha meta era casar. Casar era mudar do domínio do pai para o do marido, mera substituição de tutela e provedor. Qualquer escolha que fizéssemos, fosse a minha por um marido, a de Sofia por Marx, ou a de Isabel por Deus, teria que passar pelo filtro do sustento, porque raras – raríssimas mulheres de nosso meio e nosso tempo – tinham profissão ou ganhavam para pagar suas necessidades, mesmo as mais básicas, além dos alfinetes. Apesar dos ideais libertários e de muito existencialismo na cuca, eu não queria, não desejava outra coisa e via o *meu* casamento como a passagem do ensaio para a peça em cena aberta, a travessia do deserto para a terra prometida. Canaã! Na minha cabeça, o ritual religioso, o único ao qual a família conferia importância – papéis e cartório eram *uma bobagem, mera formalidade, é só assinar e pronto* – tinha função mágica, era um "abre-te sésamo": libertaria as funções de meu corpo, tornava-o apto a funcionar como objeto de satisfação própria e do marido e a assumir graves, solenes, majestosas responsabilidades – entre elas, a sacrossanta maternidade. Eu me admirava: só com uma bênção, uma cerimônia litúrgica, umas palavrinhas, sem curso e sem preparação especial, como todo mundo conseguia? Como mamãe, tão ingênua e preservada, conseguira? De concreto, eu só havia visto, no escuro e rapidinho antes de mudar de lugar, o pênis de tarados no cinema (como havia tarados no cinema no meu tempo!). E, de perto, no claro, exibido a insistentes pedidos, o do tímido e relutante primo Rogério e vivia decepcionada e confusa: como aquela coisa desenxabida e sem cor poderia ser fonte de gozo e êxtase? Me consolei conjeturando que cada pênis se parecia a seu dono, que o primo era assim descolorido e tolo e que um dia eu haveria de encontrar um homem pra valer, rapazes interessantes, donos de membros muito mais instigantes. Quanto ao prazer feminino, também não estava segura: eu lia e ouvia falar que o homem *entrava* na mulher e como não encontrasse em mim um buraco, fora um bem modesto e estreito, achei que havia alguma coisa errada, me perdia entre dúvidas e certezas de sofrer um incapacitante problema orgânico. Não tinha coragem de falar disto com ninguém e minha literatura não ajudava – nos romances tudo era muito simples, acontecia com naturalidade. Em duas ou três linhas estava tudo resolvido.

A salvação veio por Flávia, muito mais nova do que eu e que ficou incomodada aos onze anos – terrível humilhação, só menstruei chegando aos quinze – e ainda que suplicando que ela não se vangloriasse pra todo mundo e explodindo de inveja a cada vez que ela entrava no banheiro e trancava com estridência a porta, Modess na mão, humildemente pedi que me mostrasse como era (*por favor!*). Que terror! Espantoso! Ah... eu sabia dispor pratos, copos e talheres na mesa e com arte montar flores na jarra vermelha, eu sabia combinar comidas com vinho, conhecia fábulas de La Fontaine e de cor longos trechos de tragédias e dramas históricos de Shakespeare. Eu sabia falar bem francês, razoavelmente o italiano, o inglês e o latim e não sabia *isto*. De onde vinha este sangue? Onde se formava? É assim que se vira mulher? Coisa mais nojenta! Depois me acalmei, refleti sobre o que eu vira, juntei com o que eu ouvira falar, e acabei por montar uma teoria que me pareceu consistente: como *elas* sangravam todos os meses, iam perdendo a cada regra um pedacinho de seu corpo e, pouco a pouco se escavava o tal túnel, por onde *ele* entraria. Tudo tão claro! Encantada com a engenhosidade da natureza, me apaziguei: na hora exata, o caminho estaria aberto. Munida destes profundos conhecimentos anatomobiológicos, comemorei meus catorze anos com uma festa onde desprezamos o caduco *boogie-woogie* e nos esmeramos no *rock'n roll*, meu vestido de tafetá azul-rei desenhado pelo estilista da moda, Joãozinho Miranda, fez o maior sucesso, as meninas disputaram a tapa dançar com o maior bailarino de nosso grupo, o Adney, que usava topete gomalinado e sapato preto especial de sola fina, papai liberou o horário e dispensou a tabuleta de despedida e dei meu primeiro beijo de língua – rápido, no escuro, num canto da varanda, sem que ninguém visse – no Luiz Cláudio, ao som de Nat King Cole cantando *Blue Gardenia*. Adorei, não queria perder o gosto, nem escovei os dentes na hora de dormir.

Dias depois, um fim de tarde chuvosa de um domingo morno no Rio, tudo era marasmo fora meu coração acelerado, o tumtum tumtum tumtum anunciava sua existência e descompasso. Cheguei à janela, olhei a rua vazia e silenciosa e me senti pronta, olhei para o céu enevoado e pedi que a vida viesse com tudo. Com tudo. Soprou um vento de leve, virou ventania, sacudiu as árvores, encheu de folhas o chão, o céu pretejou e virou tempestade. Foi assim. A vida!

ENTÃO, O AMOR

Os rapazes eram uma mesmice. Um deles eu achava diferente, era ousado e me rodeava e jurou me conquistar. Soube de meus primeiros namoros e reagiu sobranceiro: "Tem tempo, deixa a menina se divertir. Na hora em que eu disputar, vou mostrar quem é o craque." Passava por mim se exibindo, andava de bicicleta sem mão. Um dia, escondido, me buscou no colégio, e vim sentada no selim, o vento forte batendo, chicoteando meu rosto. E nada me faria parecer mais às heroínas de romance; eu, na bicicleta de um homem bonito que pedalava contra o vento, e me protegia e me abraçava, e seu rosto em fogo se encostava e queimava meu pescoço e punha em fogo o meu rosto, e ele dizia coisas que eram lançadas para trás antes de eu entender, antes de eu ouvir, e ainda que o ar estivesse parado eu não ouviria, não entenderia, eu, pura labareda! Por amigos, quis que eu soubesse que fora escalado para o time de futebol do colégio e ganhava fama de goleador. De vez em quando, na porta de casa, com um bilhete ilustrado por corações ou frases de poemas, deixava uma caixa de bombons, um vidro de perfume, um talismã, uma blusa de orlon verde-bandeira. Vinha se chegando, eu media os milímetros. Ansiava. Pouco mais de quinze anos, a vontade incendiando, a vida me consumindo, e o revesti de todas as qualidades de meu príncipe: Mauro era bárbaro, bonito como um deus, galante e espirituoso. Chamei-o, de mim para mim, Mauro, o único. E sonhava. Ansiava.

Então, uma tarde de verão, eu sentada na escada da praia – à espera, eu vivia à espera – ele veio de calça *blue-jeans* apertada e camisa leve de manga curta e chegou bem perto – tanto que sua sombra me cobriu – escolheu uma laranja da barraca na areia, tirou do bolso um canivete suíço e se pôs a descascá-la, uma destreza, ele girando a fruta devagar e concentrado para não a ferir, e aquela casca cheirosa, fina e redonda formando um único arabesco, e ele sem tirar os olhos de mim e eu dele e entendendo: ele dizia que era capaz de me escolher entre muitas, me querer, me cuidar e me despir com a mesma delicadeza e maestria. Ao final, ele a rodeou e examinou, sorriu e a aprovou e, na palma da mão aberta me ofereceu a laranja íntegra, como um presente valioso. Eu tremia. Segurei, ele não desviava os olhos, eu sorvia o sumo da fruta, pensei *vou desmaiar* e, em êxtase, descobri que era assim, era isto estar apaixonada. A–pai–xo–na–da.

Cheguei em casa cantarolando *What is This Thing Called Love?*, contei tudo para as irmãs, levei suas mãos a meu peito para que confirmassem a explosão do coração e respondi mil vezes como é que é? como ele é? que tem a ver a laranja? Ah! elas não entendiam nada de Amor. Tempos depois, aconteceu um eclipse total raríssimo, e para melhor ver o fenômeno, preparamos cacos de vidro esfumaçados e subimos, nós, as quatro irmãs e Mauro, até São Conrado. Em pleno dia, a lua bloqueou o sol, o escuro invadiu o céu e nos tomou, nem nos lembramos dos vidros, nem nos importava o eclipse, o extraordinário se deu em nós. Ele tinha vinte anos e um peito de gladiador de filme, gostava de cinema e fotografia e trabalhava na indústria da família, ganhava para pagar suas contas – era um homem de verdade – e eu adorava seu cheiro, ficava zonza quando se aproximava. Ironizava os outros garotos, "um bando de filhinhos de papai", criticava suas opiniões, as roupas e os programas idênticos, enquanto ele usava dobrada a manga para exibir o bíceps e nunca fechava os primeiros botões da camisa. Detestava festas e desprezava qualquer turma, era um ermitão e namoramos isolados do mundo, ele e eu, eu e ele, o que me parecia romanticamente criativo. Rendi-me a tanta singularidade, prenúncio de uma vida arrojada. Conhecia meu interesse por filosofia, leu Platão e um dia ajoelhou-se e declamou *Fedro*, enquanto punha em meu dedo a aliança de noivado: "O Amor é o mais velho dos deuses e um dos mais poderosos. É a força que transforma em heróis os jovens vulgares. Dai-me um exército de enamorados e poderei conquistar o mundo." Fechei os olhos, entreguei-me ao ardor das palavras, ao cheiro, ao desejo, abracei-o com força. Resistir? Não eu, dezessete anos recém-feitos, apaixonada pela paixão e prisioneira acorrentada na caverna das imagens. Como nos romances, ajoelhei-me também e ilustrei em gesto a retirada de meu coração do peito e o entreguei inteiro e pulsante a meu cavaleiro audaz, meu Galahad. Seríamos diferentes. Ah, nós dois nos amaríamos para sempre, viveríamos como nos tempos em que os homens eram justos, valentes e leais, tempos em que não havia mentiras, enganos ou trapaças – nós saberíamos nos desviar das armadilhas do tédio, das convenções e da mediocridade. Enfim, o Amor! Ainda platônico, ainda casto, mas tomado de promessas. O Amor!

Então, é assim, o Amor? Passar o dia à espera entre a aceleração e o enlevo, este desajeito, esta falta de ar, e quando finalmente a noite chega e com ela, ele, estas horas sôfregas vividas entre o homem até há pouco tão atrevido, que me tomou de assalto com os pelos de seu peito e a camisa semiaberta e agora me olha assustado e meio triste sem saber o que dizer; e eu, a mulherzinha metida a falar francês e a declamar Dante, que se preparou horas, levou um tempão e deu umas cinco ou seis voltas ao espelho para se decidir entre o vestido azul e o vermelho, porque quer ser atraente como a artista da capa da revista, e – fico mais sedutora com a sandália alta? – que também procura, procura – chegou a escrever no papel algumas ideias para não esquecer – ter alguma coisa para conversar, mas boca seca e cabeça latejante, nada encontra para dizer?

Ou será o Amor estes encontros onde não paro de falar, matraqueio sobre sonhos e projetos, minha gana de ser feliz – a mais feliz das mulheres, a mais feliz dos mortais – e sobre leituras, misturando num jato e sem vírgulas Thomas Mann, Dostoiévski e Camus, minhas perplexidades e a dificuldade em saber o que fazer de minha vida e aflição; não, não, ele pode ficar sossegado, porque casar com ele é a única certeza, eu sei que quero, quero, eu quero. E ele repete: eu também quero, quero, é o que eu mais quero. Ali estávamos os dois, às cegas, ensaiando o Amor: porque se eu nada sabia de homem, ele pouco sabia de mulher, era como a cena primeva de Adão e Eva, o Gênesis no final dos cinquenta em pleno Leblon, cada um em transe de desejo e pânico, querendo e investigando o outro e descobrindo: ele, o que é uma mulher tão de perto e de verdade; eu, como é um homem, carne, músculos, cheiro e suor, tão de perto e de verdade; e enquanto eu corria para a cozinha – ...morrendo de sede, preciso de um gole d'água, a cada centímetro da saia levantada; ele se fechava no banheiro para controlar o medo e a ereção, a cada pedaço que abria de minha blusa o deixava entrever um sutiã preto de renda e a ponta empinada de meus seios. Em alerta na sala ao lado, a mãe vinha em incertas e os encontrava comportados, em silêncio, sem fôlego. Um turbilhão, um rodamoinho, uma avalanche, o Amor. Dormir era impossível: pesadelos, febres, terrores, suores, culpa, culpa, desejo, confessionário, culpa, culpa, jurava nunca mais deixá-lo me tocar, culpa, pecado, até frei Clemente enjoou de mim: me aconselhava, me exortava a resistir: "Segura, Celina, falta pouco, segura." Um suplício. Isabel insistia na frequência à missa, Sofia lia manifestos, enunciava máximas contra o individualismo, era preciso pensar nas massas. Eu ardia. Ansiava.

Fazer o que com os tremores e as noites em claro? Com meus suores frios? A Fé apascenta corpo? Ardor revolucionário mata a fome dos sentidos? Ideologia domina desejo? Nunca foi tão agudo meu abismo interno, tão absurda minha divisão emocional: ler e discutir os Beats, estudar o existencialismo e as relações livres, saber de cor trechos de *O amante de Lady Chatterley* e viver sem respirar, morrer a cada dia, porque quero ir para a cama com o homem que eu amo, que me ama e vai ser meu marido.

Filha de minha mãe, corri para me inspirar na Bíblia: hora de São Paulo aos Coríntios, "antes casar do que abrasar." O casamento foi antecipado.

A família estava de mudança outra vez, agora para Brasília; papai estava em seu terceiro mandato como deputado, e a cidade era a nova capital do Brasil, teriam que se instalar lá. O Brasil também mudava: eram os tempos do Juscelino, "presidente bossa nova", e nossa família, mesmo udenista e "adversária", era tocada pelos ventos de uma nova estética, descobríamos Niemeyer, Santa Rosa, Athos Bulcão, Burle Marx, as vitrines exibiam móveis desenhados por criadores brasileiros, feitos com madeiras brasileiras. O Brasil começava a se descobrir e mamãe decidiu aproveitar a viagem para despojar-se de velharias herdadas, das tais *antiguidades,* que ela nunca valorizara: passava os dias rodando de um lado para o outro, lenço amarrando os cabelos e apontando ao homem da transportadora o que iria, o que seria doado para a Campanha da Fraternidade de dom Helder, o que Aparecida – que mãe de filhos demais se arrastava choramingando pelos cantos, triste porque não dava para acompanhar a família – escolhera para si. "O resto, quem quiser é só pegar", reuniu a família e decretou, reservando apenas uma baixela de prata e os serviços franceses de jantar.

Eu ficaria no Rio, às voltas com os preparativos do casamento: lista de convidados, centenas de telefonemas para confirmar nomes, sobrenomes e endereços, alugar carro, reservar igreja e conferir decoração de flores, contratar fotógrafo, escolher e provar o vestido, entre *milhares* de outras adoráveis providências. Me consumia de felicidade, não pensava em mais nada. Noites atrás, eu fora oficialmente convidada para conhecer a família de Mauro: "Dá pra não fumar na frente de meus pais? Dá pra não ficar discutindo política? Na sua casa é comum, mas não tenho ideia de como vão encarar", e contou que estariam lá, além dos pais e irmãos, dezenas de primos e tias curiosos para conhecerem a noiva, gente vinda do Recife e do interior de Pernambuco, especialmente para o casamento. Detestei as preleções, mas me vigiei pra não fazer nada errado, lavei bem a boca e joguei fora os cigarros e não expressei opinião enfática sobre coisa nenhuma, cuidei de não falar alto demais nem dar gargalhadas espaventosas, discretamente rocei com a minha a perna de Mauro por baixo da mesa e, entre uma garfada e outra de strogonoff (em moda, desde que um cozinheiro russo o serviu no seu restaurante, em Copacabana), dei um jeito de soprar um beijo e sussurrar que estava feliz e adorando o clã. Tudo transcorreu às maravilhas – meus futuros sogros tinham uma relação calorosa, a tiarada me aprovou com louvor e até riu de minhas raras falas, o jantar foi uma delícia e sobre a roubalheira dos políticos foi a mãe quem deu o mote à sobremesa, uma ambrosia dos deuses – sempre pensei que só mineiro sabia fazer o doce. Acima de tudo, eu andava inebriada, valia a pena qualquer sacrifício no altar do Amor, porque onde mais eu acharia um homem tão másculo, tão inebriante, um homem tão atrevido, criativo e incomum quanto Mauro? Tão apaixonado, apaixonante e sedutor quanto Mauro? Tão... Mauro? Nestes pensamentos eu me perdia, enquanto subscritava – ah minhas más tendências, sempre a letra virada para a esquerda – os mil envelopes dos convites.

Isabel tomou carona na agitação e no movimento e anunciou sua próxima ida para o mosteiro das Clarissas, em Caicó, no Rio Grande do Norte, onde viveria como postulante nos primeiros anos, com aulas de teologia e em exercícios espirituais, nesta etapa ainda liberada para visitas e podendo vir nos ver. Atropelava as palavras: "Findo este tempo, me faço noviça, adoto o hábito e passo a viver em clausura, começo a me preparar para a Profissão dos Votos Temporários." Em clausura! Mais quatro ou cinco anos, confirmada a vocação, ela faria os Votos Perpétuos e se integraria definitivamente à Ordem. Feitas as contas, me consolei: oito anos era prazo razoável para decisão tão drástica. Por mim, deveria ser proibido, até por lei se necessário, resolver, aceitar, querer, escolher qualquer coisa pelo resto da vida, a gente muda tanto! Mas a radicalidade trazia a marca, a cara de Isabel, desde criança margeando o martírio: sem grades, como segurar seus excessos? Eu me perguntava: o casamento não é também uma escolha radical? E me respondia, a gente casa querendo que seja para o resto da vida, mas pode acontecer de acabar... já um compromisso com Deus é para eternidade, não dá pra voltar atrás. E Isabel? Teria dúvidas? Nenhuma. Não admitia curvas nem desvios a fé de minha irmã: "Procuro e amo o absoluto, li muitos livros, consultei meu confessor, pesquisei longamente até escolher a Ordem dos Pobres", ela dizia, "porque quero seguir Santa Clara e ser a voz daqueles que não podem, não sabem, ou não querem rezar." Putzgrila, vai ficar rezando o dia inteiro sem parar? Flávia se assustava. "Parte do dia e da noite, passamos entre oração, adoração e trabalho." Que tipo de trabalho? eu queria saber. "De preferência manual, para deixar a mente e o coração livres para o Divino. As monjas fazem o serviço de casa, cozinham, lavam suas roupas e ganham a vida fazendo hóstias, velas e rosários, ou costurando paramentos litúrgicos." "Estranho, um Deus que se compraz em ter discípulas cheias de energia vital, trancadas e apartadas do mundo, rezando, cantando e fazendo trabalhos para a igreja", criticava Sofia, que se dizia, com ar superior, *materialista e ateia* – "Melhor seria se assassem pão e distribuíssem." Isabel tinha as respostas: "Nem só de pão vive o homem... e fiquem sabendo: um mosteiro é como um coração aberto, há sempre uma irmã a postos para atender, ouvir e garantir que os problemas de quem o procura serão levados a Deus pela comunidade, em forma de preces."

As discussões não acabavam nunca e vivo está em minha memória o som acalorado das noites compridas, ainda hoje ecoam nossas conversas, os argumentos, as risadas e disputas, quando confrontávamos e defendíamos nossos tão diversos projetos e utopias. Sonhos, desejo, indignações. Nossa primeira separação. A vida escancarava as portas e apontava suas múltiplas saídas. Pronto e engomado, meu vestido de noiva ficou pendurado na rouparia; prontas e trancadas, as malas de Isabel se alinharam no corredor. Papai chegava, tropeçava na fila e gemia. Em retiro e jejum, fechada no quarto e saindo apenas para receber a comunhão, mamãe foi buscar inspiração no Espírito Santo e junto a seus mestres espirituais, e dias depois, qual fênix, ressurgiu na sala e reuniu a família, os vizinhos e agregados e em discurso inflamado declarou saber-se honrada pelo chamado, abençoada, escolhida – estar em legítimo, integral e absoluto estado de graça – por entregar uma filha a Deus. Em repouso desde a infância, minha asma voltou com força e quase sem respirar me esgueirei uma noite no quarto de Isabel para falar o que me apertava o peito: que era cedo demais, quem sabe ela adiava, por que não, primeiro, arranjar um namorado, um não, dois ou três e dar de cara com o amor e a vida *na sua crueza e no seu êxtase* e depois confirmar o que queria de verdade? Deus espera, eu ofegava. "E há outros caminhos para chegar a Ele": Flávia chegava à porta. Impaciente, Isabel nos cortou, os lábios apertados: "O que você chama escolher é entregar-se a um homem, como vai fazer? Ser de um marido é mais do que pertencer a Deus? Você vive do terreno, não se eleva. Eu anseio a santidade, meu pacto é com o Espírito." Contou que meses atrás, em dia de dúvida, ouvira de uma missionária africana, no Brasil para trabalhar junto aos pobres nos morros: "Se Deus quer que tu sejas para Ele, tu podes fazer de tudo, que serás para Deus." Distribuiu o que tinha, cortou os cabelos e não mais fez as unhas e com uma linha grossa, vermelha, passava as tardes bordando suas iniciais nas peças do enxoval do convento. "Parto tranquila: não há vestígio de noite em minha alma." Estava linda. Confirmava a existência da tal da aura: emitia uma vibração estranha, Flávia jurou que a viu tornar-se roxinha, cor dos evoluídos espiritualmente.

Era início de setembro (meu casamento seria daí a três meses) quando, sozinha como desejava, ela chamou e tomou um táxi e rumou para o aeroporto, sem despedidas e sem olhar para trás. A seu pedido, nenhuma de nós, nem mamãe, chegou à janela para gritar um adeus. Trancamos o quarto e nos jogamos em sua cama em silêncio triste, cortado apenas da cozinha, de onde se ouviam os soluços altos de Aparecida (desabou: chorava sem parar, assoava o nariz e enxugava o rosto num velho pano de prato) que desde sempre elegera Isabel como sua preferida, a escolhera para madrinha de seu quarto filho e reservava para ela o melhor de sua comida. O maior pedaço do bolo. O mais coberto de glacê.

Poucas vezes mais veríamos seu rosto descoberto. Ela vinha cada vez menos, mas enviava cartas frequentes, afirmativas e edificantes – traziam citações da Bíblia e nos convocavam ao despojamento. Se dizia feliz e decidida a perseverar. Mamãe as lia em voz trêmula: "Meu maná, o alimento de minha alma faminta de Deus." Quatro anos depois, viajamos em caravana a Caicó, a família e muitos amigos, para sua cerimônia de tomada de véu junto a mais vinte postulantes e fomos recebidos por uma calorosa Isabel: vestia roupas largas e malfeitas e tinha as mãos calosas, ganhara uma fala cantada e lembrava uma camponesa roliça e colorida ao nos exibir os canteiros bem cuidados da horta e dos jardins, falar de berinjelas, tomates e hibiscos, de capinar e cortar e empilhar lenha – parecia nascida e criada sempre na roça. Depois, nos guiou em visita à sua cela – dentro de um livro de doutrina, entre folhas e flores secas, guardava nossas fotos e cartas – e desfiou detalhes de seu dia a dia, descreveu suas companheiras – nenhuma sombra no olhar, a mesma voz sempre límpida. "Encontrei a minha casa, o meu porto e meu povo, falo a minha língua." Sua piedade e seu espírito de fraternidade e serviço, foram elogiados pelas superioras e, orgulhosa, mamãe secava as lágrimas e cutucava papai – ultimamente tão agitado! Sofia veio e se foi como um relâmpago, uma faísca, nem se despediu: não morava mais com nossos pais, fazia mil viagens pelo país e àquele momento se comprometera a participar de um protesto no Recife, discutia os direitos dos canavieiros. Ainda que rápida, sua presença provocou polêmica e cochichos e constrangeu mamãe: "Comentaram que dois assuntos dominaram as rodas: o despropósito de algumas mulheres usando minissaia e a presença de uma subversiva, uma esquerdista radical, em dia de festa religiosa, num convento." A ideologia permeava tudo, o Brasil se partia raivosamente em esquerda e direita, e conhecidos nos perguntavam como era possível, qual o segredo de uma convivência respeitosa e sem hostilidade entre um pai udenista, "um democrata, que repudia as forças totalitárias" e sua filha, ativa militante em movimentos populares, sempre na trincheira em defesa do proletariado, dos caminhoneiros, pela formação e fortalecimento dos sindicatos, e que defendia a urgente necessidade de um ato radical para mudar as estruturas do país. Divergiam cordialmente. "Luto contra a opressão e a desigualdade", bradava ela e partia à cata de mais uma causa, mais uma categoria tiranizada. Recordo que não a levávamos a sério (apenas eu? todas nós?) e até aquele dia eu a tinha como mais uma rebelde romântica, uma quixote tropical,

– era o tempo dos protestos e esses tipos grassavam naqueles sessenta – e foi com vergonha, espanto e admiração que a vi cercada pelo olhar cheio de esperança de pessoas que queriam conhecê-la, vinham cumprimentá-la e trazer palavras de estímulo. Por olhos estrangeiros, naquela tarde no convento, singularizei minha irmã. Compreendi que Sofia se tornara referência para os que ansiavam por um Brasil diferente, para quem acreditava – como ela – na fulgurante utopia de um país sem classes. Ironia de tempos divididos, muitos convidados rodearam papai e cobravam *uma enérgica tomada de posição contra o caos* e dele ouviam que "as forças de Minas estavam atentas e saberiam responder aos desafios." Confusa, registrei que ele voltara a fumar. Não era bom sinal.

Calor, emoção, um tanto de enjoo – segundo filho a caminho – uma letargia, um torpor! Lembro de me sentir exausta e de sentar em um banco sob uma paineira e fiquei ali, sei lá quanto tempo, folheando uma brochura sobre a Ordem e acompanhando o vaivém tagarela das monjas em bandos barulhentos, seus risos infantis e os ingênuos Salmos que entoavam: *Vinde e vede como é bom, como é suave os irmãos viverem juntos, bem unidos.* Era dia de alegria, tempo de celebrar – por que tanta inquietação em mim? Por que minhas mãos tão agitadas? Olhava os muros sólidos e altos e o prédio de pedra do mosteiro e pensava nas escolhas – seriam livres as nossas, pinçadas em repertório tão estrito? Isabel escolhera, cada um de nós escolhe seu caminho? – e nas mil e uma, nas milhões de vidas que eu nunca viveria e nos rituais, na tradição, o mesmo hábito de pano tosco, as mesmas sandálias rústicas de couro não curtido – e na história das Clarissas, um fio comprido e único, com sua ponta em Assis, na Itália medieval, e que se estendia indene, sem cortes e sem nós até este sertão ardente, este sertão em brasas, até aqui, até hoje, até a mim, sentada sob esta paineira. A Regra de Santa Clara: sete vezes por dia o Ofício Coral, quatro vezes o Ofício da Adoração, as Matinas, as Vésperas, a celebração da Santa Missa, a vigília noturna, o trabalho doméstico – tudo igual desde sempre, pela eternidade haveria uma Clarissa orando frente a um altar aceso, sempre haveria uma monja de sandálias pesadas e trajando aquele feio tecido marrom. Onde estaria mamãe? Por que anda sempre assustada? E Flávia, por que tão esquiva? Mauro me viu de longe – passeava de mãos dadas com Letícia, nossa primeira filha, pouco mais de dois anos – acenou e jogou um beijo. Retribuí o beijo no ar – este corpo, esta força da carne que nos segura! – e imaginei os dois conversando naquele falar tatibitate que me irrita tanto. Tirei uma mecha de cabelo da testa, puxo a saia presa na barriga que cresce, sacudo os pés inchados, olho o desenho de um início de varizes na coxa, eu estou cansada, estou muito cansada. Enxugo meu rosto. Um grupo passa devagar, comentam o Comício da Central, as tochas e os cartazes, os slogans, a multidão, a desordem do país: "É o comunismo chegando."

Tio Téo vem sentar a meu lado, masca um charuto, avista Isabel: "Linda! Entre as quatro a mais arrebatada, a mais intensa", uma pausa, "Quer saber? É um veneno, uma doença a tal da santidade, este projeto de absoluto, tão estranho ao humano. Ela era tão original, tão atrevida... que minha cunhada nem Deus me ouçam, mas que desperdício! Uma pena, uma pena", solta uma baforada. Não tinha filhos, nos adotara o tio Téo, o homem das mil mulheres e dos negócios atrapalhados – meu padrinho, mas nunca escondeu preferir minha irmã: "Estas sobrinhas, sangue quente, cabelinho na venta... petulantes... a incorrigível mania de corrigir o mundo." Tive um sobressalto: "O caminho é o conformismo?" "Nunca!", e enfático, "É insubordinar-se, indignar-se, é revoltar-se." Mas, lembra o poema de Drummond, que recitava em pequena? ..."*As paixões, os impulsos, os tormentos e tudo o que define o ser terrestre*"... contra isto não adianta brigar, para contradições e dores não existe cura." Era um homem doce e nos amava, sua voz era triste e fiquei triste também – os dois ali, levemente melancólicos e calados alguns minutos, sentados à sombra de uma paineira. Sinos anunciaram a cerimônia litúrgica, solenes acordes de órgão nos convocaram à capela – e em meio à fumaça e ao cheiro do incenso, enlevados por seráficos cânticos de louvação – corações aos pulos – assistimos em religioso silêncio dizer sim ao noviciado e trocar sua roupa de leiga pelo hábito clareano a "irmã número 2", a sem brechas, a fervorosa Isabel. Agora irmã Maria da Sagrada Face. Ela sorria. A aura, uma intensa cor violeta.

Então a abadessa nos abençoou, pediu que rezássemos pelas vocações religiosas, que invocássemos a luz do Espírito Santo para nossas mentes e nossos corações, agradeceu nossa presença e o apoio das famílias e comunicou que a partir daquele dia, contatos só através de grades – *para que as irmãs centrem o pensamento nas necessidades espirituais da humanidade* – e papai desandou a soluçar, das bolsas e dos bolsos saíam enormes lenços que encharcamos, mas Isabel nos envolveu num sorriso luminoso e insistiu que partilhássemos com ela a felicidade dos votos: "Em primeiro lugar, está a Vontade do Pai e a ela serei fiel. Mas nunca estaremos distantes, seremos sempre uma família que se ama." A tarde caía – o sino tocou três badaladas, chamando para a oração do Ângelus, ouviu-se uma voz dando ordens, um agitar de hábitos, aqui e ali, em ágeis movimentos, as irmãs recolhiam pratos e louças, as luzes se apagavam e o silêncio, o clima de introspecção e recolhimento da vida monástica calaram a festa.

Em despedida emocionada e terna, ouvimos a recomendação: "Guardem com amor os traços de meu rosto, porque não mais os tornarão a ver como hoje. Entro em clausura. No futuro, ao nos encontrarmos, não estranhem meu olhar baixo: uma Clarissa deve ser sempre modesta", e em meio caminho para o estacionamento, entre soluços de mamãe e comentários sobre o dia, o gramado bem cuidado, a felicidade de Isabel e o delicioso almoço ao ar livre, Flávia se aproximou, pegou meu braço e caminhamos juntas um pedaço e ela disse qualquer coisa sobre estar pensando em viajar para estudar na Europa, fizera alguns contatos, aguardava respostas, pensava em fixar-se em Viena. Os cadeados ainda trancavam o portão quando alguém lamentou – acho que mamãe – deixar o sagrado reino da permanência, do estável, da continuidade e, por segundos, ecoou no grupo o sentimento de perda, mas tio Téo – só podia ser ele, o homem das mil mulheres e dos negócios atrapalhados – tomou a dianteira, soltou uma risada e apontou à frente: "... E lá vamos nós para o mundinho efêmero." Deu três passos, histriônico como um polichinelo: "Fragmentário." Mais uns passos; "Mutante" – parecia uma dança e ele, agora, ria de molhar os olhos: "O mundo da incerteza e da variação." Fez um gesto que abarcava tudo e todos – até o que deixáramos para trás: "Dói. Às vezes dói muito, mas vida de verdade é assim."

Flávia apertou meu braço, mordeu os lábios, respirou fundo e perdeu a cor – misto de pânico e aflição. Em uma tarde tão quente, foram inexplicáveis os calafrios que me sacudiram: apertei Letícia, tão linda e séria, contra mim e me aconcheguei a Mauro – caramujo buscando sua concha. Pegamos o ônibus de volta para o Rio; papai, mamãe e Flávia iriam de carro para Belo Horizonte. Pela grade, ainda vimos uma radiante Isabel que lançava um adeus, sacudia um lenço e gritava palavras que não conseguimos escutar. Também sem saber se seria ouvida, mamãe pôs a cabeça pra fora do carro e gritou de volta que ela perseverasse, que nos esperasse, que voltaríamos é claro, todos juntos, dali a quatro ou cinco anos, para a sua profissão dos Votos Perpétuos. Era o dia 16 de março de 1964.

Poucos dias depois, a União Nacional dos Estudantes foi metralhada. Depois...

A PRIMEIRA VEZ

O TEMPO VOLTADO ATRÁS

Uma volta no tempo: outubro de 1960. Faltam menos de dois meses para o casamento, e no apartamento calado e quase vazio, a família se mudara há duas semanas e há dias o caminhão percorria a estrada levando boa parte dos móveis, livros e objetos para Brasília – arde e perambula sem rumo e insone, entre contraditórios delírios, uma apaixonada virgem que acaba de completar dezenove anos. Está alarmada, porque está sozinha e quando fica sozinha e tem que escolher – uma raridade para quem não pode ir sem companhia ao cinema com o noivo-quase-marido, para quem, quando ganha a permissão para sair com ele tem que prometer voltar antes das dez – ela não consegue segurar nem entender as muitas que é. Está sozinha por poucos dias – a mãe foi receber a mudança e volta no final da semana, telefona toda hora e a vigia de longe. E está cansada e zonza porque, assim livre, ela se descobre ainda mais muitas: é a intelectual libertária, que bebe nas fontes filosóficas do existencialismo e acredita que, como ser único e em contínua redefinição, é mais do que hora de tomar as rédeas de seu corpo e desejo e desencadear o que nela é plena liberdade; é a heroína romântica que se guarda, se esforça por resistir ao menestrel sedutor, que por tempo demasiado aguardou seu príncipe e não suporta abandonar o sonho de toda a vida de se casar de branco, véu e grinalda e virgem – não completamente, é verdade, mas ainda assim, virgem. E é a católica devota, fidelíssima, que se eriça à possibilidade de cometer um pecado mortal, perder a proteção divina e ir para o inferno, iniciar sua vida conjugal sob o signo da perdição. Tão simples, a outra acaba sendo a mais complicada, porque não tem teoria, não se apoia em nenhum conceito, ela quer experimentar, quer resolver logo de uma vez e gozar. Quer provar do que todo mundo diz que é bom. Há ainda outras vozes que a habitam e ela se debate entre gritos de alerta sobre o risco de pegar gravidez, de ser descoberta e o pânico da dor do defloramento: tem gente que desmaia! É por isto, porque ela é tantas e todas tanto ao mesmo tempo, que ela zanza sem sossego por este espaço desabitado, onde mora com os pais e as irmãs desde os onze anos e que já está vendido, com cláusula de entrega em janeiro do ano seguinte, porque é aqui que vai ser a recepção do casamento, é aqui que vão se hospedar as velhas tias e os parentes de Minas.

E daqui a pouco, Mauro vai chegar. Mauro não é muitos. Mauro é unívoco. Mauro quer e pronto, o que torna as coisas mais difíceis, porque a cada encontro uma das faces dela se apresenta, mas todas se defrontam com a mesma barreira de músculos e cheiro, a mesma vontade inflexível e a fala única, como esta tarde na praia, quando caminharam juntos e descalços, ela correu para o mar e ele ficou lá longe e sentou-se na areia com os braços rodeando os joelhos e a calça arregaçada e ficou vendo aquela menina que ele desejava com todas as forças mergulhar e emergir, mergulhar e emergir, e seus olhos não largavam tanta ondulação e tudo o que ele mais queria era domar aquele ímpeto, agarrar e dominar aquela fagulha de luz e sombra e então ela saiu do mar com os cabelos escorrendo e os braços arrepiados e veio na direção dele e mais uma vez ouviu Mauro dizer "eu quero" (*Ele está sentado na areia úmida, descalço, a calça arregaçada, parece distraído, mas nunca me perde de vista e lá de longe, no mar, enquanto eu mergulhava e emergia, mergulhava e emergia, eu via que seus olhos não me largavam, era capaz de adivinhar que o tempo todo ele suplicava, ele exigia "eu quero"*). Agora, debruçada no peitoril da janela do apartamento quase vazio do Leblon, ela escuta o canto das cigarras e olha a rua silenciosa que escurece neste escaldante anoitecer de terça-feira e a nesga de praia que a construção em frente daqui a dias vai tampar, o prédio da esquina que tem seis andares, mas não para de subir e terá doze quando pronto e a criança – cada vez mais loura, cada vez mais linda, que ela viu nascer e agora, bem ali em frente a seu campo de visão, dá os primeiros passos de mãos dadas com a mãe. E ela pensa no tempo, no tempo que tudo transforma e na exaustiva tática que vem usando para apaziguar o olhar querente de

Mauro e suas muitas vozes discordantes: inspirada em Sherazade, a cada noite ela inventa e conta para ele uma história diferente, ela adia. Ela o distrai.

Depois, mais uma vez – tem sido assim – ele vai embora triste e perdido e arrastando os pés, e ela fica sozinha, triste e perdida e aflita e começa a engendrar a história do dia seguinte. Tudo isto cansa, exaure, frustra, magoa. Ela passa várias vezes pelo vestido de noiva, pronto e lindo depois de três provas na ousada e criativa estilista, Beth Bricio (que coragem, um vestido de linho e adornado com pedaços cortados de renda antiga), e pensa nos convites já postados, nas novenas milagrosas que faz e recomeça toda hora, pedindo forças para não ceder. Novenas que surtem cada vez menos efeito.

Daqui a pouco, Mauro vai chegar.

Ela não sabe o que fazer com suas muitas.

Ele chega. E aquela noite, garantido pelo vestido provado e pronto no cabide e os convites subscritados e enviados, para dar fim à boca seca e ao coração descontrolado, o desejo venceu a divisão e unificou Celina no sim. Abraçados, em pé contra a parede – eu quis, ele quis, nós quisemos, eu escolhi? ele escolheu? – foi mais para o esquisito, nada parecido ao êxtase – seria um engano, teríamos feito o certo? – o céu não escureceu, os sinos não dobraram nem se abriram as águas do mar, só um zumbido, zumzumzum, um apito? subindo do peito – eu falei "vem" e Mauro tampou com a dele a minha boca estalando de seca e se colou a mim e eu não imaginava como era fácil, como era natural – ele veio. Um rápido relâmpago, um estremecimento. E me larguei, aprendi o que há na palavra entrega, eu me entreguei. Pequenas gotas de sangue escorreram entre minhas pernas, dor não houve. E a famosa, preciosa – o maior tesouro e dote de uma mulher daquele tempo – a virgindade, acabou-se ali e não a lamentei. Estranho: procurei em mim uma nova grandeza e senti que me enganara: o gesto não me conferia o valor imaginado. Ao contrário: eu era agora mais uma na multidão anônima e idêntica, um elo, pura continuidade, e como tantas mulheres antes, em todos os lugares e tempos do mundo, eu me abrira para um homem. O que me fazia cúmplice do segredo sem segredo de uma tribo enorme, esparsa (mas me senti mais bonita e muito mais alta, um sangue novo queimava minhas veias, será que ninguém notava?). Adeus, Sherazade – continue no serralho a narrar para o califa suas histórias intermináveis – fique aí impressa como há centenas de anos nas mil e uma noites do seu romance de papel, que eu, Celina, mulher corajosa, palpitante e suada, não preciso mais de você, não quero mais me distrair nem distrair ninguém.

Emocionados, em êxtase, confusos, quem sabe levemente decepcionados, nos olhávamos sem saber nomear o que sentíamos: Foi bom? foi ruim? eu perguntava assustada. Foi bom, foi ruim? indagava ele ansioso, os dois sem saber enunciar, sem instrumentos para qualificar o que era inaugural.

Tantas vezes, me perguntei: Foi assim? guardei assim? vivi assim ou imaginei assim? Porque assim, ainda assustada e insone na madrugada seguinte, no escuro eu juntei.

(A repressão cobrou seu preço, e os dias que faltavam para o casamento, passei rezando, confessando e fazendo promessa para não ser abandonada e não engravidar.)

Deste dia, encontrei tempos depois numa gaveta um texto escrito a quatro mãos – um poema? – cada um em busca de expressar o que significou esta primeira vez, a importância daquele momento. O sentimento comum (*e que nos desculpava*) era a "captura", fôramos capturados por um desejo incontrolável: acertamos que este seria nosso mote. Eu o releio agora. É altissonante demais para o que aconteceu, um ato desastrado, fugidio, espremido e canhestro. Não sei dizer se representa de verdade o que sentimos àquele dia, ou se queríamos, liricamente, estar à altura do que se esperava, eu, de uma mulher de meu tempo ao *me entregar a meu amor, libertar-me das amarras do preconceito e respeitar meu desejo e meu corpo;* e ele, ao finalmente possuir a mulher amada e há tanto tempo desejada. Esta, a nossa descrição. A poética!

Pobres mulheres! Têm a honra medida pelo hímen!

Ela

Em que momento uma mulher é capturada? Em que momento me deixei capturar? Foi por que me aproximei demais do seu calor e do seu corpo e um cheiro quase ácido me tomou? Ou por que naquela tarde caminhamos descalços pela praia e me seduziu seu andar solto e desengonçado, seu jeito errante e insolente? Eu não o desejava mais do que qualquer outro dia. E meu vestido azul nem era bonito ou me caía bem e meu cabelo estava particularmente feio. Digo isto porque às vezes eu me sinto bonita e me torno alta e confiante e então eu provoco, encorajo, incito, faço as coisas acontecerem. Antes, nenhum prenúncio. Nada me levava a suspeitar da tormenta, a suspensão do tempo e do espaço, mas aconteceu e então eu não me cabia mais, não me reconhecia, parte de mim havia sido arrancada, a palavra era capturada e meu tamanho era outro e eu falava uma outra língua, e só eu sei que em poucos minutos me tornei estranha a mim mesma e que não, eu nunca mais seria igual ao antes.

Ele

Em que momento eu fui capturado? Será por que ela era pequena e frágil, tão desajeitada naquele vestido azul solto no corpo e que nem de longe a embelezava? Ou por que eu não quis mais resistir, eu queria muito e há tanto tempo e me rendi à petulância, à mistura de timidez e fanfarronice que ela sempre exibia e que naquele dia, em particular, ela ostentava como um emblema? Pergunto, porque eu não estava pronto para o que veio a seguir: ela chegou muito perto e sua cabeça marcou meu peito e eu pensei: eu quero agora, sempre quis, há tanto tempo eu quero, e foi assim, e eu senti o choque agudo e nela o tremor e a vertigem e vivi ao mesmo tempo a descoberta e um cansaço, porque tantas vezes, tantas vezes. E eu não queria, não com ela, que fosse mais uma vez, uma vez mais. E apertei-a com força e ela cabia inteira em mim. Uma coisa nova começava, eu era um outro e explodia, e ela faiscava como pedra com brilho.

Ela

O que a gente faz quando não é mais dona de si? Quando, apesar de toda filosofia, toda literatura, toda imaginação, se descobre estrangeira, perdida de si e avesso de um outro? Descobre que esqueceu o que sabia? Como retomar os instrumentos de medida, meus códigos, os mandamentos, as leis escritas e aprendidas, as tábuas da minha integridade, as minhas íntimas certezas? Por quanto tempo é possível não ter chão, viver no vácuo, esta ausência de travas, de bridas, de suportes? Qual é meu nome, quais os meus laços, o que construí, onde segurar, para onde voltar?

Ele

É estranho porque não foi falado, foi como cinema antigo, as imagens se sobrepondo, o rosto chegava perto, mais perto, os olhos foram se tornando maiores e mais tristes (eram tristes), a luz expulsa pela proximidade, pelos braços que se cruzavam e se apertavam, nenhum espaço quase entre o eu e o ela, só não era inteiramente preto e branco porque havia rasgos de um azul que se movia, era o vestido, eu sei, o único pedaço de cor. E nenhum som, fora o que eu ouvia em silêncio, a batida do seu e do meu coração, rápida, rápida, cada vez mais rápida.

Ela

Eu disse "vem" e mais nada. Nenhuma palavra além, o que até agora me espanta, eu que sou movida por elas, pelo que vem dentro também, pelo que significa também, mas acima de tudo pela sonoridade, pelo ritmo, ponte entre um silêncio e outro. Que não se fez presente e não foi necessária. Dita, sobraria. O corpo é um bicho, sem palavras encontra o que quer. Fareja. De olhos fechados, descobre o caminho de casa. Eu sou um bicho, farejo e agora eu sei o caminho de casa. Minha casa se chama Mauro.

(Um amigo leu: "Celina, você escreveu isto sozinha, por ele e por você!" Verdade? Talvez? Inventei? Imaginei?)

Oh! Que dama fácil, a felicidade!
Mal se acostuma num lugar, ela já sai...
Afaga teu cabelo, cheia de vaidade,
Beija-te às pressas, bate as asas e se vai.
Dona Infelicidade, ao contrário, te prende ao coração, a ferro e corda.
Para ir embora, diz não ter horário, senta-se contigo na cama e borda.
Heinrich Heine
(Ensinado por Hannnelore)

Christian Johann Heinrich Heine – Düsseldorf, 13 de dezembro de 1797 - Paris, 17 de fevereiro de 1856, importante poeta alemão, conhecido como "o último dos românticos."

TÃO FELIZ

Apaixonados, nos casamos em cerimônia com missa, em uma manhã de verão, um calor danado, Mauro lindo, de terno escuro e cabelo caído na testa, e eu bem bonita e alegre e feliz num vestido justo e singular de cauda comprida, na cabeça uma mantilha de renda francesa que me conferia um ar altaneiro e o agostiniano espanhol repetiu dez vezes que o homem é a cabeça do casal, o timoneiro do barco, o piloto da aeronave, o guia da caminhada, o farol que direciona, o comandante de sei lá o quê – e dá-lhe de citar São Paulo – e eu suando em bicas e pensando *que velharia*, não era assim que imaginava o *meu* casamento – ah não, ele não entendia, ele não sabia nada, não ia haver cabeça nem piloto ou timoneiro, seríamos o arauto, os precursores de um novo elo amoroso entre um homem e uma mulher, os dois iguais e juntos somando afetos e forças – mas os cheirosos arranjos de flores coloridas, o altar iluminado e ornado de dourados e luzes, a aliança escorregando em meu dedo, Beatriz solando na flauta a *Élégie*, de Massenet, Flávia no violino, à frente de um conjunto de cordas, solando a sonata *Primavera*, os amigos e os alunos de inglês dando *byebyes* excitados e falando alto e todo mundo fazendo psiu! e o padre engatado no falatório, os empertigados políticos companheiros de papai despertando curiosidade, os gárrulos parentes de Minas, os animados parentes de Pernambuco, a grinalda que desabou e escorreu no suor de minha testa e o noivo suavemente a recolocando no lugar, tudo isto seduzia, tonteava, embriagava, algodoava meus sentidos e me perdi de mim mesma, fui saindo do ar.

A fila de cumprimentos não acabava nunca, as pessoas nos abraçavam apertado e todo mundo melado de suor e diziam palavras gentis, repetiam saudações amáveis que não entendíamos e eu perguntava "o que ele disse?" Mauro olhava pra mim suado e perguntava "o que ela falou?" e meu vestido de repente apertava e minha cabeça rodava e meu cabelo escorria e grudava no pescoço e embaralhava e amarrotava a mantilha que já não me garantia o ar galhardo e tudo se confundia. Nos olhávamos gulosos, que calor! Nossos corpos se atraíam, que calor! Obrigada, obrigada! Tomara que tudo acabe logo, que calor! Seremos felizes, juramos. Teve festa, os convidados beberam, cantaram e dançaram, nós bebemos, cantamos e dançamos e tiramos fotos e sorrimos, obrigada, obrigada, e brindamos com as taças cruzadas e cortamos o bolo e tiramos mais fotos e ouvimos piadinhas milenares e sem graça e então eu vesti um *tailleur* de *laise* amarela, inaugurei uma sandália altíssima de tiras finas e partimos no carro com mil latas amarradas; nos cabelos, na boca, dentro da roupa, coladas entre meus seios, toneladas de grãos de arroz para afugentar os maus espíritos e trazer fertilidade. Enfim, sós. Enfim, casados e sós. Casados, livres e sós.

Ótimo assinar meu nome de casada na ficha de hóspedes e enfrentar altiva o olhar do concierge e me abraçar a meu marido, e quando, no quarto nupcial verde-água do Hotel das Corredeiras vesti a "camisola do dia" de gaze branca bordada na ilha da Madeira, e Mauro deitou a cabeça no meu peito arfante, foi escorregando em mim e disse baixinho, boca na minha coxa, *agora você é minha mulher para sempre*, estremeci ao *minha* e ao *sempre*, mas nada podia ser mais prazeroso que sentir o roçar daquela massa de cabelos pretos, do que estar na cama nua com o homem que eu escolhi, não ter hora para deitar nem levantar nem ninguém para dar ordens e senti, naquele quarto e naquele instante, que podia existir em algum lugar alguém tão feliz, ninguém mais, em todo o mundo. Inteirinho. Fechando os olhos, mapeei a ocupação do gozo e finquei bandeirinhas nas Américas, na Europa, Ásia e África, até na Oceania, naquelas ilhinhas, o Atlas inteiro. *Celina é igual a felicidade*, pensei, saciada, a cada manhã cheia de luz e cheiros de cada dia seguinte, naquelas duas semanas de mel, no hotel das Corredeiras.

Abria os olhos bem tarde e, sonolenta, sentia a claridade da manhã e o calor invadirem o quarto, vencerem o espaço entre a janela e os lençóis e encontrarem e esquentarem minhas pernas enfiadas nas de Mauro, o desejo desatado, as conversas entrecortadas e inacabáveis, o desabrochar de mil projetos, a esperança, a esperança, a esperança, tudo um acontecimento delicioso, bom demais um companheiro que adivinhava o meu prazer, que sabia tanto de mim, me ouvia, me entendia e me respondia. Bom demais, ter quem ouvir, entender, responder. E eu me enrolava de novo e queria que nunca nada terminasse.

Acordava, sentia o cheiro ardido de mato e o cheiro cru do homem a meu lado (*quero, de novo!*) me largava e ouvia e me embebedava com o canto de mil pássaros, o voo das garças e as estrídulas maritacas, chegava a uma varandinha de grades vermelhas – via aquela natureza desatada, a imensidão em movimento, mangues e cheiros e pântanos, feras, animais bravios e peixes ferozes e raros, árvores de sessenta metros, cantos, rugidos – tudo era pouco, tudo era pobre ante a descoberta do prazer do par, de estarmos a sós, nos aprendendo devagar na solidão daquele quarto verde, naquela lonjura só nossa, viver era bom de tirar o ar. Lembrava Elizabeth Bishop, "*It is marvellous to wake up together*", e me enroscava nos côncavos do corpo de Mauro – um corpo sólido e protetor. Fazíamos planos: seremos felizes. E eu jurava: ninguém jamais vai amá-lo como eu; ninguém nunca vai amá-la mais, ele falava. E uma noite – no meio do silêncio e do escuro – me sentei na cama e disse baixinho, quase para mim mesma: eu estou esperando um filho. E sacudi Mauro e disse: "Nós vamos ter um filho." Meio zonzo, ele falou: "Está imaginando, não é tão depressa assim, vai dormir." Senti no ventre uma vibração desconhecida, uma promessa. No breu, entre os sons da noite que então eu distinguia, disse outra vez, com certeza agora, eu estou esperando um filho. E me alegrei.

Ser apresentada a um Brasil desconhecido e quase virgem, um Brasil exagerado, excessivo, tanta surpresa: escolhemos o Pantanal como destino porque Mauro queria mostrar a casa e o lugar onde havia morado quando criança, enquanto o pai, engenheiro, tocava obras de barragens nos rios, construía o aeroporto da cidade. Quase vinte anos passados e era ainda agreste, selvagem, grandes cheias e vazantes, pura selva e atraso e eu lembrava minha sogra contando que o telegrama com a notícia da morte de sua mãe chegara mais de dez dias depois do enterro – e que ela, sob um sol fervente, uma quentura subindo do fundo da terra, sentou no chão, um atoleiro de poeira escura, e chorou até o escurecer. Encontramos antigos moradores que recordaram a passagem da família e confirmaram a lenda: através da névoa da manhã que cobria tudo, pude reconstruir a cena e ver chegar àquele ermo e encontrar à espera uma moradia mal ajambrada, uma jovem mulher bonita que acompanhava o marido em trabalho distante e olhou o céu sem resposta e soluçou e se viu obrigada a escolher entre dois caminhos: se lamentar e perecer lentamente ou fazer do matagal um recomeço. Por amor e valentia, aposentou os vestidos de seda, prendeu num lenço os cabelos, mandou buscar cartilhas e cadernos. E ao ver que ali ninguém sabia o que era verdura ou fruta, plantou uma horta e um pomar, e seus produtos os filhos vendiam na rodoviária. E depois, o marido construiu um carrinho de rolimã e ela fritava pastéis, empadinhas, pães de queijo e broas de fubá, que vendiam na estação. Seis anos! Silêncio e solidão. Nenhum vizinho, nenhuma amiga ou confidente, nenhuma queixa ou gemido, luz só de gerador e com hora marcada – o ermo, o chão ora seco e vermelho ora um mangue alagado, o céu sem resposta, ela, o companheiro ambicioso e trabalhador e as duas crianças de pernas cada vez mais compridas. Guardou cada moeda em um saco costurado debaixo do colchão e, na volta para o Rio, matriculou os filhos alfabetizados no terceiro ano da escola, desamarrou os cabelos descorados e pintou de vermelho as unhas dos pés e das mãos, se deu vestidos novos e um brilhante solitário (vendeu logo depois, queria sentir o gostinho) , prêmio para o longo período sem lamúria, distração ou faceirice: "Foi meu jeito de virar o jogo. Não sabia nada de plantar e de colher, mas não tive medo do trabalho e aprendi. Fui feliz naquelas paragens."

Visitamos cidades vizinhas, falamos portunhol, ouvimos guarânias e toadas e aprendemos que o mato tem música, o caminhar dos animais gera sons, que à noite ouvem-se lamentos e cantos tristes, o que Flávia dizia sempre. E nos amamos nos campos – na terra úmida, ele deitava de costas, mãos entrelaçadas atrás da cabeça e eu recostada em seu peito e ouvindo seu coração, tecíamos o futuro, sonhávamos, repetíamos: "Seremos felizes!" Em cartão-postal que enviei para Isabel, provoquei-a que ainda havia tempo de desistir dos votos, casar era muito bom e uma bobagem acreditar na abstinência como valor humano. E ela respondeu que desejava que eu fosse tão feliz quanto ela, que esta era a beleza da vida, cada um traçar seu caminho.

Vinte dias depois, a volta ao Rio, e nem houve tempo para montar o apartamento: acampamos do jeito que dava e foi quase imediato o horror ao cigarro, o pavor e enjoo ao cheiro de café – segurando a ânsia, atravessava correndo a rua para evitar bares e botecos. Acordava, dava dois passos e vomitava. O médico confirmou a suspeita e começou a crescer em mim um serzinho por quem me apaixonei desde logo. Acompanhava nos livros sua evolução. De perfil no espelho, via a barriga estufar, os seios cada vez mais túrgidos, horas e horas imaginando meu filho ou minha filha e como seria ser mãe, como seria ser nós dois. Mamãe veio: ficaria conosco nos dois primeiros meses até cair o umbigo, até eu aprender a dar banho, eu ficar forte e confiar no meu leite. Contou do quarto que montava em Brasília: "Sua tia Lota emprestou o berço de ferro, montamos uma cômoda de gavetas e seu pai descobriu uma cadeira de balanço como queria: disse que de agora em diante vai ser só avô. Quer saber de pouca política e muito de mimar, ninar, descobrir, amar e contar história para neto." E nove meses e cinco dias depois do casamento – Ufa! – nascia Letícia, saudável e linda, três quilos trezentos e oitenta gramas, parto normal e simplíssimo, ela escorrendo entre minhas pernas pelos corredores do hospital, nem deu tempo para a família chegar, nem precisou a respiração cachorrinho do curso de mães. O maior acontecimento de minha vida adulta. De minha vida inteira? Algumas vezes, anos depois, me perguntei: e como foi para Mauro? Nunca soube, não falávamos do que sentíamos, foi tudo depressa demais, seguíamos o *script*, noivar, casar e ter filhos, via única e indiscutível. Não percebíamos, mas era assim. E agora, aquela coisinha frágil à mercê de nossos cuidados, à mercê de nosso amor. Quando dr. Fernando pôs o bebê no meu peito, *me presenteou* com a menina ainda envolvida pelo vermelho da placenta, exclamei: "Obrigada, meu Deus", e os amigos e parentes chegaram e encheram o quarto de vozes, sorrisos, flores, presentes e afetos – Letícia nasceu! – e beijei muitas vezes aquela trouxinha de cabelos arrepiados – Letícia! Alegria! Letícia nasceu! Letícia, Letícia, soaram mil sinos! Letícia, Letícia, pulsou mais forte meu coração – fui tomada de muito medo e muita coragem, meu corpo se abriu para a vida como uma flor desmesurada e o mundo pareceu ganhar sentido, Mauro e eu nos abraçamos com espanto e ternura e, por segundos, me lembrei de mandar todas as feministas, em particular minha *ídola* Simone de Beauvoir e suas teorias sobre a maternidade à puta que pariu. "Seremos felizes", atordoada, repeti mil vezes. Abraçava minha filha, apertava Mauro: "Seremos felizes." Meu amor é muito, meu amor dá e sobra para os dois. Dá e sobra para o mundo inteiro.

Verdade que minha idolatria e as convicções existencialistas andavam estremecidas há alguns meses, desde a noite em que, agitados e curiosos, corremos a um centro comercial de Copacabana, para o lançamento do livro *Furacão sobre Cuba*, coletânea de reportagens de Sartre sobre a campanha vitoriosa dos guerrilheiros de Sierra Maestra contra a ditadura de Batista, sobre um prometido, possível e sonhado novo mundo. A recente Revolução Cubana incendiava nossa imaginação, acenava com promessas de reformas políticas, sociais e econômicas na ilha e como modelo para outros países, e o heroísmo, a coragem e a virilidade de Fidel e Che – realçada por seus charutos, a barba, as bombásticas declarações, os dias e noites acoitados e os combates nas montanhas, suas audazes tomadas de decisão e os uniformes de campanha – insuflavam a fantasia de milhões de homens e mulheres sedentos de ideais. Os guerrilheiros, em especial os dois líderes, eram apontados como símbolos do novo homem, heróis modernos, homens preocupados com o bem comum, a fraternidade e a coletividade, e totalmente "emancipados do egoísmo e do individualismo malsão", segundo artigo de um jornal. Mais do que comprar e ler o livro, meu sonho era ver de perto Simone e Sartre, casal que fazia a cabeça dos jovens do Ocidente com seu casamento aberto, sua ousadia existencial e suas declarações de que haviam construído uma relação e escolhido um ao outro baseados em um superior *amor necessário*, em resposta aos *amores contingentes*, banais, superficiais, precários, reservados a conservadores e burgueses. Como tantos de minha geração, eu reverenciava a dupla, sabia de cor frases de Simone sobre a mulher, a vida e o sexo e devorara *Os mandarins*, e tudo o que eu mais queria era viver como eles um amor absoluto, radical, indiscutível, integralmente necessário. Não podíamos perder este encontro por nada – além do mais o acontecimento marcava a estreia da Editora do Autor, aventura empresarial de Rubem Braga e do nosso amigo Fernando Sabino – e reunidos a muitos conhecidos, ficamos ali papeando, aguardando ansiosos a chegada do casal e a conferência de Sartre. Um silêncio, um frisson – "Simone!" – ela entrou primeiro: usava um turbante estranho (virou ícone) de tecido leve, oriental, tinha belo porte e um rosto mais severo e distante do que as fotos prometiam. Um olhar gelado. Manteve um ar hermético, quase apático enquanto Sartre falava, e em nenhum momento virou-se para ele, fez um gesto de aprovação ou entendimento. Minhas fantasias desmoronavam. Onde a parceria invejada, onde a comprovação do mito de que viviam um "caso de amor intenso e gloriosamente moderno", como definido pelos jornais e críticos? Garganta seca, eu não perdia um detalhe, sorvia cada sílaba, cada partícula de ar da sala, e como conhecia a história de amor entre Simone e o escritor norte-americano Nelson Algren e sua confissão de que apenas com ele atingira o orgasmo jamais alcançado com Sartre, olhava de um para outro na busca de entender: *Que sentimento mantinha os dois juntos? Qual o papel da sexualidade entre duas pessoas? Interesses comuns seguram uma relação?* Fervilhavam comentários de que viviam próximos um do outro, quase o tempo todo no mesmo prédio ou em edifícios contíguos, mas dormiam em quartos separados, se encontrando nas "horas importantes" para escrever livros, conversar, discutir teses e refletir questões da existência e que, nem bem chegados, Sartre já se enrabichara por uma brasileira – mais uma de suas inumeráveis escapadas – uma professora jovem e ruiva que apontaram e tomava ares de dona da noite. Lembrei Simone: "O ciúme não era um sentimento que eu menosprezasse nem do qual fosse incapaz, mas Sartre sempre me prevenira: teria aventuras." Bem perto, alguém disse: "É uma relação aberta, consentida, que não tem peso e em nada atrapalha a verdadeira, a única e autêntica cumplicidade dos dois." Um outro, um pouco à frente: "Não acha Simone esquisita e seca?" Ouvi: "Será Sartre feliz?" e em resposta: "O mundo é um grande absurdo, nele não cabe ser feliz." Citaram Camus: "Deve-se imaginar Sísifo feliz. Deve-se imaginar Simone feliz." Entrei em pânico, a blusa molhada de suor, meus seios inchados doíam, tinha câimbras, não respirava: *Então era assim o amor necessário? Este distanciamento, a ambicionada liberdade?* Sartre falava: "Fidel Castro afirma que o novo regime é um humanismo. E é verdade." Humanismo, liberdade, era tudo tão desejável nos livros, na cabeça, nas mesas de bar, nas conversas com amigos e com Mauro, em nossos projetos para o futuro. Liberdade! Existe o jeito de amar sem se aprisionar? Sem aprisionar? Lá estava o filósofo, o pensador, o escritor famoso e seu olho virado: e eu me lembrava da prima cdf, recém-chegada de um mestrado em Paris: "Um sátiro pervertido, bom mestre é verdade, mas é público e notório que mantém ligações com umas cinco mulheres espalhadas pela França, falam de Michelle, Évelyne, tem até uma japonesa, Simone é amiga e conhece cada uma, às vezes dividem parceiros. A desculpa é que todas sabem das outras, se entendem, não há mentiras nem disputas." E lá estava a impávida, a impassível Simone. E lá estava a "outra" – *um triângulo sem conflitos!* Pensei: *Nenhum dos três me parece de bem com a vida,* e imediatamente me acusei de antiquada, reacionária. *Eu não sou capaz de tanta racionalidade. Seria qualquer um dos presentes ali, naquela sala?* Então, era assim o louvado, celebrado, invejado, sonhado amor livre? Colei meu joelho no joelho de meu marido, agarrei sua mão, me *apossei* de sua mão, dezenove anos, poucos meses de casada, não a largaria por nada, "sou sua dona", falei baixinho, "e quero que você seja o meu." Ele apertou minha mão de volta, me sorriu. Eu não corria riscos! *O que Sartre e Simone fazem com a raiva, as cobranças, a mágoa, o ressentimento?* "Há poucos crimes capazes de atrair pior castigo que o generoso erro de se pôr uma pessoa inteiramente nas mãos de outra", escrevera Simone. Era assim, ela se defendia! É só dosar, segurar, não se pôr nas mãos do outro! Eu ansiava por uma fagulha de afeto no seu rosto olímpico, por um fiapo de simpatia (ou até de antipatia) pela plateia, pelos editores, *por mim, pela minha barriga, minha maternidade!* Fazia muito calor, e a cara de Sartre brilhava à luz dos refletores e os ventiladores faziam voar seus cabelos ralos: pequeno, gordo, mal sentado e vesguíssimo, parecia cansado e sua voz, no princípio clara e audível, foi perdendo a nitidez, tudo se embaralhava. Me veio à memória a obra de Sartre, *As palavras* (que eu adorara!), em que descrevia como lhe fora dolorida a descoberta de sua feiura e me enterneci – era bem feio mesmo – e me perdi em considerações sobre sua necessidade de compensar com a conquista de tantas mulheres, mas meu raciocínio estava cada vez mais lento e meu francês do Lisieux, que eu julgava impecável, já não dava conta, perdi muito da fala, de tanto em tanto se confundiam ecos de *Guevarrá, Fidel Castrô, revolution*. Tudo monocórdio, sem brilho, cartesiano, frio, lógico demais. Eu só queria ir embora, estava aterrada. Olhava em volta, as pessoas em transe: o futuro das relações amorosas, a verdadeira liberdade, ali, bem à nossa frente! Pobres de nós, subdesenvolvidos na cultura, nas relações humanas, no campo dos afetos!

Amarguei um bom tempo para engolir minha mediocridade e me convencer de minha inescapável burguesia, mas naquela noite agônica, a duras penas e lágrimas me descolei de minha musa, ensaquei para doação as camisetas pretas e a piteira à la Juliette Greco, enfiei numa gaveta o *Je ne regrette rien* e a minha viola no saco, me resignando a admitir que, se eu sonhava idêntico ao de Simone o meu projeto existencial, era preciso avaliar seu custo e minha competência: o preço da liberdade não era a eterna vigilância – como a União Democrática Nacional afirmava – e sim virar o rosto, engolir, retesar-se, aprender a deixar prá lá e aceitar, integral, a *liberdade, a sexualidade* do outro. Voltei para casa um bagaço, chorando no ombro de Mauro, afagando minha barriga incipiente e afundada em dúvidas sobre máximas que haviam embalado boa parte de meus anos recentes: em matéria de existencialismo, de estar livre no mundo, se aquele era o padrão, era o caso de desistir de vez, porque eu não tinha cacife, não sabia jogar o jogo, não dava nem para a saída.

Custei a dormir, enganchei minhas pernas nas pernas do meu amor – contingente ou necessário? – rolei de lá para cá até a madrugada, eu sufocava, o ar me vinha difícil, o volume de meu corpo me incomodou – e vivi pesadelos onde se embolavam o bebê (*tão lindo, tão meu amigo ele seria!*), os olhos severos do mundo, a dureza do rosto de Simone, o estrabismo, a ruiva e os romances de Sartre, minha inveja, e milhares de palavras e lemas, e Cuba livre e centenas de frases e conceitos e tanta literatura e filosofia, e mais minha formação religiosa, meus pais e os valores que me constituíam e minha enorme vontade de ser – tudo ao mesmo tempo – casada, cheia de filhos, feliz e livre, muito livre. E sem o menor perigo de perder Mauro, de ter que o dividir com qualquer mulher do mundo.

Acordei aos prantos e decidida: *Au revoir*, ou melhor, *à jamais*, existencialismo.

CALMARIA. AINDA?

O mar está calmo? A bandeira, vermelha? *Tá* soprando o sudoeste? A que horas, em frente ao Posto? *Tá* levando o óleo de urucum? No verão, praia do Arpoador o dia inteiro, era só chegar e encontrava a turma de amigas – Tereza, Vera, Maria Sylvia, Helena, Cristiana, Neném, Regina e tanta gente mais – todas mulheres novas e lindas descobrindo a vida, pouco mais de vinte anos e prazerosamente carregadas de filhos, baldes, pazinhas, peneiras, esteiras, barracas, todas loucas pra gozar uma praia e voltar correndo para seu homem. Como eu. Bom chegar em casa com Letícia quase ao escurecer (e aquele pôr do sol visto das pedras!) – quatro anos de casamento, uma filha, outro quase chegando – quanto mais sol e calor melhor, quanto mais bronzeada, mais bonita. Aprendia e me aprendia. Delícia chegar afogueada e com cheiro e gosto de água salgada e encontrar o olhar de desejo do marido, que descia as finas alças do meu maiô – depois virou duas peças, depois biquíni (de mamãe, recebi carta de seis páginas sobre o que sentira ao me ver de biquíni, sua dificuldade em me encarar, em me ver igual a tantas outras, o mesmo despudor e falta de limites) – e citava Vinicius: "... *que morenaço que a esposa fica...*" e montava sobre o queimado de minha pele, para aplacar sua sede, sua fome, seu cansaço. Trabalhava muito e pesado na fábrica de máquinas do pai, estava sempre exausto.

A maternidade era uma contínua descoberta: Letícia apontou e disse "bola", e fiquei extasiada: "Minha filha já nomeia." Um ano depois: "Eu quero brincar no parque", "minha filha nomeia, tem vontade e fala de um dentro. Ela é um eu." Me desconjuntei: "Senhor, eu não sou digna... Me ensina a ser mãe de um eu." Vivendo entre Belo Horizonte e o Rio, onde dividia um apartamento com uma colega musicista como ela, Flávia passava muitas vezes à tarde em nossa casa no alto do Jardim Botânico: assoviava do portão com os dois dedos na boca – o cabelo cada dia de uma cor – o violino pendurado às costas como uma mochila e tocava peças que andava estudando – "Estou na fase de Haydn" – nos apresentava ao compositor, à sua época e à escola alemã, dava lá uns acordes e falava de suas características, apertava uns dois baseados e contava casos picantes, desfiava pequenas picuinhas do mundo da música – a empregada, Letícia, amigos que estivessem na casa, todos a adoravam. Sumia uns tempos, viajava pelo Brasil, tinha paixão pelo nordeste, pesquisava seus ritmos. Dias depois reaparecia, ficava uma meia hora e se mandava depressa: era Carnaval e tocava tamborim na bateria da escola, ou era Natal e tomava parte num coral, ou... um tufão. Um pé de vento. Estava sempre sozinha, eu perguntava "cadê os homens?", respondia "namorar é perda de tempo", fumava uns, se entupia de doce de leite para a larica e chispava. À saída, antes de descer a ladeira, mandava beijo pro Mauro, recomendava o novo disco de Villa-Lobos, "imperdível o concerto do Nelson Freire", "tem um filme ótimo no Rian", prometia convites para sua próxima apresentação. Voltava dias depois: "Só quero saber de Schubert", me mostrava Schubert, exibia três ou quatro composições, falava sobre sua época, fumava uns, enfiava o violino no estojo e o jogava às costas, agarrava Letícia e a atirava para o alto, ria de seus medos e raspava. Recebera respostas positivas de Viena, conseguira se matricular numa escola afamada e preparava seus papéis para a viagem. Um agito, a Flávia, uma lufada de ar, uma faísca de luz.

Quanto a mim, eu vivia lenta e ronronante: foram entre sete e oito anos de calmaria quase absoluta, corpo satisfeito é coisa forte, o tempo escorre devagar, desliza sem fricção. Quanto a mim, eu vivia eriçada: ele, sexual, másculo e irônico, ela, sexual, petulante e sabida, *formamos um par perfeito para o amor*: acordava, me olhava no espelho e me achava ora linda, ora horrorosa, minutos depois, lânguida, me esticava preguiçosa, barriga crescendo, lá vinha o segundo filho (seria mais uma menina: Marina), eu arredondando no sofá vermelho, me rodeava de almofadas, "preciso pintar as unhas dos pés", "tenho que hidratar a pele da barriga." Gagarin subiu à lua, viajou pelo espaço e disse: "A terra é azul", e eu pensei *é azul e linda, Gagarin*. O coração em paz, quase nem batia. O corpo em paz, quase nem sentia. A espera sem medo. É tudo meio pastoso, mas é bom. Lembrava Anna Karenina: "Todas as famílias felizes são iguais. As infelizes, o são cada uma à sua maneira", e pensava: *Ora, Tolstoi, isto serve também para os indivíduos, porque felicidade torna igual todo mundo*. Não havia diferença entre mim e qualquer pessoa de bem com a vida naquele momento, em qualquer lugar do mundo. É tudo meio pastoso, mas é bom. A vida em estado bruto, pouca, quase nenhuma mediação da mente – imagens, cheiros, sons, texturas, gostos: o império dos sentidos. De Isabel, recebíamos cartas entusiasmadas que descreviam a nova orientação pastoral da igreja e comemoravam o fim do latim e a missa celebrada na língua vernácula, falavam de ecumenismo e dos avanços do Concílio Vaticano II: bom ver a irmã confirmando sua vocação e escolha. De Minas, chegavam notícias de Sofia, agora filiada à Ação Popular e às voltas com protestos, marchas, passeatas, greves, organizações e certezas: sua visão de mundo era em tudo diferente da de papai, que se fiava em liberdade e democracia como fórmulas para o mundo: "O resto virá em consequência" – sempre fora assim e nunca esconderam, sempre respeitaram suas discordâncias – e, como nos dois eu reconhecia idêntica integridade e o mesmo amor ao Brasil – e vivia deliciosamente afogada em fraldas, mar, beijos, espera e esperma, suores e mamadas e choros – pensava pouco no assunto e estava certa de que as coisas acabariam se acertando, apenas estranhava ela agora viver numa longínqua colônia agrícola – participava da organização das Ligas Camponesas, brigava pela reforma agrária. Estranhava por ela minutos por dia, me alegrava por Isabel minutos por dia e depois esquecia, nada daquilo me dizia respeito, o tempo todo eu tinha muito o que fazer. O tempo todo era pouco para ser *tão* feliz.

A confusa lembrança deste período – os primeiros anos de casamento e o nascimento dos filhos – é de que havia lá fora um mundo pálido, mero pano de fundo para a nitidez de nossas vidas. Repletos de nós mesmos, não interessavam os fuzileiros sublevados, Jango Goulart, a disciplina, as passeatas, as tais das forças do atraso e nem o que sempre fora nosso pão de cada dia, o circuito das galerias de arte, os museus, o cinema, os concertos. Mas era impossível vedar todas as fendas e nossas paliçadas não eram suficientes para ocultar as manchetes e os editoriais dos jornais, a agitação nas ruas, a escassez de mantimentos, as greves, os protestos, o medo, as filas. Conversas entre amigos degeneravam em discussões, bate-bocas e hostilidades e a viagem ao Rio Grande do Norte para o noviciado de Isabel nos obrigara a defrontar com a rígida polarização do país, para mim simbolizada nas crenças colidentes de papai e Sofia. Estivesse eu atenta, por todo lado despontavam pistas, prenúncios de enfrentamentos. Mas ao voltar da praia com Letícia na manhã de sol de 1º de abril de 1964, entrei em choque e levei um bom tempo para entender o que significava a abrupta chegada ao Forte de Copacabana de uns cinquenta oficiais armados – que saltaram de carros atirando para o alto – e as ordens aos berros, revólver em punho, daquele que parecia comandar a operação, "para que abrissem imediatamente os portões, em nome das forças da legalidade." Lembro de pensar: "*Esquisito, militares contra militares, a rachadura chegou aos quartéis.*" Refugiei-me numa marquise e espremida no meio da turba excitada – empregados de lojas, gente que passava, moradores dos prédios vizinhos, banhistas – e protegendo minha filha, testemunhei os portões serem abertos, e após apertos de mão e continências, ouvi o comandante proclamar em brado retumbante: "Está configurada a posição revolucionária do Forte de Copacabana." *É assim uma revolução?* Tudo muito rápido, pouco mais de vinte minutos e o forte estava tomado, os recém-chegados entraram sob salvas de tiros. *É assim uma revolução?* Alguém gritou: "Jango foi deposto", as pessoas se abraçavam. A multidão crescia. Sem organização, sem comando, de forma espontânea, a multidão se multiplicava, pessoas vinham saber o que acontecia, atraídas pelas primeiras notícias de rádio. Alguns choravam: "O Brasil está salvo", das janelas caíam chuvas de papel picado: papai estava certo! Tragada pela massa em festa, eu me perguntava: *É assim uma revolução?*

Cadê o outro lado? Os que defendem, ou defendiam, um Brasil diferente? Era isto o que todos queriam? O que significa esta adesão ruidosa, a ausência do contraditório? (em minha cabeça desfilavam a história e as imagens de revoluções, e eu via 1917: os mencheviques contra os bolcheviques e milhares de corpos mutilados e ensanguentados nas ruas de São Petersburgo; eu via as batalhas campais, a tomada da Bastilha em Paris, a burguesia contra a nobreza, os radicais, a guilhotina! Em minha cabeça, as cenas selvagens da guerra do norte contra o sul – ou seriam os colonos contra os ingleses? – os massacres, os fuzilamentos, a mortandade que resultou na independência americana) Uma revolução era uma guinada apavorante, uma *razzia*, uma catástrofe sanguinária e o que eu vira parecia uma amistosa troca de guarda, exercícios de manobra.

Não tenho lembrança de como consegui chegar em casa e do que respondi, à noite, à ligação exaltada de papai que comemorava a "vitória das forças da legalidade e o fim da anarquia", e destacava o heroico papel de Minas, que "mais uma vez correspondeu, etc e etc", e às palavras atropeladas de mamãe, que tomou o telefone para resmungar que absurdo seu pai, vinte e sete de pressão e quase setenta anos, ligado a movimento das Forças Armadas, mas era preciso que se fizesse alguma coisa, era preciso acabar com a arruaça, nós, as mulheres de Minas etc., etc.

Tentava identificar meus sentimentos e não conseguia, eram muitos e misturados, estava desorientada. Havia alguma coisa que não batia, tudo parecia fácil, indolor demais e eu tinha raiva, muita raiva, por ter sido obrigada a ver o que vira e descobrir que minhas defesas não serviam para nada. E me sentia acuada porque não acreditava – ah eu não acreditava! nem por um minuto acreditei! – como parecia papai crer, numa *revolução* tão simplesinha, incruenta e benigna, sem contrapartida e reação. E estava determinada – isto era o mais forte de tudo – a não deixar minha família ser sacudida, arrastada por delírios ideológicos e descontroles utópicos.

Mauro demorava a chegar, minha indignação aumentava. E quando ele entrou excitado, falando sem parar e contando que os empregados estavam assustados e temiam por suas famílias e pela perda do emprego, que membros do sindicato haviam montado um piquete à porta da fábrica e exigiam ser atendidos, que a cidade vivia um clima de insurreição, o trânsito estava horrível e nas esquinas havia grupos brigando, discutindo ou comemorando: "Vamos sair, ver e entender o que está acontecendo, está todo mundo nas ruas", e que, em alguns bairros ouvira buzinadas e foguetes e os bares estavam cheios, me encontrou febril e ofegante. Relatei o que assistira, como fora singela, rápida, "natural", a tomada do Forte e como eu estava apavorada, ameaçada pelo silêncio, pela ausência de uma voz contrária. E me agarrei a ele chorando e me atirei contra seu peito: "Fala que a melhor coisa de sua vida foi nos casarmos... fala que valeu a pena termos tido Letícia e estar esperando mais um... fala que você vai nos proteger e não deixar a violência entrar aqui e machucar a mulher que você ama e sua filha e mais quantos vierem... fala que estarmos juntos é o maior tesouro de sua vida..." e Mauro me abraçava, me segurava, tampava meus soluços e buscava me acalmar e nem respirava... *nos casarmos... valeu a pena... nossos filhos... nunca vou deixar... maior tesouro*... Ele dizia e eu acreditava. Eu acreditava porque ele dizia.

E depois, era hora de botar Letícia na cama, e de seu quarto, eu ouvia gritos e via janelas iluminadas por velas acesas, ela estava trêmula e os barulhos e festejos na rua não a deixavam dormir – tinha medo como eu – e estendi o tempo no quarto onde fechei as janelas, e contei velhas e novas histórias e cantei e repeti as mesmas canções e beijava e abraçava minha filha e dizia, suave, "durma, sonhe, estou a seu lado e nada vai acontecer, durma, sonhe", depois fiquei ali, em silêncio no escuro até ela adormecer, até eu parar de bater os dentes e de querer vomitar, até a cabeça caber na cabeça, abrigada na certeza (era o tempo de certezas) de que Mauro era forte, mais forte que tudo, e que nos amava e que nunca deixaria que nada nem ninguém pusesse em risco nossas conquistas – ele armaria barricadas, reforçaria trincheiras, trancaria as portas com cadeados invioláveis – ninguém tomaria a fortaleza que construíamos juntos. O nosso santuário.

Dias depois, o general Castelo Branco assumiu a presidência, houve prisões, medo e cassações e pessoas suspeitavam umas das outras. *Castelo Branco, como Brutus, era um homem honrado; assim eram todos eles, todos, homens honrados* e alguns jornalistas e analistas políticos explicavam as medidas como necessárias ao restabelecimento da ordem, ao fim da ameaça da baderna e do caos. E quando Sofia ligou em fúria: "O povo de verdade está conosco", e protestou contra "o golpe" e falou do "fim da esperança de um Brasil mais justo", não tive dúvidas em responder que ela se enganava, que eu havia ouvido os aplausos e havia visto *com os meus próprios olhos* a aprovação das pessoas, que eu vira a população se unir em festa e comemorar, e que, afinal, era mesmo desejável, a melhor coisa do mundo, ver o país retornar à normalidade e os produtos voltarem às prateleiras e as escolas voltarem a dar aulas, o transporte circular e os trabalhadores voltarem a trabalhar e que talvez fosse a hora de ela reavaliar seus rumos e visão do mundo: "Eu vi, Sofia. Você pode não gostar, mas eu vi e é isto que o povo quer."

Ouvir a voz desiludida, sentir seu desânimo, conhecendo sua força de caráter e a fé que investira em seu projeto, só aumentava a minha cólera: como poderia minha irmã enganar-se (ter-se enganado?) assim? Pelo telefone, perdi a cabeça: "Então, você imaginava que o povo – o seu povo – em nome de quem você falava, se insurgiria contra os militares? Que tremenda arrogância a fazia acreditar que o povo tomaria de armas e os enfrentaria? Os "gorilas", como os chamavam? Quanto disparate! Onde está seu povo agora?" Desligou, com raiva.

Foram muitos dias para me reequilibrar. Depois, retomei minha pastoral: eu gostava mesmo era de ouvir música na vitrola – acordar cantando com os Beatles, não perdia Elis e Simonal, vibrava com a Nara – dançar em rodopios de repente, chegar à janela, pôr o dedo lambido no ar e sentir o vento para adivinhar o mar, festejar e me empolgar com o progresso de Letícia – e lá vinha mais um – me vestir e perfumar para receber o marido e ritmar nossas noites ao som de Roberto Carlos – eu não precisava de mais nada. O Brasil se ajeitaria, as coisas se ajeitariam. Eu ainda acreditava no "caminho do meio." As perguntas se calavam, não faziam falta as respostas. Um espanto para velhos amigos, que me cobraram ter virado mãe de família, dona de casa e esposa demais, "o tipo acabado da rainha do lar." "Onde está a Celina, com quem era provocador conversar, que tinha ideias e interesses próprios e não sabia viver sem cultura e informação, que se dizia viciada em arte e queria estudar filosofia?" Do lado de fora da porta talvez, porque nem eu sabia onde estava e se ainda existia.

TUDO QUE É SÓLIDO DESMANCHA NO AR

Coisa mais difícil é falar de fim de amor: em que momento e por que as coisas começam a trincar? Devagarinho – uma surpresa: na minha imaginação qualquer fim era uma explosão dramática – as palavras rarearam, os significados não batiam e a babel se instalou, adiávamos e odiávamos a hora de ir para a cama e os olhares se evitavam, o bom virou ruim, muito ruim. O áspero foi ganhando a casa. Foi ganhando a fala. Tudo virou dor. Depois de anos saciado, tranquilo, o coração voltou a sobrar do peito, a se agitar, e voraz olhei o mundo em volta – *que mundo?* Seria possível tanta mudança em sete, oito anos de feliz e modorrenta hibernação? Sabe um caleidoscópio? Os sessenta iam lá pro seu final e o mundo pegava fogo, formas excitantes substituíam as conhecidas e eu olhava o plano fechado de minha vida – menos de trinta anos e tudo já estava ali, desenho acabado e pronto, *o resto vai ser um longo passar de tempo* – e me sentia infeliz, perdida e envergonhada da acomodação a uma dependência da qual não via como sair. Ao preencher a ficha de compra em uma loja, pus um *xis* em Prendas domésticas, em Do lar, no campo Profissão, me apoiei na vitrine, baixei a cabeça e chorei. Não podia ser assim, não era assim que desejava minha vida. Por onde começou? Será possível datar o começo da virada que acontecia em mim? Se existe um início foram os três acordes de guitarra dos Mutantes que abriram o canto de Caetano, no Festival de Música da Record, de 1967, o deslumbramento com "Alegria, Alegria", o sonho (era o tempo dos sonhos) de caminhar contra o vento, sem lenço, sem documento. Eu assistia e chorava; era como se eu visse ali na minha frente se romperem as fronteiras entre o clássico e o popular, o aprovado e o brega, o banal e o bom gosto – a música livre, livre, de qualquer amarração. Uma explosão. Tantas vezes, em entrevista, ou em seu livro *Verdade tropical*, Caetano exprimiu desalento pela persistência do sucesso de "Alegria, Alegria", para ele, "uma produção menor de seu repertório" e, no entanto, não só para mim, mas para dezenas de pessoas que eu conhecia, ouvi-lo àquela noite foi como uma epifania, uma iniciação, música como pura expressão de liberdade.Verbo, tempo e espaço conjugados. O caos do Brasil era o *meu* caos: caras de presidentes, beijos de amor, dentes, pernas, bandeiras, bomba e Brigite Bardot, banca de revistas, *Coca-Cola,* fotos, nomes, livros, fuzil, fome, telefone, coração do Brasil: eu era aquela confusão toda. E a declaraçao "eu vou, eu vou." Assim eu me sentia: amava o que construíra, minha própria desordem e a desordem da vida, não queria perder nada, mas o mundo era grande (*vasto,* dizia Drummond), eu precisava fazer alguma coisa urgente. Uma parte emudecida em mim agora queria falar, queria gritar. O quê? Eu vou.

Mauro, aturdido, me olhava triste: ele me dava tudo, o que eu queria mais? Mas, se era assim que ele aprendera, era assim que sabia amar!

A Marcha dos Cem Mil! Desta vez, a história me arrastava para seu rodamoinho e me encontrava deitada, em repouso no quarto – Júlio, o primeiro filho homem, acabara de nascer – e dia seguinte vi as fotos e li as notícias em estado de estupor pelo quase idêntico: *replay* ao avesso, a mesma chuva de papel picado que eu vira cair das janelas na Copacabana de 1964 descia agora de escritórios do Centro sobre a multidão de artistas, estudantes, professores, religiosos – terei visto entre eles freiras com o hábito negro do Lisieux? – políticos, intelectuais, sobre *o povo* – em passeata de protesto *contra a ditadura militar.* E Vladimir Palmeira se agarrou ao poste – ou subiu num palanque? – e discursou e apaixonou a multidão em prantos e cobrou os corpos dos estudantes mortos e falou em justificação, em violência contra violência e amigos não paravam de telefonar e traziam notícias e contavam que centenas, milhares de pessoas se emocionavam nas esquinas, nas praças, nos bares, muitos choravam. O Brasil punha pra fora o ódio ao poder sem limites de Brasília. Quatro anos apenas separavam os dois momentos – os abraços, os festejos, os foguetes e os aplausos proclamavam agora o *contrário* do que eu vira saudado como solução (anos mais tarde, percebi outro paradoxo: a passeata marcou *ao mesmo tempo* o ponto mais alto da resistência do movimento estudantil e o início de sua derrocada). Abaixo a violência militar. Abaixo o imperialismo! *Então, Sofia tinha razão? Existia, a razão? O bem, o mal? O que eram? Que Brasil queríamos? O que queríamos para o Brasil?*

Dentro de mim, tudo se embaralhava, tudo se misturava. Era triste o Brasil. E minha dor não era só em casa, seria bom se fosse. Não, Mauro é o de sempre, trabalha, trabalha e quer as mesmas coisas, quem quer o diferente sou eu. O peso é meu, a *culpa* é minha, eu quero mais. O quê? E eu sei? O fato é que eu voltava a me interessar pelo que compunha o mundo e via tudo se transformar – por que não haveria eu de me transformar? Transformar-se, o que é? Esposa devotada, mãe incansável, filha extremosa, eu me tornara uma virtuose em dar conta de todos os papéis, só não sabia mais quem era eu. Existia, um eu? E o que queria o eu? Outra girada no caleidoscópio: o país parecia enlouquecer, e nossa turma – tão bem resolvida – começou a fazer água, pares se faziam e desfaziam; entre os mais próximos, Adriano, um executivo "bem casado e sucesso profissional", tomou LSD na trilha de Timothy Leary e Paulo Mendes Campos "para aprofundar o autoconhecimento" e largou trabalho, mulher e filhos, se mandou pra Mauá, nunca mais foi visto. Sabe o Carlos Artur? Aderiu a uma seita oriental, largou tudo e dia desses passou por aí, na rua, entoando um mantra. Sob o olhar de inveja do grupo, Leonardo largou "esta vida medíocre" e partiu para os Estados Unidos, "terra da liberdade", participou de marchas contra o Vietnã e foi dar em Woodstock, saltando do avião na volta chapado e enrolado no mesmo cobertor cheio de lama que o protegera da chuva e do frio nos três dias de drogas, sexo e rock'n' roll. "Sabia que você não parece mãe? Não sabe cozinhar nem nada", disse Letícia, de volta da casa da melhor amiga. *Como era ser mãe? Ah meu Deus, filho é céu e terra, filho é flanco aberto!* Tanto esforço: se é só assim que eu aprendi, só assim eu sei amar.

Guardo este período sem nenhuma cronologia, nenhuma ordem temporal, as sensações atropeladas, cada dia me trazia o diferente. Cada dia *éramos* diferentes.

Gira o caleidoscópio: conhecidos e conhecidos de conhecidos se engajavam em organizações radicais, se reuniam para discutir pensadores radicais, alguns foram fazer treinamento em Cuba. Muita raiva nas pessoas, muita revolta nos rostos. Tempo de exaltação e heroísmo. Quem ficou, buscava onde se agarrar: os muros de proteção caíam, esfarelavam, desabavam – aliviada, percebi que alguns eu não queria mais e parte deles eu mesma me apressara a derrubar. Alívio e culpa, que atordoamento! "Por que você é tão imatura?", o amigo perguntou. "Por que você é tão egoísta?", perguntou a tia de Minas.

Outra girada: a pílula libertou a mulher e trouxe o prazer sem medo: que maravilha! As meninas vão poder viver uma sexualidade menos complicada, comemorei com Youssef, meu vizinho e amigo analista. E ele, sem rodeios: "Sexo nunca será simples, é indomável como a morte, é do domínio da natureza"; pensei no futuro de minhas filhas e estremeci. Me juntei a um grupo para estudar meditação transcendental, técnica trazida por uma amiga da Índia: queria praticar o "reservatório silencioso de energia e inteligência e serenidade" que existia em mim: terceiro olho: ponto vermelho hindu na testa, *Om Shanthi, Shanthi, Shanthi* – a manhã passada em posição de lótus, ansiando pelo Nirvana – o fim do bater de panelas na cozinha, do barulho e da correria das filhos, das brigas, dos confrontos e do meu incontrolável coração. *Om*: o som fundamental, a representação do universo! Paz e Amor, a fórmula da felicidade e – "já ouviu falar no sexo grupal?" – Existe, o destino? Valia casamento aberto até o próximo barraco, era seminal ler e citar os *Beats* e desquitar entrou na ordem do dia porque, como enunciava Eduarda ao final dos nossos almoços de domingo, "casamento, convenhamos, é servidão" – o que todo mundo começava a achar. "Já buscou a hipnose, que leva às vidas passadas? Voltei a balbuciar e engatinhar, regredi a mais de mil anos atrás, fui mulher, pássaro na floresta e voltei a ser homem, fui ao útero da mãe e da bisavó, vi imagens exóticas e descobri que exerci função importante numa dinastia egípcia. Vi meu nome escrito em um tijolinho, enterrado em algum lugar, no deserto." Todo mundo fora importante, importantíssimo, em algum lugar no passado. Existe, o destino? Meditação transcendental! Concentração: controle da energia da mente. "Este é o tempo dos experimentos", disse um amigo, "o único pecado é se negar a vivê-los." Tia Mariquinha suspirava, me encontrava no mercado, balançava as sacolas e o queixo, sacudia a cabeça: "O mundo vai depressa demais, parem o bonde que eu quero descer." Eu não, eu me sentia *parada*, à margem, achava lento o bonde, queria tomar o avião, embarcar na espaçonave, ir à Lua, viver par a par com a velocidade mutante do mundo. Olhava em volta: me continha, não me entendia, não entendia nada. *Filho é céu e terra, filho é flanco aberto.* E via o rosto de Mauro e ele era triste.

Autor de cabeceira, Aldous Huxley citou William Blake, poeta e ilustrador, místico visionário: "Se as portas da percepção estivessem limpas, tudo apareceria para o homem tal como é: infinito." Imagine, o infinito! "É fácil esta sua atitude *hippie*", abatido, Mauro dizia. "Nunca teve que ganhar a vida." O amigo convidava: "Que tal fumar um?" Flávia seguia Reich, foi fazer o Soma com Roberto Freire em São Paulo e nos excitava contando detalhes do tratamento: "Todo mundo nu." Em desespero, católicos devotos se inscreviam em Cursilhos. Eu fui. Três dias em retiro religioso no meio do mato, quinze mulheres perplexas e tristes com os rumos do casamento e da vida, sem saber o que fazer, partilhando dúvidas e se perguntando onde foi que erraram. *Ainda dava para consertar? Valia a pena consertar? O que quer dizer consertar?* À noite, sem combinação prévia, cada uma deixava seu quarto e nos encontrávamos no jardim, onde fumávamos sucessivas carteiras de cigarros e remanchávamos até os olhos doerem de sono, fugindo da solidão povoada da culpa de sermos perplexas e tristes. Ouvimos palestras, pregações, depoimentos, trocamos testemunhos, fizemos promessas, rezei e supliquei até os joelhos sangrarem. Rebati o orientador: "Pecado é casar com menos de vinte anos sem se conhecer nem saber nada de si. Pecado é a gente ser mãe antes de ser mulher. Pecado é continuar infeliz e desistir e perder a fé na vida porque desquitar é pecado." À saída, realimentadas pela doutrina, sedentas de fé, segurança e expiação, trocamos juras de fidelidade ao casamento, juras à manutenção da família. Vale o esforço, vamos consertar.

"A imaginação no poder", explodiam nas ruas os jovens franceses: sonhadores? arruaceiros? alienados? Queríamos ser underground, lutar contra o sistema, pregávamos o pacifismo e enchemos os armários de batas indianas, aprendemos onde ficava Bangladesh e a cantar o *Hare Krishna*. "Onde está a mulher com quem eu me casei?" a voz raivosa de Mauro. E o que mais queriam? A casa funcionava, a comida era boa e servida na hora, eu amava meus filhos, levava e buscava e estudava com eles, amava e estava lá quando o marido chegava, cumpria à perfeição as tarefas de uma supermulher, mas...? Amigos se reuniam para o Grito Primal – "gritar, soltar tudo, desbloquear o que está preso" – Onde está...? O que mais eu queria? O professor de inglês contou que milhares de americanos antiguerra se mandavam para o México, para o Canadá, "desertar" ganhava um novo sentido: heróis eram os que se recusavam a lutar, pela primeira vez na história um povo discutia as razões de seu país, alistar-se ou não tornou-se uma questão moral. E a guerra era pop: imagens dos vietcongues e do napalm na TV ocupavam a hora do jantar: entre o segundo prato e a sobremesa víamos uma menina vietnamita nua, correndo na direção da câmera, a pele desfolhada em queimaduras. Outra tarde, antes do lanche, as câmeras trouxeram a imagem do fuzilamento de um rebelde com um tiro na cabeça. Ah!... surgia a panaceia: em resposta ao medo, à repressão social e política, às delações, às prisões cheias, aos rumores sobre torturas, o prazer, O PRAZER! tornava-se a medida. Era obrigatório ser feliz, em algum lugar existia a poção mágica para acabar com a dor, o desespero e a solidão – Ayahuasca, maconha, daime, cogumelos, peyote, valia tudo para abrir consciências e arrombar as portas do gozo: "... *o único pecado é se negar a vivê-los.*" Hollywood cuspiu o açúcar e tingiu de sangue os finais felizes: *Easy Rider* nos atirou na rota de dois motoqueiros drogados, atrevidos e *sem destino* na estrada – os símbolos da *nova* liberdade pessoal, de uma *nova* estética, uma forma *nova* de comportamento: os místicos, os visionários, os alternativos eram os heróis do *novo tempo*, a resposta à *velha* moral, aos *velhos* conformistas, aos *velhos* hábitos. Glauber salgou as escaras do Brasil e Antonio das Mortes, capa voando ao vento, jurou liquidar o que sobrou dos cangaceiros!

Era de Aquário, a fraternidade universal! Sabe "tudo que é sólido desmancha no ar"? – pura premonição do Marx. Não só para categorias econômicas não, ele anteviu o salve-se quem puder que viria naqueles anos, a dissolução. Eu disse dissolução? Foi um pernas pro ar, uma reviravolta vital, uma dolorida aurora. A rebeldia não se restringiu ao que de mais profundo me tocou – o feminismo – antecipado nos olhos magoados e ansiosos das tias de Minas; abriram-se, simultâneos, centenas de armários e a estridente variação tomou conta da festa: soldados amotinavam-se, resistiam às guerras e sentavam nos trilhos de trens que transportavam tropas e armas; a massa ganhou voz e rosto, jovens desafiavam velhos, o negro brandiu o punho, o homossexual saiu para a luz, e a lógica – ah! a lógica, esteio e fundamento de nossa formação – virou coisa velha, descartável antiguidade. Etnógrafos relutantes e assustados, nos deparamos – no bairro, na nossa rua, na soleira de nossa porta, dentro da casa – com o diferente, quantos diferentes! De todos os cantos, de todas as frestas, irrompiam minorias. Eram maiorias, as minorias! O mundo se partiu em duas gêneses, em dois Big Bang: o primeiro lá de trás, fosse o da Bíblia, o da criação em sete dias ou o tal da partícula, da explosão do átomo primordial, do buraco negro. E o outro, aquele que eu via, desejava, apetecia e padecia, que me batia na cara e me quebrava e me obrigava a reconstruir-me: o que dividia a forma de se comportar do homem na Terra em duas partes, o a.60 e o d.60! Não havia "caminho do meio", era estar do lado de cá ou de lá do muro.

Mas quantas possibilidades! Quantas vias abertas! Aprisionada por temor e amor, pela lei, pela maternidade e pelo julgamento social, eu jogava pra frente, adiava ou negava meus sonhos. Até quando e onde a gente aguenta sem explodir? O país era simultaneamente fechado e escancarado, repressivo e libertário, juntava pânico e ilimitada audácia criativa. *O resto vai ser um longo passar de tempo*. E meu casamento derretia, estávamos derretendo, perdidos entre os muitos caminhos e contradições, norteados por tantas setas divergentes. "Existir, a que será que se destina?" Assustada com os rumores, chegavam de mamãe cartas e pacotes recheados de santos, novenas, livros de doutrina. Vinha ao telefone: "Quer me matar de desgosto? Prefiro morrer a ver uma filha desquitada."

Ah meu Deus, o que é contracultura? *Deus e o diabo na terra do sol!* Eu tateava: levava os filhos ao Museu de Arte Moderna para ver os *Parangolés* de Oiticica, penetrávamos no *Tropicália* – era preciso entender o "*Seja marginal, seja heroi*" – depois corria para a cinemateca: queria entender Antonioni e Kubrick e chorar com Giulietta Masina, Fellini, Fellini, outra vez Fellini! E Elis, meu Deus, o que era aquilo? E o *Rei da Vela*? Lá fora havia um mundo em ebulição e eu queria mais, minha causa era mais. Meus filhos, os filhos de todas as mães, teriam um futuro aberto e radiante. É proibido proibir. Qual o lugar de Deus no mundo que se anuncia? Haverá um dia justiça entre os homens? Virá pela religião, pela política, por uma nova consciência? Em um lindo domingo de sol, sentados no gramado do Museu de Arte Moderna, um desconhecido subiu num banco e citou Bakunin: "Sejamos anarquistas. Não importa a ordem social, devemos lutar por uma nova ordem ainda mais perfeita, mais completa, que será ditada pela nossa consciência libertária." Desceu e falou alto para o pequeno grupo que o ouvia: "Assim pensamos nós, os não conformistas." E Letícia perguntou: "Mãe, nós somos conformistas?" Éramos? O sentido da vida estava à porta, era só achar a gazua. Mauro me olhava triste: "O que você quer, o que te falta?" Saía e voltava tarde, ou não voltava. Se voltasse, ouviria de mim: "Eu não sei."

O que ela quer? O que falta a ela? Onde está a mulher por quem me apaixonei? (Mauro, em agonia, enquanto dirigia para o trabalho) Pois se a amava e lhe dava tudo.

O que eu quero? O que me falta? Onde está a mulher que se casou apaixonada? (Celina, agachada na banheira, enquanto ensaboava e passava a bucha nas costas das meninas) Pois se o amava e tinha tudo.

Ah uma mulher precisa de muita coisa, muita coisa. Coisa que nem ela sabe o que é. E não vai ser ninguém quem vai dar não, vou ter que buscar eu mesma.

E as coisas eram assim, e também o seu avesso: teve o dia que ela pensou que Mauro poderia se cansar e ir embora e descobriu que não poderia, seria impossível, ela morreria se tivesse que viver sem ele. E teve o dia que ele viu que ela poderia ir embora e pensou que preferia morrer e chegou tão cedo e ardoroso e disse tantas vezes que a amava e que não queria, não suportaria viver sem ela. E as coisas eram assim e também o seu avesso.

A família crescia, foi fácil para ele munir-se de álibis e demorar a chegar – desacostumei de contar com sua presença e opinião. Ele, trinta e poucos anos, eu chegando aos trinta, três filhos, os dois cansados da vida que levávamos e não sabíamos, não conseguíamos, não tínhamos instrumentos para transformar. Nenhum sabia ajudar o outro, prisioneiros de um modelo que se tornava detestável. Um queria sair e abrir, o outro segurar, nada demais. O certo e o errado? Um passo: fiz vestibular para Comunicação, estudava à tarde depois de levar as meninas para o colégio, Júlio ficava com a babá. *Filho é céu e terra, filho é flanco aberto*. Marina puxava minha bata indiana: "Sabia que você não tem jeito de mãe?" *Como era o jeito de mãe?*À noite, os meninos dormindo, tomava baldes de café, fumava, passava noites em claro, estudava até de madrugada (*Ele não vai chegar*). Então, ele chegava e ela pensava: "O que eu quero? Por que eu quero?" E veio Flávia e anunciou sua partida para Viena, cheia de esperança. Na faculdade, convivi com gente nova, novos sonhos: nos encontrávamos em bibliotecas para consultas e trabalhos de grupo, pesquisas e leituras, tão bom voltar a confiar no futuro e em mim, acreditar possível meu casamento, acreditar possível **o** casamento, ainda amor e desejo: em compasso com a vida, remoçada, amava ainda mais os filhos (e nós ríamos juntos e gostávamos de estar juntos e nos surpreendíamos juntos), voltava à noitinha com histórias pra contar, me revigorava e fazia planos, os meninos se encantavam com a mudança e me olhavam assustados, eu me deliciava com a mudança e assustada olhava os filhos. Mauro: "Estudar era o que te faltava? Sair de casa era o que te faltava?" E me olhava triste, e eu duvidava da importância de meu querer. Seremos felizes! E Letícia implorou: "Segunda-feira tem reunião no colégio, pode ir vestida de mãe?" Bermuda e camiseta, me perguntei *como se veste uma mãe?*

Chegaram cartas, uma, duas, três, anônimas, com denúncias de um suposto romance de Mauro. Não vinham pelo correio, não tinham selo nem nada, abri a caixa de correspondência e estavam lá, em envelope azul-claro:

"*A senhora, dona Celina (permita que eu a chame assim), insiste em não ver, mas eu mostro: quando ele faz a mala, diz que vai viajar a trabalho e se despede com um beijo, é para meus braços abertos que ele corre e me jura que nada na senhora o interessa mais, que só em meu corpo encontra prazer.*"

Dona Celina? A senhora? Alguém ficaria feliz com nossa separação. Quem? De quem partiam as mensagens? Telefonemas: "Abre o olho", interroguei-o, ele negou e as coisas ficaram assim mesmo. Notei que tirara a aliança. Não parava em casa. Mamãe gemia ao telefone. Estudar, fazer provas, ler e pesquisar, pegar e levar os meninos, eu não parava em casa. E Mauro inventava viagens. Perguntou-me sobre um possível romance, neguei e as coisas ficaram assim mesmo. Ligou para Belo Horizonte: "Venha, Celina está mal e infeliz, não se controla, fala em separação." "Desquite?", mamãe não podia vir, mandou correndo a tia Lota e suas expressas recomendações: "Três motivos são aceitáveis para um fim de casamento: violência, humilhação pública e falha como provedor. Ele é irascível e te bate? tem uma amante e a exibe sem pudor? falta comida em casa, gasta na rua o que seria da família?" Não, não e não, tia Lota. "Um marido tão bom, tão generoso" (e ele era). Por que tanta insatisfação? Pensa que tem estrela na testa? Que vale mais que os outros? Sentou, as mãos cruzadas no colo, paciente: todo casal passa por momentos difíceis, são fases, ciclos, depois as coisas se acomodam, voltam ao normal.

Velocidade. Vertigem. Caleidoscópio. Viver podia ser uma aventura extraordinária, rica, plena de contradições, eu mal respirava. Nunca o mundo me parecera mais indecifrável e exigente.

SOFIA

Em outubro de 1968, o Brasil amordaçado por um regime militar mais e mais violento, e nós emaranhados na gosma da geleia geral de Gil e Torquato, chegou a notícia da prisão dos mais de mil militantes reunidos no sítio Murundu, em Ibiúna, para o Congresso da União Nacional dos Estudantes. Sob a mira dos fuzis de soldados da Força Pública de São Paulo, desorientados, sujos, idade média de vinte anos, tremendo de frio, mãos na cabeça, foram jogados em camburões, encarcerados e fichados como perigosos agitadores. Entre eles, estava Sofia. Integrava a Ação Popular, organização política nascida de alas progressistas da Juventude Universitária Católica e formada por militantes católicos de esquerda. Foi levada para a prisão, acusada de participação em atos de guerrilha, sequestros, assaltos a bancos, ficou meses presa, ninguém sabia em que cidade ou quartel, vivíamos de boatos. O Ato Institucional nº 5 fora assinado, dera poderes absolutos ao regime, não havia mais limites, valia toda e qualquer arbitrariedade. E Sofia não valia nada.

Há alguns meses, Flávia vivia em Viena: submetida a testes e avaliações rigorosos, fora selecionada para as Master Classes do maestro alemão Wiener Schott entre candidatos de muitos países, fazia apresentações esporádicas em conjuntos de câmera e estudava duro, sonhava conquistar uma vaga na Sinfônica do país. Tranquei matrícula na recém iniciada faculdade, Mauro e meus sogros deram apoio com os meninos. Fui para Minas, dar força para meus pais. Encontrei-os devastados.

Papai entrava e saía de filas em delegacias e postos policiais em busca de autorização para ver Sofia – se munia de fotos e documentos, preenchia fichas para obter salvo-condutos, autenticava atestados, apresentava comprovações, e depois de semanas para juntar os papéis oficiais que permitiriam ao pai ver a filha e de recusas e adiamentos e de semanas para exames dos documentos, em perversa manobra para minar sua resistência e coragem, a tentativa de visita esbarrava em ordens de transferência: foram várias, sucessivos fracassos. "Motivos de força maior exigiram a mudança da guerrilheira", e lá ia ele começar de novo. Outra vez filas, outra vez documentos, fotos, autenticações, conseguiu vê-la muitos meses depois de sua prisão.

Em meio às trevas e à exasperação, Isabel nos convidava ao mosteiro para sua Profissão dos Votos Perpétuos, lembrava a alegria de anos atrás, a última ocasião em que a família se reunira: "É tempo de Páscoa, de Ressurreição. Façamos juntos a travessia, não imagino viver sozinha este dia, o mais importante de todos", e insistia: "Nosso reencontro fará perfeito o momento." Ninguém sonhava mais do que mamãe, mas ela pegou o telefone, a voz embargada: "Os tempos estão mudados..." moralmente quebrados, não conseguíamos sair do lugar. Pressões vinham do Rio, de casa, Mauro cobrava minha volta, os filhos precisavam de mim. De crise em crise, pesadelos: figuras partidas, castração e dilaceramentos.Vomitava todas as manhãs. Muitas vezes me perguntava: fosse vitorioso o projeto da esquerda, seriam diferentes as coisas? Descobrira entre os militantes um desprezo pelo indivíduo, contavam as categorias e o geral, o homem visto como espécie. E a obsessão em classificar, estruturar tudo pela luta de classes, demarcar e acirrar divisões, algumas talvez desimportantes na sociedade brasileira. É isto o marxismo? É este o sonho? Nossa visão de mundo, nossa voz, nossos interesses e afetos, tudo espelho de classe, tudo tem origem no campo econômico? Qual o espaço para mudanças? Seria diferente, se ganhassem? Eu odiava o que via, mas queria entender. Os livros de história confirmavam: nada, nunca, se entrega sem luta, nada, nunca, se toma sem luta e desde que vive em grupo o homem busca a dominação."Poder não se concede, se arranca", li em artigo de jornal. Muitas vezes me indagava: sejam de qualquer lado, representando não importa que sistema de ideias, causas eticamente corretas legitimam a truculência? Avalizam a violência? O homem conseguirá descobrir outra forma de mudar as coisas? Tem que ser conquistar, subjugar, impor, explorar, dominar? Revolta, ação e sangue e violência? Estraçalhar, para alcançar seus objetivos? *Totalitarismo cega, é tudo igual* – eu abanava a cabeça – *Radicalismo é cegueira*. Não deixa enxergar a saída. E o Brasil era triste.

Cortesia das Forças Armadas, um general amigo da família conseguiu que fosse liberada uma visita a Sofia: na sala oculta e sem luz do porão de um quartel militar, papai viu entrar a filha – a bela – arrastando os pés, ombros e olhar caídos, "um espectro, uma sombra fugidia, nada nela tinha vida." Colada às paredes, cabelos desgrenhados, não se aproximou e à angustiada pergunta se a haviam machucado e o que poderia fazer por ela, ouviu, "como uma lição decorada", que não a procurasse e tentasse viver o melhor possível, porque a prisão e os maus-tratos "estão dentro das expectativas de um militante, sempre os entendi como possibilidade e não alteram minhas convicções." Voz sumida na escuridão do quarto onde se refugiava, eu ouvia papai: "Ela mantinha firme a voz, mas baixa a cabeça e nada falava, nada fazia sem antes buscar o olhar de aprovação do carcereiro, um mulato forte, jeito dominador, que rodava nas mãos a corrente prateada de um chaveiro." Contou que o encontro durou uns trinta minutos, "uma eternidade, parecia não acabar, ela o tempo todo distante e defendida e eu sentindo inúteis as mãos – eu que imaginara apertar as dela, beijar minha filha e acariciar sua cabeça – as palavras não saíam, não sabia o que fazer", e que, sem que uma palavra fosse dita, "talvez a um gesto do homem, para mim imperceptível", a filha se virou e se encaminhou para a saída: "Então, já quase à porta, ele parou à minha frente – era troncudo e alto, um palmo a mais do que eu – levantou o queixo para me olhar mais de cima e falou entre dentes, como se desse uma ordem: "Fomos colegas de faculdade, ela, a mais bonita da sala, uma burguesinha afetada, e eu um pobretão, um fodido, mas sua filha nunca me tratou mal, falava comigo de igual para igual e eu a admirava. Eu era louco por ela. Não posso fazer muito, mas pode deixar que eu cuido dela. Sei das coisas, conheço todo mundo, vou acompanhá-la, ela está entregue, enquanto puder, eu cuido dela." Papai se interrompia, a voz um fiapo: "Um sargento me escoltou até a saída e passamos por um pátio escuro e murado, uns doze metros quadrados de sujeira e desolação (*o coração das trevas!*), onde vi um grupo de jovens cabisbaixos. E ali, em frente ao soldado que me levava à porta, não me segurei: envergonhado, apoiei-me nele e tampei o rosto e chorei: meu país... a barbárie, a barbárie. Só na rua, ao enxugar os olhos, percebi que carregava o embrulho que sua mãe preparara para Sofia com bombons, biscoitos, livros e orações e uma blusa amarela de tricô que ela gostava muito. Voltou comigo, fechado ainda. O terror, o horror me paralisaram." Mamãe corria da cozinha (*está inteira, tem fé, acredita!*), trazia pílulas e uma xícara de café com leite: "Para de remoer coisa ruim, vai acabar doente, bota um casaco", ela dizia, "Segure na mão de Deus, confie em Sua infinita sabedoria." Ele baixava a cabeça: era delicado de sentimentos, um apaixonado pelas coisas certas, um apaixonado por nós. Entendi que fora ferido de morte (*não vai aguentar*): naquele curto prazo, naquele lugar medonho, ele se sentira destituído como pai e protetor e se destituía – *para sempre?* – como alguém que nunca duvidara do valor da Democracia, da Justiça e do Direito. "Um pedaço meu se quebrou e ficou ali"– *na sala escura? no pátio? com Sofia?* – nunca o recuperaria (Tentou outras vezes, não mais conseguiu ver a filha).

Libertada com o apoio de Sérgio, nosso primo e contato com o general, Sofia voltou para casa, ficou algum tempo afastada da atividade política, não atendia telefone, não via, não recebia ninguém – dormia de dia, tinha pavores noturnos – evitava sair à rua. Nunca se perdoou deixar para trás os companheiros, procurou-os e se expôs em ações de risco, foi denunciada e, à luz do sol de uma manhã radiosa e calorenta, ao saltar do ônibus numa esquina agitada do Centro de Belo Horizonte e sob o olhar de dezenas de pessoas, cerca de um ano depois novamente encarcerada. Passou por diversas prisões, agressões e torturas, depois chegou a notícia que fugira. Em papai, confirmou-se um câncer, o coração magoado estourou o corpo. Na cama, voltando de penosas sessões de quimioterapia, achava forças para pedir: "Recita o discurso de Marco Antônio." E a frase final, tantos anos atrás decorada pela menina ciumenta para conquistar seu lugar no coração do pai – então um jovem advogado garboso e promissor que acreditava na Democracia, na Justiça e no Direito – inundava o quarto cheirando a remédio, o quarto de venezianas fechadas, dita agora pela voz trêmula da mulher sem rumo para o político em sofrimento moral: "*Meu coração está ali com César, e preciso esperar até que ele para mim volte.*"

Não chegavam mais notícias de Sofia – havia rumores que se refugiara com companheiros na mata, fora delatada, passara por diferentes prisões, mais uma vez conseguira escapar. Correu que viajara para o Chile. Estaria no México? Não, vivia no país, disseram outros: escolhera a clandestinidade. Ligavam para a casa dos pais, vozes desconhecidas comunicavam que Diana estava bem, ou que Daniela, ou Sandra, mandava lembranças. Desligavam. Foram dezenas de codinomes, dezenas de ligações e telefonemas, desconhecíamos seu paradeiro. Depois, não mais ligaram e alertaram: o telefone deve estar censurado. Depois, seu nome entrou para a lista dos desaparecidos. Nenhuma prova, nenhuma notícia mais. Silêncio, censura. Rumores, boatos. Depois, seu nome apareceu entre os que resistiram e morreram em tiroteio com a polícia. Rumores, boatos, nunca a certeza de nada.

Haveria um auto de resistência, algum documento ou registro que confirmasse a hipótese, nos permitisse fazer alguma coisa, procurar, conhecer os detalhes da operação policial, da captura e eventual morte de Sofia? "Não, não há, são tempos de exceção, não temos gente nem obrigação de explicar nada a ninguém. Cada um que saiba se comportar", iam falando grosso e nos enxotando depressa, com raiva e desprezo, para fora da delegacia.

FLÁVIA

No quarto quase sempre escuro, entocado, papai ficava horas em silêncio – recusava visitas, se negava a ver mesmo aqueles de quem gostava, em quem antes confiava. "Preciso ficar só, refletir e tentar compreender" – imagino que cotejando suas antigas certezas com o que ouvia nas ruas e lia em jornais que driblavam a censura. De alegre e convivente, tornou-se ensimesmado e introspectivo. Por momentos, ao final dos dias, encurvavam seus ombros, caíam os cantos da boca, envelhecia mil anos. Um reflexo esmaecido do sonho brasileiro que falhou. Cochilava, o livro aberto no colo: Hannah Arendt, *Eichmann em Jerusalém*, a banalidade do mal. Lia e ardia em febre, assustava-se com o abuso, o arbítrio e a iniquidade. Não se alienava dos acontecimentos: eram raras as notícias sobre o país nos jornais, mas a imprensa repercutia o que acontecia em Praga e ele comentava: "Dubcek busca se unir a intelectuais para fazer reformas, discutem direitos individuais, liberdade de imprensa e de expressão, sonham com a criação de um socialismo mais humano na Tchecoslováquia. Será um sonho possível?" Repercutiam Stonewall: "Sabia que em Nova York, os homossexuais se uniram em rebelião contra as forças policiais para reivindicar seus direitos? Imaginem, homossexuais disputando no claro, a céu aberto! Nunca imaginei viver para ver isto." Mamãe levantava os olhos: "A família morreu, a religião morreu, o mundo está perdido." Ele se esforçava para acompanhar os acontecimentos, mas se surpreendia, se vergava às exigências do tempo: parava a leitura, tirava os óculos, punha as mãos na cabeça, questionava: "Quem deu o sinal de partida, onde e como começou esta onda de protestos, rebeliões, indignação, ódio e ira, que lambe o Brasil, Praga, Paris, Kiev e os Estados Unidos? O que significa, o que querem, onde vai parar?" Andava pela casa, parava em frente às estantes, folheava livros, descobria textos, relatórios, manuscritos: "De Sofia! Não tenho coragem de ler nem de tocar neles."

Entre idas e vindas, eu passava um tempo no Rio com a família, escapava e ajudava mamãe em Belo Horizonte. Ninguém vinha – a tristeza afugentava os amigos, a rejeição ao presente afastava os antigos companheiros, dispersaram-se – discussões políticas foram abolidas, impossível defender o indefensável. Sem jamais pôr em dúvida a inescrutável vontade de Deus, mamãe rezava e emagrecia, coçava ferozmente a cabeça: "Entregue para Deus, entregue. Ninguém melhor do que Ele conhece nosso sofrimento." Consolo para o desamparo, os interurbanos de uma Flávia animada – despejava notícias sobre sua carreira: "Ontem, fiz um teste elogiadíssimo, solei o *Concerto* de Mendelssohn, aquele que você gostava tanto. Corre que sou favorita para a vaga...", insistia que estava feliz, que a melhor coisa de sua vida fora a partida para a Europa, morria de saudades assim mesmo, e um dia tudo voltaria a ser como antes e conheceríamos Viena, nos hospedaríamos com ela, assistiríamos a seus concertos. Queria que soubéssemos a novidade – estava namorando e apaixonada – "Papai vai ficar bom, a reza de mamãe não falha, tudo isto vai passar" – e as cartas de Isabel, lidas em voz alta na mesa do café: revigorantes, nos emocionavam, nos agarrávamos às palavras – Faça-se a luz! – mas sobrevinha a dor que obscurecia a fé e, às vezes, em meio à leitura, a voz de mamãe perdia a força e a mensagem se esgarçava como se ilegível, hieróglifos de língua estranha, ou morta: "A atribulação produz a perseverança; a perseverança, a fidelidade provada; e a fidelidade provada, a esperança. E a esperança, esta nunca decepciona." Papai ouvia quieto e murmurava Drummond: "*... como viver o mundo em termos de esperança? E que palavra é essa, que a vida não alcança?*"

Uma tarde, os dois sozinhos a portas fechadas no quarto, suave ele questionou, aquele pai que nos respeitava tanto questionou: "Sempre procurei entender vocês e não interferir no universo de cada uma, mas penso muitas vezes nos caminhos que escolheram, tão na contramão da maioria: Isabel vive longe e reclusa – é com esforço que recordo o rosto da menina de olhar radioso – largou tudo para servir a Deus, este Deus de quem às vezes duvidamos, que tantas vezes parece indiferente, não escuta, não fala; Sofia sempre contestou, talvez desprezasse nossa concepção de mundo, e em nome de sua causa, deixou-se dilacerar na guerrilha; Flávia, a nossa caçula, a irreverente criadora, a que sempre rechaçou o rebanho e defendeu com ardor seu modo de vida, fez as malas e se isolou em país distante, nós que a amávamos tanto. Você ficou, me pareceu afirmar a vida e a realidade, sempre a senti como a que melhor aceitou a vida como ela é e não como a sonhamos, e está sempre por perto, escolheu o marido que quis, teve filhos, faz seus cursos, não tem problemas financeiros, mas vive ansiosa. O que aconteceu, onde nos perdemos?" Empalideci, a boca secou, ia responder: "Achei que casar e ser feliz era suficiente. Me sinto pela metade. Foi engano, não sei o que fazer." Calei-me. Quase disse: "Ideias e abstração demais, corpo de menos", mas era tarde, estávamos demais machucados. Sem uma palavra, sorri e apertei sua mão. Aquela noite, mais do que em outras, senti saudades e temi pelos filhos: Letícia, Marina, Júlio, onde estão, como estão? Senti saudades de Mauro, e lembrei seu olhar decepcionado. Entendi o que é ternura e compaixão: senti por ele, por mim, por nossos sonhos desistidos. Mauro, o cabelo caído na testa, a camisa desabotoada. Mauro. Voltei para o Rio. Quando dava, passava em Belo Horizonte os fins de semana.

O câncer avançava, não sabíamos a verdade sobre Sofia, seu grupo se esfacelara, a toda hora chegava a notícia de mais uma prisão, uma captura, uma morte: "Não vou ver mais seu rosto nem ouvir sua voz." Aproximava-se, dizia a meu ouvido: "Cuide de sua mãe." Deixou uma carta onde falava de seu amor infinito por nós, definia seus valores e crenças políticas, sua ética (entendi: era uma mensagem para Sofia). Percebi a iminência do fim e avisei Flávia, que cancelou concertos e veio. Chegou falante, parecia animada e bem disposta. Muito magra, cabelo cortado bem curto (só sobrava o penacho vermelho), *parece um menino levado*. Havia nela um novo langor, acordava lenta e se espreguiçava, remanchava, cantava baixinho e se deixava ficar na cama e se enrolava outra vez, eu puxava as cobertas, ao trabalho, levanta, preguiçosa e ela ria, se espreguiçava, outra vez se enrolava. "Sinto frio o tempo todo." Dias depois teve febre, queixou-se de falta de ar, cobriu-se com lãs, vestiu meias grossas: confessou serem frequentes estes episódios e os atribuía ao cansaço, à agenda sobrecarregada e ao clima difícil da Áustria. Ainda assim valente, se entupiu de vitaminas, recuperou-se e nos dividimos na assistência a papai – nos revezávamos a seu lado – enquanto mamãe, calma e confiante: "A providência divina...", passava o dia em círculos de oração, reunia amigas para o rosário. E vinha, de hora em hora, tirar-lhe a temperatura, tomar seu pulso, trazer o remédio e o copo d'água, ver se estava agasalhado, mostrar a seu companheiro seu quanto de amor. (E como em nossa casa era sempre tempo de Drummond, lembrei: "*O Amor antigo: mais triste? Não. Ele venceu a dor e resplandece no seu canto obscuro, tanto mais velho quanto mais amor*").

Revezávamos também em curtas caminhadas ao sol, e uma manhã, passando por uma moça muito bonita, papai – setenta e muitos anos, o porte altivo e corpo empinado, mas corroído pelo câncer – virou-se para acompanhar seu andar. E ao ver que eu seguira seus olhos e tinha nos meus uma mistura de ironia e piedade, sacudiu os ombros e disse o que eu nunca esqueci, o que agora eu sei: "A vida pulsa forte. O corpo envelhece, o desejo não." De outra feita, Flávia chegou contando que conversaram sobre mamãe, e ele disse: "Tenham carinho por ela, é atada a uma religião dura, a religião da letra, que deixa pouco espaço para a suavidade. A vida se transforma em luta tenaz entre bem e mal, vício e virtude." Parou, sorriu: "Lembra-se quando descobriu o cinema? Vibrava com os finais felizes?" Suspirou (*eu era capaz de ouvi-lo falar*): "Quanto a mim sempre fui um pai fraco, em mim o amor debilita. Muito cedo percebi que amava vocês tão intensamente que não saberia conciliar amor e energia para educar. Então, escolhi o amor, a contemplação e a especulação, o que eu gosto mais. Fiquei com o lado bom e deixei para sua mãe o trabalho sujo e duro, o negar, o proibir, o castigar, o censurar. Não foi justo, mas foi assim." O passeio terminou em um abraço, sem tristeza: "Não vou durar muito. Levo a certeza de que tive uma ótima companheira, as mais queridas filhas e uma vida bem vivida, dentro do que acredito de valor maior. Sonhei muito e alto, nem tanto realizei e não sei se existe outro lado, mas para onde eu for carrego saudades do sorriso, do olhar e do jeito de cada uma, todas prediletas." O sedutor de sempre (Uma vez, anos antes, lhe perguntei, olhos nos olhos: “Diga a verdade, quem é sua preferida?” E ele, sem titubear, disse: “A ausente, até que volte; a doente, até que cure, a que sofre, até que...”). Outra vez, ao voltarmos de um passeio pela praça da Liberdade, já quase no final, ele interrompeu a caminhada para olhar o céu sem nuvens, a grama bem aparada, as flores; “Quanto mais vivo, mais acredito que o homem deve ser avaliado pela intenção, por sua bondade e retidão. O que vale é o que o homem sente e não sua ação no mundo” Àquele momento, eu pensava o contrário, recriminava em mim o não agir, a minha falta de coragem para mudar as coisas. Ia retrucar, quando entendi o que ele queria me dizer, o que queria deixar, ele conhecia seus enganos. Balancei a cabeça e fiz que sim. Com tristeza, assenti. Acreditaria ele que se a intenção era reta, tudo se justificava? Que dor eu via no pai. Dois ou três dias antes de sua morte, em casa, sentados à mesa do lanche, ele sem alterar a voz, um comentário entre outros: “Não sou capaz de pensar no futuro próximo do Brasil sem tremer.”

O médico confirmou: “Restam poucos dias.”

Foi um doente estoico, sem excessos, queixas e gemidos. Nos últimos meses, de forma comovente, reconciliou-se com a vida: assistia e voltou a torcer por futebol na TV, convocou os amigos e retomou contatos, rememorava casos, voltou-lhe uma certa ironia, fugia para uma cerveja, releu livros policiais. Uma lucidez! À noite, por um velho telescópio comprado em catálogo, via as estrelas e as nebulosas, apontava planetas e constelações, Centaurus, as Três Marias, Columba, Crux! Sabia ser tarde, mas voltava à vida. Uma noite, Flávia e eu à cabeceira, perguntei à irmã por que escrevia tão pouco, por que não nos enviara fotos nem nos fizera conhecer seu companheiro de quem falava nos telefonemas, e ela respondeu, voz quase inaudível: “Companheira, companheira.” Fiquei transtornada. Pouco a pouco, igual a um filme que roda ao contrário, cenas, palavras, imagens, sensações voltaram à lembrança, aclararam-se, ganharam significado, voltei a nos ver meninas de tranças, a ouvir nossas conversas e os soluços no quarto e fui compreendendo a silente, encoberta – e dolorosa – solidão de Flávia. “Não me idealize”, disse no escuro, “não foi unicamente a música que me levou para longe.” Tremia: “Tão bom confessar, não sei por que adiei tanto, mas nas cartas e nas vezes em que nos encontramos, você me pareceu sempre feliz, tão felizinha, casadinha com marido e filhos, sua vida 'normal'. Pensava: como ela vai reagir?" Disse que antes de Viena, "especialmente no período da adolescência" (*a época em que éramos mais próximas!*), sempre se sentia incompleta, inadequada, de fora. "Não ousava viver meu desejo, acho que nem o conhecia. O tempo todo um mal-estar, um não caber, eu não me ajustava, não tinha um lugar. Mais do que a música, fui em busca de mim, encarar meus fantasmas." Emudecida, ouvi ainda: "Não notou que eu fugia? Nunca reparou que eu não atraía meninos? Nas minhas ardentes paixões pelas colegas, no desalento, no desconsolo, uma choradeira a cada separação de uma companheira, a cada mudança de escola? Em Viena, ao descobrir minha paixão, fiz de tudo para dominá-la, não ser tomada por ela... Tanto medo! Se houvesse no mundo um antídoto, uma fórmula, um exorcismo, uma poção mágica, qualquer coisa capaz de me segurar e me mudar, eu tomaria, fecharia os olhos e tomaria. Sempre fomos tão amigas, tão próximas, não percebia?" E eu respondia triste: "Não, desculpe, nunca suspeitei. Não, desculpe, não fui sensível a você. Não, desculpe, desculpe." (E ouvia Fernando Pessoa perguntar baixinho: *Conhece alguém às fronteiras de sua alma para que possa dizer – eu sou eu?*)

A poesia de Pessoa me consolou um tanto, mas é terrível descobrir como sabemos quase nada de quem gostamos muito – no caso, a irmã mais querida – e entre todas as revelações que ouvi, esta foi a que mais machucou, pela abominável ideia de *confissão*, pelos anos, afetos e palavras perdidos e pela falsa imagem que construíramos – e nos afastara – uma da outra. À tristeza, somava-se a frustração de uma vida inteira: naquela noite, a mulher que se julgava crescida e adulta, *madura e experiente*, voltou a ser a garotinha de anos atrás, assustada entre irmãs mais fortes, mais talentosas e muito mais nítidas, a que secretamente acreditava e se orgulhava de ter como riqueza o olhar e a memória. A que tomara para si a tarefa de guardar e juntar, entender e interpretar seu mundo. Agora mulher feita e vivida, imaginava se haveria um jeito de voltar atrás e dizer à menina que inviável era seu projeto, que não perdesse tempo, por mais que observasse e guardasse e encadeasse era impossível a certeza sobre o outro, sobre qualquer outro. O incontrolável outro. Antes de dormir, repassou lembranças de Flávia, chorou por Sofia, teve saudades de Isabel e da infância e recordou olhares, sentimentos e trocas e confidências e percebeu que dali em diante relacionar-se seria ainda mais difícil, que nunca mais teria como escapar de dúvidas quanto à fidelidade de seus registros e impressões, sobre a natureza, o íntimo da gente entre as quais vivera sempre.

Cismava. Quieta na escuridão, suava frio, as mãos dormentes – *que pretensão é contar a história, qualquer história de gente de verdade, este feixe de tristeza, falta, solidão, desespero e medo. Este punhado de sonhos e deslumbramentos.* Perguntou-se: *seria então descabido e inútil o esforço para se comunicar e amar o outro, se aproximar, apoiar e compreender?*

Então, na noite seguinte, a irmã querida da vida inteira e de um dia atrás, agora dotada de nova dimensão e exigindo de mim um renascido olhar, remexeu sua valise e trouxe à sala um disco de tristes canções alemãs, que botou baixinho na vitrola. Sentou perto e me mostrou a capa, ilustrada pelo rosto de uma bela mulher e o título *Amor Fati*. E no silêncio e na escuridão das horas que avançavam, no quarto ao lado o pai em agonia e a mãe em oração, falou de impossibilidade e vergonha, de machucar e ser machucada, de dor e abandono, mas também de alegria e êxtase, de fulgurantes descobertas e do irromper da sexualidade em Viena, "longe da família e do pânico" – descreveu sua parceira "direta, serena e romântica, tudo junto como só uma alemã sabe ser, contraponto a meus exageros latinos." E disse que ela era linda. E que tinha uma voz magnífica. "Viajei para me aprimorar, estudar, conhecer, conviver e tocar ao lado de músicos importantes, conquistar o público e me apresentar em salas de prestígio. Mas na noite em que a ouvi cantar, sentada entre a plateia fascinada que a aplaudia, tudo se esfarelou, percebi que estudo, fama, carreira, orquestra, não me preencheriam, era parte do que eu precisava, e o que eu precisava era além e diferente. Insisti para que nos apresentassem, eu não enxergava e nem queria mais nada." Contou da paixão comum pela música e sobre como vinham as duas – juntas – buscando viver a expressão latina que Nietzsche tomara emprestada para designar o homem que se fazia grande – *amor fati*, o amor ao destino, o amor ao fado, ao inevitável, ao justo e ao injusto. Disse: "Mais do que aceitar, amar a vida. Não querer ser nada diferente do que se é... não só suportar o necessário, mas amá-lo." Éramos de novo duas garotas de tranças, pernas finas e cheias de espinhas no Leblon, intranquilas, à procura, à procura – a vida recomeçava, em termos mais reais agora. Bebíamos vinho tinto, lambiscávamos queijos fortes e ela fumou uns e abrimos as janelas para espalhar o cheiro e fomos ficando ligeiramente tontas, e no meio de toda aquela divagação, daquele tardio recomeço, demos boas risadas ao recordar com ternura a saborosa figura de tio Téo – então um velhinho magro de bengala, desde a queda mal explicada de um muro de três metros, segundo as más línguas fugindo de um marido zeloso – e acordamos ser ele, entre todos os conhecidos, vienenses e brasileiros, quem chegava mais perto do ideal nietzschiano, quem mais prazerosamente se entregava à aventura da existência. "A vida não me deve nada", ele manquitolava magérrimo pelas ladeiras da cidade, olhos astutos e gulosos, um charuto na boca e, a seu lado, sempre, uma mulher apaixonada. Da aberta janela em frente vinha o som de conversas e brindes barulhentos, acontecia uma festa e pessoas dançavam, comemoravam – um aniversário? uma formatura? a vida? um nascimento? – e por instantes acendemos também as luzes, enchemos os copos, nos juntamos à alegria de vizinhos que mal conhecíamos, acenamos. Comemorávamos também. O reencontro. Depois, as despedidas ruidosas, as luzes se apagaram, fecharam a janela. O dia vinha vindo, o cansaço nos tomou e voltamos a ficar quietas e um tanto tristes e a prestar atenção à música, mais alta e forte que o frágil, mas audível sibilar da respiração do pai. E segurei o choro e nos abraçamos quando, a uma pausa no harmonioso coro de vozes femininas – o tempo diminuto de uma pulsação – ergueu-se a voz da solista, uma soprano de timbre cristalino como água de fonte, e Flávia disse baixinho: "Hannnelore."

Não há muitos sofrimentos piores do que ver quem amamos morrer entre dores e saber que somos inúteis. Ser passiva sempre foi, é, o maior castigo. Sem saída, esperar – o quê? Nos curvamos e suplicamos à morte que venha depressa. Ela escapole, tinhosa, autoritária, impõe seu ritmo e a inutilidade pode se estender por semanas, meses, anos. E os filhos precisavam de mim. E eu sentia saudades deles e queria voltar para casa. Tanta aflição no peito, tanta divisão. Adiava: não era justo deixar mamãe sozinha, o trabalho era demais para Flávia, *ela se fatiga à toa*. Fosse embora, me cobraria. *Sempre arranjo um jeito de me sentir culpada*. Restam poucos dias, dizia o clínico. "Restam poucos dias", eu me dizia à noite, ao me atirar na cama exausta e desanimada, sabendo que cada minuto que eu ficava era um a menos na vida que se extinguia em papai.

O fim foi um lento apagar-se, e uma tarde ao curvar-se para vestir a calça do pijama, ele perdeu o equilíbrio, caiu e não se levantou. Na queda – segundo mamãe, um movimento suave como em câmera lenta – sua cabeça raspou na mesa de cabeceira e do lado direito de seu rosto ficou um longo arranhão: é assim que me lembro dele, mistura de integridade e força moral com aquele risco vermelho, fino e delicado como o traço de um calígrafo. Minutos ali, caído no chão e mamãe gritou e o cobrimos e o pusemos na cama – descalço, muito branco, frágil, magro, não tinha peso nem carnes o homem que partia sem conhecer a ganância ou a avareza. Que amou sua família, os livros e a dignidade com paixão. E vi seu corpo e vi seus olhos e ele não olhava, os olhos não serviam mais, não refletiam, e bateu a dor: "Papai morreu." Vieram os vizinhos, os políticos de terno preto, palavreado solene e discursos compungidos, os amigos – a casa foi tomada por gente, sussurros e pranto. A loja de loteria, a banca de jornais e o café da esquina fecharam suas portas e os donos vieram chorar conosco. O guarda da rua pôs fumo na manga, fungou e disse: "Vou sentir muita falta dele." Ex-governador de Minas, xodó e amigo desde sempre, Hélio Garcia nos abraçou e falou simples: "Morreu um homem bom", e é isto que ele era. Meses depois, o prefeito de Sabará o homenageou dando seu nome a uma escola municipal, e mamãe – uma figura grega, roupa escura, rosto crispado e cabeça altiva – descerrou a fita, subiu um tablado e leu com voz firme um curto discurso agradecido. Festejamos sua força e ousamos acreditar: vai resistir.

Flávia voltou para Viena, retomei a vida no Rio, passando quando possível o fim de semana com mamãe. Acordava, abria a janela, chamava meu nome, me dava a bênção, falava de futuro. Levantava-se, ia à missa, lento passo a passo nas ruas sobe-e-desce, missal debaixo do braço, véu na cabeça. "Entrei na terceira semana da novena do Sagrado Coração de Maria. Comunguei e pedi por vocês", víamos TV, nos dávamos as mãos – tinha as suas sempre quentes – me olhava aflita: "Você me preocupa: dispersa, ansiosa, vulnerável às tentações, a mais sujeita às fantasias e aos homens formosos" (de onde tirava isto? *ah ela não sabia nada de mim!*), sorria e voltava à novela – torcia contra os vilões, acreditava na vitória do bem, olhos molhados aos finais felizes. *Quase oitenta anos e acredita em finais felizes.* Nunca falava de Sofia: acreditava ainda? Reclamava de desânimo – camisola comprida e meias de lã, dormitava horas na poltrona descascada de papai. Tinha sonhos com Isabel, sua preferida, fazia planos de ir ao mosteiro. Raras vezes, falava de Flávia, "a mais estranha, não se liga a ninguém, só a música lhe interessa."

De manhã, vinham amigas e enchiam a casa de flores e falas. Afastava as cortinas, cantarolava Massenet, buscava a luz clara dos dias de verão. Em seguida, quase sem intervalo, era invadida pela melancolia. As tardes, passava debruçada sobre o tabuleiro onde, tantos anos atrás, seu pai fazia simulações de guerra com soldados de chumbo – montava infindáveis quebra-cabeças com cenas provençais e castelos da Idade Média. Peça no ar, casual: "O mundo não para, não adianta reclamar, mas quero saber: nossa família tem isto que hoje ficou tão comum, este negócio de homem com homem?" *Quase oitenta anos e não cede.* Respondi, "tem." Coçou a cabeça, voltou ao passatempo. Fim de semana seguinte, enquanto procurava na caixa a cabeça de um trovador: "Mulher com mulher não tem não, tem?" Afaguei sua cabeça magoada, beijei as rugas de seu rosto, ajeitei em seus joelhos a manta verde de tricô e ternamente falei bem de perto – ela já quase não escutava – que a amava muito, que ela era a melhor mãe do mundo, que intercedesse a Deus por nós e disse, "não, não tem." Os olhos verdejaram. Dois invernos depois, não acordou numa cinzenta manhã de junho. Ela acreditava na vida eterna, na ressurreição da carne, no amor único. Impossível imaginar que sobreviveria a papai, impossível imaginar que seria diferente.

Chamaram e chegamos para o adeus, de ônibus no final da tarde – os meninos vieram comigo. Os quatro, doloridos, cansados e batendo queixo: além do frio na alma, enfrentamos dez graus à passagem pela Mantiqueira. Um entardecer triste, cinzento, gelado. Vizinhas haviam tomado as primeiras providências: encontramos a casa arrumada e varrida, a mesa posta como em dia como os outros, na cama, em paz, mamãe vestida, os cabelos penteados, crucifixo entre as mãos. "Tudo organizado: em poucos minutos virá o carro para levá-la à capela", alguém disse baixinho. *Um dia como os outros.* Trêmula, beijei seu rosto frio. Companheira de retiros e rosários, amiga desde os tempos de colégio, tia Zezé me empurrou uma colher de sopa quase pelando: "Tome, vai esquentar, é de mandioca, eu mesma fiz para vocês", e lembro que pensei: "*No Rio, a gente fala aipim*", antes de desmontar e me aninhar nos seus braços gorduchos e quentes e chorar tanto e por tanto tempo que eu nem pensava possível caber tanta lágrima assim nos olhos de qualquer pessoa.

Por muitos anos depois de sua morte, sonhei com vácuo, falta de paredes, falta de chão: os pés buscavam apoio, não encontravam, era o abismo. De Isabel, recebi uma carta triste: "Agora somos órfãs, perdemos nosso lastro." Lastro, é isto o que ela era, é isto o que mãe é: a segurança que aprisiona. *É isto o que eu sou para meus filhos?* Não foi um amor fácil como o pelo papai, o cativante sedutor: reta, maciça, severa, não facilitava. E, em especial nos tempos de nossa juventude, aquele catolicismo arrepiante, herdeiro do Tribunal do Santo Ofício, culpa e pecado, culpa e pecado! *Como escapar? Terei escapado?* O tempo, a saudade e a ausência ensinam a descontar: mamãe foi o melhor que podia ser, tinha a convicção de fazer o que era certo, o que entendia melhor para nós. E deixou o legado da palavra firme, de compromisso com o outro, do que chamamos lealdade. O tempo ensinou a entender que não teve escolha (*o quanto de escolha cada um tem?*), nunca lhe apontaram outro caminho e, aluna aplicada e cumpridora do dever, repetiu à perfeição (*mínimos rasgos, aqui e ali*) – até quase perto do fim – o aprendido na infância. E era uma lição terrível, de negação do desejo. *E, no entanto, mamãe não era infeliz. Ou era?* Volto no tempo e consigo distinguir entre as grades a mulher que ensinou e viveu o que acreditava, o que *aprendera* ser justo. Até hoje, me pego em conversas com ela – a partir de seu olhar hoje apagado, revejo posições, discuto, refaço. Tantas vezes nós quatro falamos de mamãe: descobrimos que cada uma tinha a sua. Dela guardamos lembranças muito diversas, e a palavra que me machucou, a frase dilacerante, não existia na memória da outra, o recordado com doçura de uma era ressentimento na irmã, *aquele dia na praia, aquele grito, aquele bater de portas, o jeito desinteressado, aquele ar de censura, aquela condenação,* só uma registrou. Tudo é parte, fragmento, o que chamamos gente é o nosso recorte de gente.

Bom estar a seu lado naqueles tempos difíceis, dor e perdas de todos os lados: a prisão de Sofia, as dificuldades de meu casamento, a vida como ela é e a perda de papai a adoçaram – *me adoçavam?* – e seu olhar ganhava maciez, mansidão, perdia a assertividade. Abandonava-se. Vagueava, se deixava perder na rua, telefonava para que fôssemos buscá-la: sentada num banco de praça, apontava: aqui conheci seu pai, de calção branco, bonito, jogava tênis muito bem – ou se perdia em meio a uma frase. Aprendia a rir de si mesma. Por vezes, nossas conversas acabavam em abraços emocionados, ela deixando escapar a curiosidade, querendo saber mais sobre meus "namorados", minhas "paixões", meus "homens bonitos." Nunca existiram, era pura imaginação, e não entendi jamais por que a mim os atribuía: em verdade, meu casamento acabava em dor, Mauro e eu já quase nada tínhamos em comum e, no campo amoroso, boa parte da vida, eu vivera numa aterradora solidão – mas eu exagerava e inventava casos, cenas e nomes, engendrava romances ardentes, traições e tristezas crepusculares e reconciliações lacrimosas, encontros insuspeitados numa tarde de verão, rompimentos dramáticos em noites de inverno – tudo para ter a deliciosa oportunidade de ver minha mãe arregalar os olhos e soltar risada, ver nela ressurgir a amante dos filmes coloridos, dar uma leve palmada no meu rosto e confirmar, matreira: "Ah esta Celina, sempre uma presa fácil da lábia de aproveitadores!"

Tanto desencontro, tanta insegurança, sem me formar, sem profissão, sem experiência, três filhos, como começar, como dar conta, ganhar a vida e dirigir meu destino? Que espaço para me locomover? Fazer o que com meus sonhos? Pegar os filhos e voltar para Belo Horizonte, para a casa dos pais – e papai está muito mal, o médico disse que não lhe resta muito tempo – e me submeter, trocar por outra minha dependência, outra ainda mais complicada e infantil? Contar com quem? Sofia, desaparecida; Flávia, em Viena; Isabel tão longe, no mosteiro.

E Mauro precisava de mim, as crianças precisavam de mim, mamãe e papai precisavam de mim. "Quem quer saber o que eu preciso?", gritei um dia sozinha, sentada encolhida no ladrilho gelado do banheiro. "Quem me pergunta do que eu preciso?"

Vivia esgotada, impossível me concentrar. O casamento estava no fim, não se respirava, os filhos baixavam os olhos. Fui buscar a psicanálise. Precisava me entender melhor, harmonizar minhas divisões – rígidas convicções religiosas, rígido sentimento de dever conjugal, rígido dever filial – rígido, rígido, rígido – e feroz, ferocíssimo desejo de independência. Depois de três entrevistas e três frustrações: um psicanalista me atendeu deitado na rede, eu em vias de desintegração e ele balançando pralá e pracá, fumando um charuto mal cheiroso e dissertando sobre complexo de Édipo, recalques, totem e tabu? Não queria saber disso. O segundo exibia no hall de entrada do consultório gigantescas jarras chinesas que me intimidaram pela ostentação, nem bati à porta e tomei o elevador de volta; o terceiro, famoso, inteligência brilhante, em meia hora me atordoou com quatro ou cinco interpretações cintilantes – uma overdose de tomada de consciência – e ao sair para a noite chuvosa e escura – era véspera de Natal, milhares de pessoas molhadas com guarda-chuvas abertos entravam e deixavam lojas, carregadas de risos e embrulhos – perdi o rumo, parei numa esquina e não sabia onde estava, qual o meu nome, o que fazia ali, para onde voltar? Escorreguei, me levantei e sacudi a roupa molhada e pensei vou morrer, *a vida é barulho, conflito, erros, medo e tumulto demais. Nunca vou dar conta dela.* Amiga a quem contei a sessão confirmou: "Ah é um gênio mesmo, dizem que é do tipo mata ou cura. Se cura, a pessoa fica o máximo, conscientíssima, pra vida inteira", mas não voltei: medo de não sobreviver a tanta fulgurância, tanta lucidez.

Alguém indicou o nome de Rubens Molina, e dei de cara com um jovem – mais novo do que eu – um jeito diferente de vestir e ser, mistura charmosa de técnica, atrevimento e afeto, e que me perguntou: "Veio buscar instruções?" (*a voz não era autoritária.*) Respondi: "Não. Não quero que você me ensine a viver a minha vida." Perguntou: "Veio à procura de um guia?" (*a voz não era excludente*) "Não, quero aprender a entrar em acordo comigo mesma." "Veio à procura da felicidade?" (*a voz não era cínica*) "Vim à procura de uma vida mais parecida com meu desejo." Abriu a porta: "Entre" (*a voz era pura disponibilidade*), me deitei no divã de dr. Rubens e iniciei a sessão: "Vim tentar fazer a síntese impossível." Sempre sentira a ambivalência de minha formação como dor, e muito sofrimento se passou antes de eu admitir como inúteis meus esforços de unidade, e entender a fragmentação como força constitutiva, condição de meu existir.

Fui sendo iniciada em um novo mundo. Comecei a me compreender e aceitar melhor.

Viva Sigmund Freud! Li O *mal estar na civilização* e desabei: ali estava a tradução do homem, minha tradução: a luta para me acertar com o mundo e com o outro, o preço de minhas repressões, minhas neuroses, a dificuldade de compreender, as carências, o não ao melhor de mim mesma. E ali comecei (*longo, infindável tempo*) a desvendar meus mecanismos e condicionamentos, trabalhar minhas contradições e me livrar de amarras desnecessárias (*muitas ainda hoje em mim. Para sempre?*). Um sofrido aprendizado. Mauro pagava minha análise, o que era difícil para ele e para mim: não sabíamos onde nos levaria, talvez nos aproximasse? Talvez nos afastasse? E também ele procurou apoio: lutávamos ainda pelo casamento; em nome dos filhos? Em nome de quê? Então, papai e mamãe morreram e retomei os estudos. O último ano foi um pesadelo, falava-se de informantes em salas de aula, eram proibidas as reuniões entre alunos, liquidaram o sistema de turmas e implantaram os créditos. Tudo difícil, em casa e na faculdade, vivíamos com medo. Menos de dois anos depois, meu casamento acabou de vez – e mais não digo deste tempo de perdas e dolorosos ganhos, tristeza e cansaço e abandono de sonhos, que teve fim em uma noite em dezembro – uma quentíssima noite de dezembro, o ar parado e o suor escorrendo por minhas costas enquanto eu caminhava pela rua escura em direção à Gávea: eu ficaria uns tempos num mínimo quarto e sala emprestado por um amigo: nos fins de semana, meus filhos vinham, e enfileirávamos colchonetes no chão, dormíamos pelos corredores – quando fui embora me empurrando em busca de meu caminho e de minhas rédeas, me segurando para não ficar, não desistir, não voltar, não olhar para trás. Tudo era dor em mim. Fui embora e por dentro eu pedia perdão, que me dessem licença, que me entendessem por favor, mas eu tinha que seguir a lei de meu desejo, eu tinha que ir, que tentar, mas eu não queria, ah por favor eu não queria machucar ninguém, eu não queria que meu querer machucasse tanto, mas o fato é que eu queria, eu queria, eu queria. *O fato é que eu quero.*

Ele nunca soube, mas sentado na sala de espera, quieto e meio triste, vestido de odalisca com uma calça bufante e um bustiê colorido, tiara com brilho nos cabelos compridos e cacheados, pernas cruzadas e, solta no pé que balançava, uma babouche rosa choque, o simples fato de estar ali atuou como força propulsora – nunca saberei se retardou, estimulou, provocou, acelerou, ou confundiu – meu processo de análise. É que ele – meu maior ídolo da música brasileira – era paciente do mesmo analista, com hora logo depois da minha. Lá chegava eu para minha sessão e me deitava no divã, vestidinha de dona-de-casa-classe-média, com queixas e resmungos de uma vida-classe-média, de problemas de casamento-classe-média, e de repente minha voz paralisava, eu me perdia em torturantes fantasias sobre como deveria ser enjoado, tedioso mesmo, ouvir problemas tão corriqueiros e domésticos, como dr. Rubens deveria estar ansioso para acabar logo a minha hora e dar entrada ao criativo, perseguido e censurado príncipe oriental, o antena da raça com suas vestimentas *fulgurantes*, suas *magníficas* neuroses *artísticas*, seus casos *complexos e extraordinários*, sua *desvairada genialidade*.

A desvalia me tomava e me emudecia, eu considerava insignificantes meus problemas, minhas questões, ridículas. Cinquenta minutos e eu saía porta afora como uma ventania, coração agitado, cruzava com o mito e nunca nos olhamos nos olhos ou nos dissemos "Bom Dia." Mas nos segundos de minha passagem por ele, eu o fotografava por inteiro e era capaz de perceber se estava mais, ou menos, melancólico e descrever para mim e mais tarde aos amigos a cor, o modelo, o tecido, o bordado, o penteado, o modo de sentar e mexer com a cabeça, o balançar do pé no ar, todos os detalhes de sua figura poderosa. Um rajá indiano! Um príncipe, sentado na cadeira da sala de espera – e triste! Por que era triste? Em estado de iluminação, à saída eu recompunha o ritmo da entrada de ar nos pulmões, o pulsar do coração, e na memória, a imagem do criador de "Alegria, Alegria", marco afetivo e musical, hino do desejo de minha geração. O pesadelo e o êxtase, a paralisia e a dor duraram quase um ano – período em que gastei boa parte de minhas sessões em delirantes fantasias sobre sua magnificência psíquica – e só terminaram quando eu ou ele mudou a hora da consulta – ou terá sido antes, quando retomei a faculdade? ou meu tratamento já surtia efeito e eu não desvalorizava meus sentimentos? ou eu o percebia tão triste como eu? Ou, ou? – e não mais nos cruzamos naquela sala de Botafogo, onde nos reuniam o divã, a vontade de descobrir o viver de forma mais integrada e mais leve e o envolvente e severo saber de dr. Rubens.

Mulher desquitada era uma ameaça, amedrontava, ficava falada, tachada de *perigosa, vamp, fatal, tentação,* e muitos (mais *muitas* do que *muitos*) se distanciaram, viraram a cara, fingiam não me ver, fecharam as portas. Tão mais fácil falsear, simular, não deixar vir à tona! Ouvi de colega de infância, Ana Vitoria, até então muito próxima: "Estou grávida, pela quinta vez barriguda, me sinto disforme e feia e prefiro que não me procure, que não venha aqui em casa. Dá um tempo: todo mundo sabe que a desquitada é a melhor sobremesa de marido da gente." Outras me procuravam: feridas, ofendidas, sem forças, infelizes, desfiavam suas dores, falavam de infortúnios, pediam conselhos que eu não tinha, buscavam o encorajamento que eu nunca lhes daria: "A vida é difícil aí dentro, é difícil cá fora, tem que ver o que quer de verdade e se tem coragem. Se tiver, tome a decisão e pague o preço." A mística feminina – a mulher-perfeita-bonita-carinhosa-ótima-dona-de-casa-mãe-feliz-amante-incansável-pura-e-generosa – e o preconceito social vigoravam forte, desviar do padrão trazia pânico (não à toa, tantos anos levei pra tomar coragem) e às vezes voltava a vontade de fechar os olhos e deixar tudo como estava, voltar à dor e à tristeza velhas conhecidas, pra que inventar outras?

Formada, arranjei trabalho com o apoio dos melhores amigos que alguém pode almejar – *à la* Blanche Dubois, dependi, como nunca, da bondade dos outros. Não me esqueço de nenhum: muito sonho, três filhos pendurados e a necessidade de sustentar minha gente, e sem eles, não sairia do chão. Com eles, saí. Engatinhando, saí. Fui aprendendo a contar comigo mesma. Com os amigos que ficaram. Com o trabalho. E com os filhos, doloridos pelo antes, doloridos pelo agora. Aprendemos juntos. Cabeça aberta para um mundo aberto. Comecei a ganhar autoconfiança e dinheiro, larguei o quarto e sala emprestado e com meu salário, um dinheiro herdado de papai e mais minha gana por independência, aluguei apartamento (pequeno, mas pago por mim) no Leblon, um bairro então ainda pouco valorizado. Com alegria, olhamos pra frente. No começo, foi difícil viver com menos. Aprendemos juntos. Fizemos do diferente a nossa cara, o nosso jeito. Ensinamos uns aos outros. Acerta e desacerta, dor e alegria. Descobertas. De agora em diante, serei a trêmula autora, vou assinar presença no tempo de minha vida, fazer minhas escolhas, assumir meu reinventar. Trêmula.

Às apalpadelas, prendendo a respiração, intoxicada de uma nova liberdade, a mulher foi viver sem a segurança do casamento, de garantias formais, de um homem forte a seu lado. Tantas vezes parecia perder o rumo, nada onde se agarrar. Firmava com força o pé no chão, se amparava nos muros e neles deixava correr as mãos para sentir suas asperezas, para sentir sua resistência. Anos de um triste-alegre aprendizado, de ir e vir, de namorar, ah de namorar, de ficar solta, se achar bonita, se achar um trapo, de voltar a curiosidade, ir a exposições, filmes, concertos, ler todos os livros, andar pelas ruas como se pela primeira vez. Queria engolir a vida. E se era isto que buscara, por que assim, tão trêmula? Aprenderia a viver sem ser trêmula? De repente, virava uma esquina e parava: minha cidade! De repente, ao voltar para casa, se deslumbrava: meus filhos! Dez vezes quebraram seu coração. Dez corações ela quebrou. Ninguém morreu. Outro aprendizado. Voltou a escrever nos seus cadernos.

SOFIA

RECEBO UMA CARTA

Surgiram rumores de que Sofia estaria vivendo clandestinamente em algum lugar do país. Depois, rumores: estaria exilada. Começamos a procurá-la, era preciso confirmar os boatos, saber se vivia e onde. Ficavam no passado os delírios (hedonistas? utópicos? libertários? arrogantes? desbundados?) dos sessenta, o mundo não era mais um campo de sonhos e utopias (frustrados? frustrantes? desvairados? infantis? irresponsáveis?): vivíamos os setenta com suas crises econômicas, inflação, perseguições, o desencanto, ameaças de recessão, truculência, o terror com Médici (e o milagre econômico e a Copa do Mundo) — o fim da guerra do Vietnã, com a derrota e humilhaçao americana. Larguei o emprego na área de publicidade e me uni à jornalista Maria Beatriz Vieira na criação de um escritório de assessoria de imprensa: como capital, coragem e vontade, mas nenhum tostão. Alugamos uma sala modesta e um telefone, se uma saía para reunião, a outra tinha que ficar para atender eventuais clientes, compramos em longas prestações na Tok Stok duas mesas, duas cadeiras e uma estante e nos apresentamos ao mercado: valeu o treinamento em lutas e valentia, e as duas mulheres desquitadas e com filhos conquistaram maior liberdade de horário e partiram para ser donas de seu nariz e destino. Veio Geisel e anunciou sua posição pró-abertura, falava-se em distensão lenta, segura e gradual – o país voltava a respirar – e com o apoio de amigos e antigos militantes, partimos à procura de pistas de Sofia: a corrente e o boca a boca trouxeram a boa-nova – localizaram-na, abriu-se um canal de comunicação. Alvíssaras! Viva e com saúde. Ainda não queria nos ver – seu nome constava em listas de procurados, temia nos comprometer, mas quis que soubéssemos que "vivia ainda sem pouso", não disse onde nem como. Que esperássemos, ela ditaria os próximos movimentos. Consegui fazer chegar-lhe a mensagem deixada por papai, cartas, bilhete de mamãe, fotos e notícias da família, falava de nossa angústia, da enorme saudade. Reencontrá-la virou obsessão. Rever Sofia seria recuperar um pedaço da perdida doçura, da inocência e beleza do mundo e recusar como definitiva a fratura familiar. Era voltar a acreditar em um tempo em que vivemos juntas uma alegre meninice. Depois de meses e muitas idas e vindas e resistência, me fez chegar uma longa e emocionante carta, a cara dela:

"...Minha irmã, você não foi conosco, mas sem desvalorizar o Rio de Janeiro e o Leblon, onde descobri a praia, as ondas, a pegar jacaré, os primeiros amigos e aprendi a dançar, foi em Brasília que encontrei uma nova forma de convivência, uma solidariedade diferente: o morar em quadras, onde um dos critérios de ocupação constituía o número de filhos e não o dinheiro; onde a carona era quase uma instituição e onde vesti um biquíni e experimentei velejar no lago, sem nunca ter tido um barco. Mais do que tudo, onde entrei numa escola pública, mista e leiga, e, por sorte, uma das "experimentais" de uma nova educação: período integral, aulas, estudos, esportes, artes e trabalhos manuais combinados; confiança nos alunos, respeito e autonomia. Apenas dois anos na cidade e me descobri outra.

Brasília apontava para a valorização dos poderes públicos e trazia o novo, audaciosamente. Sem uma consciência nítida, eu experimentava a res-publica. *Este corte contrastante entre o charmoso, politizado e tradicional Rio de Janeiro e o moderno-urbano e rústico cerrado de Brasília me marcou para sempre.*

Em 1962, papai recebeu novos chamados e fomos para Belo Horizonte, onde, por um ano, estudei em escola privada, religiosa, mas a minha experiência em instituição pública laica não comportava mais este tipo de ensino e disciplina. Eu vislumbrara um Brasil diferente... Fui para a Universidade do estado, também marcada pelo novo:ampla quadra de esportes,biblioteca, centro acadêmico, auditório onde assistíamos ao iniciante Clube da Esquina, a turma de Milton Nascimento.Conheci a força da cultura regional, a vitalidade das Minas Gerais. Poetas, nadadores, jogadores de basquete e de vôlei, colegas tolas, colegas cultas, comunistas, fascistas, músicos, cineastas e jornalistas, curiosos e alienados, todos experimentávamos um espaço de liberdade e um ousado projeto de formação – podíamos matar aula e entrar e sair, era nossa a responsabilidade. A universidade - o campus e o estudo da sociologia – constituiu-se para mim no encontro da militância, experiência que eu buscava desde sempre.

Você sabe que minha vocação vinha de longe: desde a participação no protesto contra o aumento da tarifa de bonde aos onze anos; a militância na Ames (lembra?). A política já havia me mordido, mas agora havia um diferencial, em 1964: seguindo suas convicções, papai contribuiu com o golpe, marchou com as forças de Minas e se aliou às correntes autoras da "revolução." Eu me aliava a forças contrárias. A pensar diferente já nos acostumáramos, mas foi doloroso lutar em campos opostos. Papai foi fiel ao que acreditava. Fui fiel ao que acreditei. E de nosso pai, recebi um exemplo que ainda hoje me emociona e que nunca vou me esquecer: quando presa, enquanto teve saúde e do jeito que podia, ele tentou me ver e me visitar todos os dias – não estava a meu favor, mas do meu lado, sempre. Ele acreditava no respeito ao outro e nas liberdades individuais. Mas não foi tocado – talvez porque esta consciência chegasse tarde à sua geração – pela visão marxista do mundo, pelas causas sociais.

...De mamãe, me lembro todos os dias. Aquele amor enorme e difícil. A tranca nos sentimentos. E perder os dois enquanto eu estava longe, confirma (...) Sinto falta deles. Dos sonhos que nos moveram.

Eu precisava deste tempo: além da ameaça de nova prisão e perseguição, queria experimentar viver separada, avaliar o que vivera. E aprender a contar com minhas forças, agora sem o apoio de um movimento...

Tudo foi difícil, minha irmã. Mas, entendo que viver é perseguir um projeto, buscar tornar real o que é desejo. É, no entanto, e paradoxalmente, desejo que se sabe desejo, aquilo que nos versos de Chico "vive nas ideias dos amantes, cantam os poetas mais delirantes, juram os profetas embriagados." *(...) Sonho com um Brasil mais justo, um mundo menos desigual. Sonho com o dia em que este seja o objetivo não de um homem, um partido ou um grupo, não restrito aos fiéis de uma compartimentada visão ideológica, mas comum à gente brasileira. Como vê, é o ideal cristão de mamãe revivido de outra forma, não entregue às mãos de Deus, mas às do homem. A nós...*

Acredito que vale a pena lutar por um projeto: não é o resultado que confere valor à luta. Citando o liberal Joaquim Nabuco: "Utopias generosas nunca fazem mal." *Afirmo que fazem bem.*

Ainda Nabuco: **"...** Depois que os últimos escravos houverem sido arrancados ao poder sinistro que representa para a raça negra a maldição da cor, será ainda preciso desbastar (...) a lenta estratificação de trezentos anos de cativeiro, (...) despotismo, superstição e ignorância. O processo natural pelo qual a escravidão fossilizou nos seus moldes a exuberante vitalidade do nosso povo (...) A escravidão não significa somente a relação do escravo para com o senhor; significa (...) a soma do poderio, influência, capital e clientela dos senhores todos; o feudalismo (...) a dependência em que o comércio, a religião, a pobreza, a indústria, o Parlamento, a Coroa, o Estado, enfim, se acham perante o poder agregado da minoria aristocrática, em cujas senzalas milhares de entes humanos vivem embrutecidos e moralmente mutilados pelo próprio regime (...)" *Foram mais de 300 anos sob a escravidão, ela é entranhada em nós. Fazer escravos, aceitar ser escravo, é marca a ferro e fogo no corpo do brasileiro.*

Vale a construção, o processo. Ilusão? Utopia? Que nome dar a isto que me move? Talvez eu não veja este Brasil sonhado, mas faço questão de continuar a acreditar.

A vida está aí. De nossos pais herdamos qualidades que nos servirão de bússola... Vamos nos rever e comparar nossos nortes: não são iguais – nunca o foram – mas são próximos.Como Gil, temos régua e compasso. Se não derem conta do agora, vale substituí-los por outros. O resto vamos fazendo...

Estou mais forte e me organizando para voltar, breve terão notícias. Vai ser bom nos reencontrarmos, sonho com este dia. Coisas boas e ruins aconteceram neste tempo. De bom, de ótimo, de maravilhoso, me aconteceu Vinicius, meu filho, nascido em meus tempos de prisão. Agora, meu mais precioso projeto de vida."

E agora, este telefonema!

Sofia ligou, ouvi a voz, gelei, emudeci, meu coração disparou. Eu nem tinha ideia que gaguejava! Tive que segurar a mão com a outra para não deixar cair o fone. Depois, me apoiar na mesa para não cair. Quanto tempo sem saber onde, e se ainda...? Até receber sua carta meses atrás, deu para desesperar, viver mil pesadelos, imaginar o horror e acreditar – para sofrer menos, para fechar a página e liquidar a angústia – quase convencer-me que estivesse morta, como tantos outros. Quantas vezes me peguei falando sobre ela no passado – Sofia *era*, Sofia *tinha*, quando Sofia *estava*... É ainda assunto proibido, a linha dura está ativa e à espreita, e há muitos casos parecidos: nos últimos anos, mudei da análise individual para a de grupo com dr. Rubens e – por acaso, ou ele decidiu nos juntar na mesma sessão? – somos duas a chorar por idêntico motivo: Miriam também tem irmão sumido na guerrilha, não há registros nem provas, mas consta (nunca nos deixam ter certezas) que é um dos executados nas matas do Araguaia. Comparar sofrimento é impossível, mas é terrível o caso do irmão, porque a toda hora recebíamos notícias, boas e ruins, de Sofia, e sempre nos sobrava a esperança, porque era tudo contraditório e nebuloso. Já Miriam nunca teve motivo para acreditar, nunca chegaram mensagens, nem cifradas, nenhum vestígio da passagem do irmão por prisão militar. A mãe está há anos em depressão e ela se sente perdida, não sabe por onde começar. Descreve: "Mamãe vive sob efeito de sedativos e mesmo assim não dorme, os dias na janela: 'a qualquer hora, pode chegar'. Sai para compras e deixa a porta aberta, um bilhete em cima da mesa. À noite, não apaga as luzes, 'para ele encontrar mais fácil a casa'. O grupo escuta em silêncio: "Vive sob cuidados psiquiátricos, sempre à beira da desistência. Em noites que se rende ao sono, acorda de madrugada e anda pela casa descalça, grita o nome do filho – cada vez mais alto." Terrível ouvi-la contar sobre sua origem paraense e como se sentem exiladas, como foram perseguidas e vigiadas na cidade natal e como enterraram o pai por desgosto lá mesmo e vieram para o Rio, crendo ter aqui mais informações. É professora, judia, e seu rosto é indecifrável, fala sem derramar uma lágrima. Choro por mim e por ela, levo na bolsa lenços de papel que transformo em bolas, vou amassando e jogo no lixo. Nos tornamos cada vez mais próximas e aliadas – trocamos informações e abraços. Mas nos sabemos solitárias, cada uma tem sua luta.

Sofia e eu marcamos encontro na biblioteca municipal onde trabalha. Telefonei para Flávia, para Isabel e para uns duzentos amigos e conhecidos, contei a maravilhosa novidade – era aniversário de Letícia e eu preparava um bolo e sanduíches, enrolava brigadeiros, deixava tudo pronto antes de sair para o escritório – e, mãos untadas de manteiga, pensei quanta coisa boa num dia só, quanto motivo para festejar! Não vou ter cabeça para clientes, liguei pra Maria Beatriz, ela disse tudo bem, chegue à hora que der e se der. Pelo telefone, Isabel havia contado sobre o papel das Clarissas no acolhimento a estudantes e líderes políticos e disse que, àquela noite, se reuniriam em oração de agradecimento por Sofia: "Falo em sigilo, os conventos estão cheios de perseguidos. Dom Eugênio faz o mesmo no Rio, há orientação da igreja neste sentido: são bem-aventurados os que sofrem por amor à justiça, esta é também uma causa da igreja."

Sinto falta de Flávia, gostaria que estivesse por perto, mas Viena é tão longe, viajar para Europa está fora de questão – meu dinheiro mal paga as contas da família (o amigo Zeca, economista: "Vou te ajudar", junta contas, recibos, faturas, analisa o movimento do escritório, põe as mãos na cabeça: "Você é um milagre, como consegue pagar tudo e não dever não tem explicação"). Eu tenho: vendi e empenhei joias, anos sem ter um carro, acabo de comprar um meio caindo aos pedaços. Nunca fui tão livre em termos emocionais, nunca tão presa a responsabilidades, horário e trabalho, pego todos os frilas que aparecem e escrevo e produzo três jornais mensais para empresas. Flávia também tem dificuldades: não foi aprovada no concurso para a orquestra e integra pequenos conjuntos, ganha melhor apenas quando convidada para concertos fora da Áustria. Nos telefonamos a cada quinze dias – é o possível por agora, e ela traz notícias sobre a carreira e o romance com Hannnelore: continuam firmes e apaixonadas. Conto sobre os filhos, os amigos, o trabalho – o escritório vai melhorando e com sorte e se continuar crescendo, um dia pego um financiamento, compro um apartamento e deixo pra trás o aluguel – falo de filmes, os concertos, a exposição de nosso amigo Victor Arruda, os cursos (sempre os cursos; Oscar Wilde, Thomas Mann, Stefan Zweig, Shakespeare, comida japonesa, comida tailandesa, num acesso de loucura, corte e costura, fora os seis anos de filosofia com Henrique Antoun e James Arêas), homens que tenho conhecido, alguns com quem vou para cama e os que chegam a despertar o comichão de *este, quem sabe?* (sempre que me emociono, falo assim em disparos, rajadas misturando tudo.) Falo de solidão. "Você não é vocacionada para o casamento", Flávia repete, "independente ou defensiva demais, uma canceriana esquisita, deve ter um ascendente esdrúxulo: adora família, mas tem paixão pela liberdade, melhor ficar sozinha, não se machuca e não machuca ninguém." Ela jura que virão no ano que vem, chegam em abril: "Deixa passar o verão, quarenta graus é temperatura de bárbaros, de berberes, tuaregues e safáris, uma merda, um excesso para minha valquíria loura e brancona, acostumada à sombra dos Alpes Bávaros." Disse que Hannnelore é disciplinada e está estudando português, sonha em nos conhecer e conhecer o Brasil e já tem um "puta vocabulário", sabe até algumas gírias: "Vai atualizá-las à chegada, devem estar ultrapassadas." Flávia!

Vamos rever Sofia. E receber Flávia e companheira! Pensei que só eu estava nervosa com a chegada do casal – modernidade à parte, ter duas mulheres dormindo juntas aqui em casa é um avanço e tanto para a filha de dona Isaura, mas já está todo mundo alvoroçado, tentando adivinhar como é a namorada da tia xodó. "Tinha que ser ela pra romper o tabu nesta família moralista (*moralista, eu?*) e careta, sempre foi a pioneira, a vanguardista, a atrevida." Os meninos vão se empilhar, cederam de bom grado um quarto para as duas – adoram suas extravagâncias, Flávia é a brisa que abre janelas

– e cada dia inventam um detalhe para tornar a futura estadia confortável – Letícia propôs copos e uma bilha de barro, Marina, livros, a cadeira de balanço e um abajur, Júlio vai montar o som e escolhe desde agora discos de MPB: "Vou sair por aí com as duas, quero ver o que vão gostar." Até lá, Sofia também estará entre nós. Nem acredito! Estou no auge da pieguice, sentimental até o enjoo, açucarada – "Sua eterna vocação para o melodrama", critica Letícia. Vivo com os olhos cheios d'água; como sempre quando me estresso, minha voz volta a tremelicar ("No telefone, parece uma anciã de oitenta anos", comenta Verônica, amiga desde a adolescência). A falta de ar, resíduo da asma infantil, assombra outra vez. Acordo cedo, ponho pra fora da cama a turma para o colégio e faculdade e chamo Antonio para a caminhada (pois é, estou começando um namoro), corro à janela, olho o céu e cantarolo *Vem, estão voltando as flores...* alegre, beijo meus filhos mil vezes. E me perco em divagações sobre o que vamos conversar, como seremos, como será o reencontro depois de tanto tempo e tantos acontecimentos. Sofia, Flávia! e como será Hannnelore? Coisa demais.

De Isabel, chegam cartas de seu pedestal: exalam santidade e aumentam minha solidão de ovelha perdida, a certeza de que vivo no desvio, me extraviei da estrada reta – devagar abro o envelope e dele imagino saltar um dedo acusatório, tantas as admoestações: "Você sempre buscou o prazer... trata a vida como um laboratório, um lugar de experiências, é sensorial, quer provar tudo, é ávida" – é evidente sua rejeição a este meu lado, o melhor deles, o aberto ao acaso e ao devir, o que inventa e provoca, que ela chama frívolo e inconsequente. Como mamãe noutros tempos, sabe tão pouco de mim: o que me faz ir em frente é este restinho de leveza, minha adesão ao inesperado. Festejo quando vem. Mamãe falava que eu sempre arranjava a maneira de escapulir para a luz, em meio à confusão e à dor. Até certo momento, foi verdade. Sobrou pouco. Mas me consolaria se, ao menos a minha irmã Isabel – a irmã Maria da Sagrada Face – se permitisse imaginar que difícil é, às vezes, viver sozinha! Engolir mil sapos por dia – tem cliente que acha ter o direito de pôr a mão no nariz da gente, falar grosso e ser rude e insolente e dizer *que nos paga muito bem* e por isto pode ligar à meia-noite para reclamar qualquer porcaria – e fazer cara boa, ser mãe compreensiva, amar e entender as confusões dos meninos e as minhas, e segurar meu ingovernável coração. Sem as fugidas para dar umas namoradas, se não fizesse os cursos que me interessam, não cultivasse amigos, não me alimentasse do que eu gosto e me dá prazer, como resistir? Aleluia que tem cliente educado também, alguns viraram gente de meu coração. Sorte maior é ter encontrado Maria Beatriz, sócia e irmã, dona de mil qualidades que não tenho: disciplinada, enérgica, econômica, sabe comandar, é boa de negociação. É muito bonita, durante alguns anos, foi a mulher mais namoradeira que eu conheci, os homens ficavam doidos com ela. E conseguia, sei lá como, viver romances ardentes, chegar de madrugada e, dia seguinte, estar inteirinha, pronta para o que desse e viesse. Eu sou mais barata tonta, me confundo, meio bipolar, exagerada, mas sou inventiva, me entusiasmo e agarro as coisas com força, sou brigona quando acredito na causa e os clientes sabem que podem confiar na minha palavra. Formamos uma boa dupla. É quase instantâneo: um bate o olho na Beatriz e a escolhe para trabalhar com ela, o outro olha meu jeito, diz gosto do ritmo que você toca as coisas e eu o atendo. Vou levando; vivo como os Alcoólicos Anônimos , é cada dia, as próximas 24 horas. “Portanto, não andeis ansiosos pelo dia de amanhã, pois o amanhã se preocupará consigo mesmo. Basta a cada dia o seu próprio mal”, está em Mateus. Modéstia à parte, esta é a força de Celina: “A cada dia seu próprio bem.”

E agora, este telefonema!

Me ocorre uma expressão quase esquecida: *nem caibo em mim de tanta ansiedade*, eu sobro de mim. É como pisar terra virgem – que Sofia vou encontrar? Que língua falar? Que palavras nos servirão de ponte? Trabalha na biblioteca há poucas semanas e nos veremos na próxima quarta, à tarde. Antonio se propôs a vir comigo, agradeci, mas recusei: não era parte do mundo que vou tentar reconhecer e colar. Prefiro não. Pedi a Marina para vir comigo; é serena e vê claramente as coisas, conhece minhas aflições e sabe me segurar. Me conhece bem: vai ser bom tê-la a meu lado.

Ah minha irmã, que pacto estranho a fez vir dar em lugar tão ermo, onde foi buscar preparo moral e físico para enfrentar a fúria, em nome de que delírio insano sumiu tanto tempo dos que se importavam? Era isto o que eu pensava entre a raiva e o amor, a pressa e o medo de chegar, dobrando ruas e vielas tortuosas nos labirintos do bairro escuro, no carro a caminho do endereço ditado por Sofia. Sorte Marina estar a meu lado, sem suas indicações eu não chegaria, sempre fui péssima motorista e dirigia errática e medrosa pelo subúrbio distante, excitada e preenchendo todos os vazios lembrando e falando de Sofia menina, Sofia em passeatas, Sofia preparando reuniões, Sofia e seus manifestos, Sofia e as disputas com papai, imitava seus gestos, reproduzia suas palavras – *sempre aqueles inacreditáveis olhos azuis que pareciam enxergar mais que os outros* – e sobre como eu imaginava o encontro – *depois de quantos anos? perdi as contas* – e o que nos diríamos, e falava do tempo, o tempo, o tempo – *tudo se resume ao tempo* – e de infância e rivalidades e ciúmes, da família que não mais existia – o clã das ilusões perdidas. Marina ouvia meu falatório. Eu conhecia aquele olhar: sempre temeu meus ímpetos, meus arrebatamentos, *sempre me achou meio histérica.* Fiquei calada uns minutos e, para que soubesse que eu a compreendia: "Desculpe, minha filha, acho que estou meio histérica, é mais emoção do que aguento, vou me acalmar", e chegamos, e era um prédio amplo, simples e caiado de branco perto de uma praça acolhedora, no centro de Campo Grande. Porta aberta, íamos entrando, respirei fundo e parei, detive Marina: bateu o temor de que a mágoa aflorasse mais forte que a saudade, que o sentimento do abandono suplantasse a alegria, que não conseguíssemos, *tanto tempo, tanto tempo, tanto tempo,* batia meu coração. Tanto tempo, tanto tempo. Tanto tempo, tanto tempo.

Vi o vulto de Sofia no fundo da sala clara e ela me viu: e ela se levantou – ajeitou a saia rodada e num giro veio em nossa direção (*mantinha o passo, não corria!*) com a mesma e antiga certeza de encantar, para deixar claro que nem a prisão, nem os maus-tratos, nem o sumiço, nem a distância, nem a violência, nem o pânico, haviam conseguido destruir seu delicioso (*e para a menina que existia em mim, irritante!*) hábito de sorrir e dar uma paradinha ao entrar numa sala, como que em pose para foto. Aquela autoconfiança! Durante segundos – antes do salto, das palavras e das lágrimas – ficamos ali, Marina e eu, imóveis, eu paralisada pela presença de Sofia – renascida, ela era ainda e sempre a irmã mais velha, a autoridade, a beldade revolucionária, a que via e acusava a injustiça antes do injustiçado. *La pasionaria*. De mãos dadas com ela, um menino de quatro ou cinco anos que apresentou: "Vinicius, meu filho" e eu falei: "Lembra de Marina?" e, de repente, o desatamento, o abraço apertado e nada nunca nos separara. Eram ficção os calendários, o ciclo do sol, as fases da lua, o curso das marés, relógios nunca existiram, para que serviam ponteiros? Estivéramos sempre juntas. Ontem, estivéramos juntas.

Interrompidas por raros estudantes à procura de um livro, nos olhávamos e nos reconhecíamos (*As mãos que não param, o vinco na testa, o tique de morder os lábios, esta voz que treme, este ar ansioso que busca, eu conheço, são os de sempre. A filha é bem bonita. Mais centrada que Celina, mais machucada também*: Sofia avaliava Celina). (*Ah estes olhos irresistíveis, estes gestos sob controle, o jeito solene e autoritário de se mover*" – Celina redescobria Sofia – "*E este menino, amedrontado, arisco, será mesmo filho dela?*")

A tarde caía e não notamos, as bocas seladas, temíamos, adiávamos. Enroscado em seu colo, o menino, mulato claro, cochilava. Falei "Vinicius" e ela, baixinho: "Nome de meu melhor amigo e companheiro de militância, hoje exilado em Paris. O pai, prisioneiro como eu, concordou com a escolha do nome antes de morrer." Não, não era fruto de paixão, mas "do encontro de dois corpos magoados e muita vontade de viver." As travas caíam, as línguas desatavam, o medo, ainda. "Éramos presos na mesma cela, eu, a branca classe média de nariz em pé que o irritava e ele, pobre e negro, de cabeça baixa e aceitando tudo como se de seu merecimento. Eu, furiosa, cobrava dele orgulho e indignação. Nos escolhemos na cela apinhada", ela disse, "Raiva é elo forte. Pode ser mais forte que amor" (*Ela sempre soube tudo de política, mas como nós outras, quase nada de atração, amor e sexo*).

"Segura, que cadeia não é lugar de sentimentos", alertou-a Carlos Fábio, apelido Tazo, companheiro de organização: "Mas era uma prisão dentro da outra, não nos soltávamos, cada um farejava o outro. Eu criticava sua humildade, ele meu ar ultrajado, minha burguesia, a cristandade ofendida. Então, ele pediu para eu ter um filho dele e ficava falando, repetindo, falando, nenhuma vergonha de exibir vontade tão grande, dizia este sim será nosso orgulho, o jeito de afrontar, mostrar fé, provar certeza no fim deste inferno." Estiveram juntos poucas vezes. Depois, foram divididos em celas separadas para homens e mulheres e quase não se viram mais, raramente se cruzavam no corredor. "E eu não imaginava meu corpo capaz de reagir, achei que estava lacrado, mas nele algo se rompeu e ganhou força e engravidei." Os olhos azuis ainda mais azuis (*por segundos, me ocorreu o relato de papai, o quartel, o carcereiro mulato e dominador que disse sei das coisas, conheço todo mundo e vou acompanhá-la, ela está entregue a meus cuidados, enquanto puder cuido dela; e papai falando da submissão de Sofia: podia ser???? Era?....Até que ponto ela romantizava a infâmia? O que era o real depois do ultraje? O que sobra depois do indizível?...Com esforço, afastei da mente o sabido e me entreguei ao presente, à sala clara, à voz, aos azuis de Sofia: O que ela traz é o que interessa. Ela tem o direito – todos temos – de fabular o insuportável, de recriar o que é além de nós, o que não aguentamos*). Olhei o menino, ressonava: *Sou, serei capaz de amar esta criança? A origem, a estranheza, a dúvida, seria...?* A voz continuava: "Ele não resistiu, de um interrogatório não voltou e fiquei só e grávida e com raiva, a barriga pesada, quis morrer. Mas deu-se o extraordinário: a cela se uniu em torno da vida, escondiam comida, insistiam que eu me alimentasse, me cediam tempo de banho e caminhadas, o bebê virou resistência e fez ressurgir no grupo a vontade de lutar." Afagou o menino: "Tive o silencioso apoio da igreja, de amigos, de desconhecidos, funcionários da prisão e, em especial, dos dominicanos: se lembra como abriam nossa cabeça? Meu filho teve centenas de padrinhos", com carinho afofava com os dedos em pente os cabelos crespos e escuros. E contou que dias depois que a criança nasceu, recebeu um papel amassado, rabiscado a lápis e passado de mão em mão, com a mensagem: "*Minha amiga, um menino nasceu – o mundo tornou a começar*", assinado João Guimarães Rosa. E nem precisavam falar, ela sabia que vinha do Tazo, apaixonado por Rosa – mais tarde descobriu o trecho em *Grande sertão*: veredas. Chorou, muitos dias. E quis acreditar que "o mundo tornou a começar!" Contou que saiu e se refugiou com companheiros para não nos expor, temia o Serviço Nacional de Informação , voltar a ser presa. Procurou a família do pai, quem sabe se esconderia no interior, mas eles nada sabiam das atividades do filho, se assustaram ao ver chegar uma desconhecida com um menino no colo e ouvir aquela história estranha, incompreensível. Viviam num fim de mundo, com dificuldades. Se abrigou até meses atrás de casa em casa de uns e outros, à espera do aviso de que podia aparecer – veio a Anistia, lhe arranjaram este trabalho na biblioteca. Ganhava pouco, não precisava muito, dava pro gasto. Não era feliz, não era infeliz, "Não faz diferença. Não penso nestas coisas." Morava ali perto.

Disse que estava tranquila. "Foi assim. Acabou. Vivi anos apavorada, não mais" (*Sorte não me convidar para a casa dela, preciso me recuperar, ligar os pontos, compreender este tempo oco,* eu pensava). Tensa, preocupada, Marina ouvia nossa conversa. Depois, pegou o menino e um livro, levou-o para uma mesa distante, leu para ele contos de fadas e de bruxos – queria preservá-lo das fagulhas, do destempero que pressentia nos gestos da mãe. (No carro, na volta, apertou minha mão: "Mais um pouco e você desmantelava: conheço seu tremor na voz, acompanhei seus gestos, cada vez mais descontrolados").

Falei sobre os filhos, a separação e minha vida solitária, os difíceis encontros com Isabel, de Flávia e sua homossexualidade, de Hannnelore, de Antonio e o amor que renascia em mim, lembramos amigos. Nem falamos de sonhos... Choramos quando contei a doença, o isolamento e o fim de nossos pais, e as leituras de papai – sua desilusão, a percepção do engano, a descoberta de Hannah Arendt. Minha voz embargou: "Tanta perda, não sei onde me agarrar, não fosse a força que vem dos meninos..." Pegou minha mão com firmeza. Ela sabia. Ela sempre sabia. Os olhos que invejei a vida toda iluminavam suas convicções: "Também tive medo e quis ir embora, movi céus e terra e consegui documentos, depois desisti. Agora quero viver e ficar, quero rever vocês e ver meu filho crescer no Brasil."

"Um dia, quando isto virar passado, me junto a companheiros para escrever o que vimos, o que passamos e vivemos. Hoje sei que mal não se escreve com letra maiúscula, não é coisa de outro mundo, do demônio, como mamãe acreditava. Está dentro, no coração e na esquina, é de nossa natureza. Pode surgir do jogo de forças de classes, mas é parte de nós – não existem anjos. Achar que somos puros... é também mentira banal."

Percebendo nossos limites, Marina insistiu que estava na hora, e me levantei. Mas antes – foi mais forte que o propósito – fiz à minha irmã a pergunta que me engasgara todos aqueles anos: "Você acreditava numa revolução que traria um país sem exploradores, sem injustiça? Acreditava mesmo nisto? Até onde iria, até onde foi para buscar este país sem mácula?" Refletiu: "Ao ser presa pela segunda vez, sabíamos que a luta estava perdida e a esquerda esfacelada, todo dia caía mais um. Por que a gente continua? Você leu a minha carta? Ali estava a resposta."

A noite caía, repusemos os livros nas estantes, ela apagou as luzes, trancou a porta e saímos para a rua deserta e vazia, cortada por trilhos. Daqui a pouco, ela disse, vindos de trem ou ônibus, centenas de funcionários públicos, diaristas e empregados de lojas e escritórios voltarão para povoar o bairro, ao fim do expediente no Centro e na Zona Sul do Rio. Campo Grande é cidade dormitório, apenas raras mulheres e crianças ficam ali de dia: no bairro não há emprego, não há trabalho, não há escola, voltam apenas para dormir e acordam ainda de madrugada, vão ganhar a vida do outro lado da cidade. Aconcheguei o menino no colo, senti seu hálito e seu calor e o abracei com força. Sonolento, passou o braço em volta de meu pescoço e balbuciou alguma coisa, e eu vi como era fácil, imediato, amar o filho de Sofia. *Ela está viva, estamos juntas, o presente é o bastante,* disse para mim mesma. A vida me inundava e puxei Marina para bem perto – a senti tão assustada – enquanto caminhávamos na direção do carro, ao som de mil cachorros que latiam nos quintais. Sofia disse: "Um dia, hoje não, quero que conheça minha casa." Desculpou-se: "Ah, preciso de um tempo. Para eu reaprender a respirar." Apressou o passo, despediu-se: "Preciso agora ficar sozinha. Não é fácil voltar depois de tantos anos fugindo."

Duas horas depois, Sofia em sua casa miúda de dois quartos e sala, a poucas quadras da biblioteca, acaba de pôr Vinicius para dormir. Senta na sala, abre um livro, fecha, tampa o rosto com as mãos, fala para si mesma: "*Difícil, não imaginei que seria tanto, não sei se vou conseguir depois do que vi e ouvi, viver uma vida comum e voltar a sentar em volta da mesa e dividir o café, partir o pão e passar manteiga, enquanto converso sobre as coisas do dia. Tanta esperança, tanta alegria no olhar de Celina, sempre foi movida a gente e se parece com mamãe: esta mania de juntar pessoas, mania de família.*"

No apartamento de três quartos na Zona Sul do Rio, Celina vê televisão com os filhos, seu pensamento voa: "*Difícil, não imaginei que seria tanto, dolorido demais reencontrar uma irmã depois de anos de afastamento – ela viveu o que eu não sei, vivi o que ela não sabe – foi muito ansioso, tanto medo do silêncio, do espaço em branco, do vazio. Conseguiremos algum dia sentar à mesa, dividir o café e o pão e falar dos acontecimentos do dia?*"

(Marina estudava deitada num almofadão, de longe reconhece meu ar ausente e as mãos que não param e vem chegando. Olho minha filha linda, ardente e fugidia, seus movimentos ariscos. A filha que, nem tanto tempo faz assim, tinha treze anos, e ao me ver maquiar no espelho iluminado do banheiro, ela, apoiada à pia e acompanhando meus gestos, as sucessivas camadas de batom para espessar meus lábios finos e severos e torná-los carnudos, o traço do lápis e delineador e o jogo de cores e sombras para aprofundar meus olhos, no exato momento em que eu analisava o resultado e acabara de me congratular "nada mal, Celina", disse, num repente: "Sabe por que eu tenho rrrraiva de você?" Os olhos fuzilavam. Contive a respiração: "rrraiva, você tem raiva de mim, e por quê?" Resposta pronta, na garganta entalada: "Porque você é feia, mas pensa tanto que é bonita que os outros te veem e pensam que é bonita. Você engana todo mundo, menos eu." Soluçava, pudesse e engoliria de volta, se agarrou a mim, "desculpe, desculpe, não queria dizer isto." E eu, em geral tão desastrada nas palavras, pedindo aos céus que me guiassem para não dizer fórmulas de mãe, para falar a fala do amor, disse para minha filha trêmula: "Você é linda, muito mais do que fui na sua idade. Toda menina de treze anos é linda e não sabe. Todas se acham feias e querem ser outra coisa, ter o nariz da amiga, o corpo da colega de praia, o cabelo da vizinha, os olhos verdes da prima. É difícil ser adolescente, eu sei; é difícil ter treze, quinze, dezesseis anos, eu sei. Viver é difícil. Mas um dia – este dia chega, pode demorar mas chega – você vai olhar uma foto sua aos treze anos e descobrir que era uma moça linda e vai pensar como é injusto não ter vivido a alegria a que tinha direito; de se saber bonita. Porque é assim que as coisas são, o tempo tem que passar, a gente só sabe isto depois." E falei: " Que bom você não ter medo da raiva, que eu tive de minha mãe, e sua filha terá de você. Raiva e amor não se contradizem." E a partir dali, ficamos mais próximas e agora vejo minha filha à beira dos quinze anos chegar suave para me abraçar, e sei que ela tem menos medo de sentir e eu tenho menos medo de sentir e que nós duas queremos compreender os ímpetos, os impulsos, os erros, uma da outra. Senta perto de mim. Talvez mais do que os irmãos, ela me ame. Melhor dos que os irmãos, ela sabe que hoje foi um dia difícil, muito mais do que tantos outros.)

Vinicius (o filho), Vinicius e Tazo (os amigos), o pai do menino (militante, companheiro de prisão, negro, origem pobre), um carcereiro mulato (ex-colega de turma): estas as referências deste tempo obscuro da vida de Sofia. Durante anos, teci fantasias que as costurariam: caminhávamos por uma rua quase deserta e Sofia empalidecia, diminuía o passo, sussurrava *é ele* e apontava um homem magro, mulato claro (talvez ele rodasse nas mãos a corrente de um chaveiro), dizia *Carlos, colega de faculdade, meu carcereiro.* Dobrávamos uma esquina, quem sabe ela chorasse, apertasse o passo, quisesse voltar mais depressa para casa. Ou vinha vê-la, de surpresa, recém-chegado de Paris – e naquele dia, jantávamos juntas e ela me apresentava "*Vinicius*"! (o líder carismático, a quem descrevia, o rosto afogueado: "charmoso, cabelos compridos e pretos, olhos agudos plenos de convicção, do sentimento de fraternidade, sempre a meu lado nas horas de perigo") Vi a foto de Vinicius, imprensada entre páginas de seus livros, acho que foi apaixonada por ele. Ou vinha o Tazo, "o amigo mais querido, limpo de coração, agitado e ansioso, fala atropelada, exigentíssimo com ele mesmo, dizem que se converteu ao budismo, ao taoísmo não sei, andou por meio mundo, se enfiou pelas brenhas do país, me iniciou em Guimarães Rosa." E eu faria àquele amigo de minha irmã as mil perguntas que tenho guardadas.

Tudo no meu imaginário: Sofia nunca mais falou, nem gosta que falem, acho que nem mais viu – nem por acidente, nem intencionalmente – nenhum deles. Não fosse por seu filho, nossa comovida conversa na biblioteca, a descrição de papai e a melancolia que levou anos para deixar seu rosto, seria possível dizer que nada aconteceu, nem ninguém existiu naqueles anos em que Sofia esteve presa e sofreu a clandestinidade. Como páginas em branco, ou arrancadas de sua vida.

DOS CADERNOS

Leio, em Oswald de Andrade: "A alegria é a prova dos nove." Para mim, é a delicadeza. Eu viveria sem alegria (vivo, um pouco), inimaginável viver sem delicadeza. Se encontrasse o gênio da lâmpada e tivesse direito a um só pedido, queria a delicadeza. De mim para os outros, dos outros para mim. Tudo a ver com minha vida: tive sempre que exercitar minhas qualidades guerreiras, vontade, coragem, sempre ser forte, destemida, dar conta de coisas que até Deus duvida para quem teve minha formação, difícil conciliar. Precisei me armar, afiei minhas garras, busquei a agudeza, aparei minhas branduras. *Teria sido possível a uma mulher de meu tempo e educação, dar conta da vida tão sozinha e continuar suave?* Sigo Cecília Meireles: "eu não dei por esta mudança, tão simples, tão certa, tão fácil: em que esquina da vida perdi *minha delicadeza?*"

Estou sem ar! Descobri que Carlos Drummond de Andrade mora a duas quadras de minha casa. Saltamos do mesmo ônibus e eu de olho no poeta, franzino, modesto, *gauche*. Pudera, *ele carrega seus mortos do lado esquerdo, por isto caminha meio de banda*. Eu o segui: jornal debaixo do braço, encontra um conhecido, trocam algumas palavras e passo por eles devagar, queria ouvir sua voz, e ele falava baixo e com esforço e pra dentro e para o chão. É tímido! Depois, ele entrou em casa (confirmei com o porteiro) e corri para contar a descoberta aos meninos ("em algum lugar moram os poetas", caçoou Júlio, bancando o realista). Tenho que me segurar: além da admiração de toda vida, sempre quis saber o que significava "A Máquina do Mundo", o que representava a recusa final do personagem, já perguntei para muita gente, até para estudiosos, ouvi explicações, ninguém me convenceu. Sei de cor o poema desde os sete ou oito anos – era o predileto de papai – e o recitei tantas vezes, mas nunca o compreendi inteiramente. Não terei coragem para abordar o poeta. Queria dizer a ele "*também eu tenho apenas duas mãos e o sentimento do mundo*", mas é frase pretensiosa assim sozinha, solta e fora do livro e ainda mais pedante se dita por uma desconhecida, que passa por ele carregando uma sacola cheia de verduras, nunca vou dizer. Caminho alguns passos a seu lado, simulo me atrapalhar, deixo cair alguma coisa, ajeito minha bolsa, dou-me um tempo: queria falar para ele como é importante na minha vida, como foi importante para nossa família, como seus versos emocionaram mamãe, como conquistei muito do amor de papai porque aprendi alguns de seus poemas. Quem sabe me aproximo e murmuro: "*Há certo gosto em pensar sozinho. É ato individual, como nascer e morrer*", mas imagino que ele me olhe espantado, dê uma risadinha de banda e siga seu caminho (*talvez tropece em uma pedra*). Desde que o descobri vizinho, cruzei com ele mais de dez vezes e reverente me desvio para abrir passagem na calçada estreita: poetas têm precedência na via pública. Depois, dou meia volta, triste porque ele nunca vai saber que "*a poesia deste momento inunda minha vida inteira.*" E sem olhar para trás, tomo a direção de minha casa, "*avaliando o que perdera, sigo vagarosa, as mãos pensas*" Ah! Carlos, também eu sigo vagarosa, avaliando minhas perdas...

Combinei com Maria Beatriz e ela topou segurar o escritório para eu tirar férias com os meninos, Antonio e a dupla que está vindo aí: a viagem será um presente-surpresa de Flávia à companheira: nascida numa gelada aldeia alpina, ela está certa de que Hannnelore vai se apaixonar pela ardência do Nordeste. Mais tarde, disse, vai conhecer Minas e as cidades históricas, mas, antes, o sertão. Por quê? Flávia imagina o encontro como um defrontar-se com o insondável, o mistério, uma quebra, o face a face com uma concepção mágica do universo, o ilógico, o nunca pensado: a ideia é que Hannnelore venha nos conhecer e ficar um tempo conosco, e depois faremos juntos uma viagem por algumas cidades nordestinas. Passaríamos no Rio as primeiras duas semanas e depois dias por cidades do interior do Ceará, do Rio Grande do Norte ecercanias, em roteiro que só mais tarde compreendi. Para completar, Caicó, onde nos reuniríamos a Sofia, para visitar Isabel. Contamos os minutos. Flávia se entusiasmava com a ida conjunta ao mosteiro.“Uma emoção, nossa homenagem à mamãe”, mas ao saber que Sofia bateu pé e vai levar Vinicius, achou melhor *adiar* a parceira e eu *guardar* Antonio: “Temos tempo, deixemos para mais tarde, novidade demais para quem está tão fora do mundo.” Explicou: “A santa pode ter um piripaque mortal, até eu teria. Vamos por partes.” Chegam em abril.

Temos novidades: mais ou menos dois anos atrás, eu perto de desistir de homem, aconteceu Antonio. Quatro da tarde, reunião no escritório: “Tenho que acompanhar um cliente e vem aí um professor, um sociólogo coisa assim, quer encomendar uma pesquisa, um texto, acho que é isto. Você atende?” Como explicar eu ter-me vestido diferente, por que troquei o vermelho pelo azul e então pelo estampado? Por que será, que intuição, desejo ou acaso me fez abandonar a sandália rasteira e, faceiramente, me montar num salto alto? Abri a porta e aconteceu Antonio: olhar caloroso, tipo que usa roupa descombinada, e parece próximo, acolhedor, amigável. O trabalho não dava para fazer, como reunião foi frustrante, mas, à despedida: "Bom te conhecer, conversar com você, a gente se vê por aí, não quero tomar seu tempo, telefono um dia desses, o que vai fazer no sábado?" Ia saindo, viu sobre minha mesa um livro sobre Fellini, voltou: "Gosta de cinema iraniano?" "Gosto não." Ia saindo de novo, seus olhos riam: "Você usa sempre estas sandálias altas no trabalho, ou estava decidida a seduzir o professor que marcou hora?" Ri de volta, adoro gente bem humorada. O olhar vivo de Antonio. Ele vem, chega suave, é um homem sem pressa. Tão diferente de mim. Um, dois, três, quatro, cinco encontros. Falei com os meninos, está acontecendo uma coisa nova, Letícia deu a maior força, Marina se assustou: mania de me proteger. Pensava ter perdido o treino, a embocadura para um parceiro – alguém sempre por perto, ter que acordar bonita, interromper a melhor parte da leitura e correr para esperá-lo cheirosa, morrer de sono e aguentar e ir para a cama na hora do sono *dele*. Que preguiça. Nesta etapa de vida, para um caso deixar de ser caso leva tanto tempo! Eu tenho que conhecer ele, ele que me entender, ele tem que saber os nomes de meus filhos, parentes e melhores amigos, eu tenho que decorar e gostar dos dele, e tem os hábitos, as manias, o jeito de guardar as coisas no armário do banheiro, de levantar de manhã (acordo cheia de gás; Marina, por exemplo, levanta mal humorada e só abre a boca meia hora depois), meu terror aos pernilongos, maniacamente fecho janelas e rondo a casa à cata deles. Vasculho tudo. E aquele começo falso, falso, quando a gente se exibe muito melhor do que é. Uma canseira! Muita mão de obra!

Mas foi surgir Antonio e Alayde ligou assim, sem mais nem menos, e disse que jogou o I Ching e era a hora de eu transpor a ponte. Que ponte? Isto eu não sei, você tem que descobrir. Leu o hexagrama: "As águas sobre terra fluem convergindo sempre que podem, como, por exemplo, no mar, onde todos os rios se encontram... blablabla." Como ela entende tudo do jogo chinês de adivinhações e eu estava cheia de vontade, abri a comporta, joguei as tranças, baixei a guarda para Antonio. Cama boa, muito boa. Uns quatro telefonemas diários de palavras melosas e a torcida para mais, com mais palavras melosas. Ouvir a voz, segurar o coração e gozar seus disparos, e esconder só para mim, como um segredo precioso que dá pena partilhar. Arrepios sem quê nem por quê e, no meio da tarde, uma saudade! Quando senti as coisas ficarem sérias, morri de medo; estava a um triz de me tornar a mulher que repete com fervor as máximas maternas e jura que homem é tudo igual. Então, uma vez que nos despedíamos à porta de seu apartamento ele mostrou a mão fechada e disse baixinho: "A chave." Não entendi, repetiu: "É sua, leva com você." Falou: "Aceita o desafio? Se sim, junte coragem, pegue a chave de minha casa e de minha vida, entre e saia quando quiser e venha ser feliz comigo." Agarrei correndo. A-do-rei. Contei para Elisa, suspirou: "Ah tudo que eu queria era uma declaração assim." Companheira de cinema, Lilian desdenhou: "Já ouvi mil vezes esta história e sei como acaba." Puro despeito, Antonio me faz bem, liberou meu coração, ando meio desligada, nem imagino viver à procura como antes. Valeu acreditar outra vez depois de anos a zanzar por aí, meio perdida entre *snacks requentados, bêbados, comprometidos, mentirosos, ou filhos da puta mesmo*, segundo Rejane, companheira das noites vagantes. Noites desastradas. Cada vez mais solitárias.

À la Sartre, me alertou que não acreditava em fidelidade. Aceitei o pacto, mas sempre seduzida pelos rituais, semanas atrás comemorávamos sei lá o quê, nós dois deitados, e me senti tão solenemente amorosa, tão invadida pelo prazer, que o sagrei meu homem, meu cavaleiro, meu par (contei para Letícia: "Nunca perde sua vocação para o melodrama"): "Bem aventurado seja, Antonio, porque me presenteia com um corpo sem medo. Bem-aventurado seja, Antonio, porque volto a saber como é bom ver chegar quem eu amo" (*eu, que pensava nunca mais viver a palavra amor*). Engasgou. Gosto das mãos dele, da voz dele, do cheiro dele (de manhã, aspiro nas fronhas o cheiro de Antonio), sempre meu teste definitivo. E adoramos ler jornais e comentar as notícias, tenho um motivo a mais para acordar de bem com a vida: às primeiras luzes do dia, enfio o tênis e o short, leio os versos de Neruda colados no espelho do banheiro: *Así cada mañana de mi vida, traigo del sueño otro sueño*, e, se dormimos juntos, saímos para caminhar e fazer exercícios de alongamento, ele pode perder uns quilinhos. Depois, bato pique em casa, troco de roupa e é hora do trabalho. Vou pegar a chave do carro, passo na área e olho roupa de homem no varal, quem diria! Primeiro, estranhei – *um invasor na minha casa! um estranho de bermuda bebendo cerveja no meu sofá! alguém tirou da ordem um livro na minha estante!* – agora eu gosto e enquanto passo o café ele comenta as notícias e o que ouviu nas aulas, e aproveita e me atualiza: é professor, qualquer conversa vira uma aula, mas acho graça e aprendo com ele. De vez em quando, some uns dias, ou eu sumo, abrimos espaço, revejo e me junto aos amigos de sempre, os que me sustentaram nas horas vazias. "Vamos ficar juntos enquanto for bom: ninguém deve nada a ninguém", ele diz. Os meninos tomam rumo e não param em casa, a vida anda. Marina estuda e estuda, e me contou, noites atrás, que teve sua primeira relação sexual, com o Pedro, colega de colégio e foi muito bom. A pergunta veio automática: "Namoro tão recente, ainda uma garota, ele insistiu, foi ele quem fez questão?" Me olhou como se eu fosse um óvni e, voz clara: "Que ideia, mamãe, nós dois quisemos." Aleluia, mulheres não têm mais que justificar seu desejo pelo desejo "dele." As meninas adotaram Antonio à primeira vista, acham nossa relação meio "diferente", mas me sentem feliz com ele. Enciumado, Júlio foi quem mais reagiu à novidade: amarrou a cara, "esquecia" e botava tranca na porta e deixava Antonio de fora, fazia questão de deixar encharcado o piso do banheiro e todas as toalhas de banho, reclamava da geladeira: "Falta isto, falta aquilo, nesta casa nunca tem nada", coisa de filho homem. É estudioso, bonito pra valer, a cara e o corpo do pai e apaixonado por matemática (tem o hobby de resolver problemas de geometria, acreditam?), às vezes parece um homem feito e declara que quer começar a trabalhar logo, depois regride, chateia, muda de ideia. Já está bem taludo, mas faz má-criação: "Tô saindo, te deixo a sós com seu namoradinho."

Mais novo oito anos do que eu, Antonio ensina Organização Social e Política no Colégio São Marcelo e defende tese sobre o Brasil no período militar. Brinco que deriva daí a escolha: me toma como testemunha histórica, quer conhecer meus antigos amigos do período, que julga heroico. Em verdade, digo, acordei para a política com a prisão de Sofia, me interessavam as questões do corpo e os direitos da mulher, só anos mais tarde vi que tudo era uma coisa só. Conto como minha geração foi marcada pela luta ideológica e qualquer conversa virava um estopim. Como nós, mulheres, nos partimos em tantas faces. Falo sobre amigos que se quebraram e as canhestras tentativas de relações mais verdadeiras entre casais, e como o sexo, a música, o teatro, a arte, tudo se transformava em "ideal revolucionário", slogan e panfleto, e rotulava e dividia. Ele ficaria horas escutando, se intitula "um curioso do mundo", nos parecemos nisso. Muito carentes os dois e, sem intenção de rima, rodados, magoados e assustados – cada um carrega o fardo de um dolorido currículo de fracassos amorosos. Talvez venha daí o medo do compromisso, a tentativa de sermos "livres." Para mim é cômodo, palavra horrível, mas verdadeira, para quem viveu tantos anos sozinha. Resolvemos continuar em casas separadas, e assim conservar o bom da rotina dos tempos solitários. Os dois trabalham muito, em matéria de grana somos duros, e eu tenho três, ele dois filhos, melhor não misturar. Então, ele vem às vezes e dorme em minha casa em Copacabana, às vezes durmo eu na dele, no Horto – como se tivéssemos uma na serra, outra na praia. Ando mais tranquila, viver parece mais fácil, mas às vezes o medo, *quanto tempo vai durar?* Ou é ele quem cobra: "Você engana, parece simples, mas é difícil, não se expõe, não se revela nem para mim." *Serei? É assim que ele me vê?* Desajeitada sempre soube, falo na hora errada, digo coisas erradas, atropelo. Mas, *difícil?* No carro, a caminho de uma aula, me olho no espelho, ouço alto o coração, analiso o rosto que envelhece, estico o espaço entre as sobrancelhas onde se formam as primeiras rugas, arrumo o cabelo tão ralo e sem graça, penso na vida – *assim a imaginei? Alguém vive a vida sonhada? Ou temos que saber, não esquecer nunca, que sonho é tão somente sonho? Tinha planos de conhecer a Turquia, entender o alfabeto e a civilização Maia, falar alemão e melhor o italiano, ter uma casa maior e uma de campo, ser mais íntima de meus filhos, ter mais tempo para os amigos, escrever um livro, ler todos os livros, escrever outro livro, escrever outro livro. Não paro de querer e mal dou conta do banal cotidiano.*

Antonio e Vinicius se tornaram amigos e descobriram a paixão comum pela guitarra. Enquanto estou no curso de filosofia à noite, passam horas em solos cover dos Beatles, duas vezes por semana têm aulas com o Heitor, um roqueiro da banda Bulldog que chega e conta mil histórias e fica para o lanche, sabe tudo sobre quadrinhos, se veste como um super-herói, debaixo do braço traz uma coleção de gibis e mangás e diz que está escrevendo um livro sobre o Sandman. Acha Vinicius um talento raro: "Vai estourar na guitarra." O garoto comemora: é hoje meio meu filho, é bem ligado a Júlio e estudam no mesmo colégio, e como Sofia vive enfurnada naquela lonjura e ele faz surf no Arpoador, não deixa a Zona Sul por nada. Está virando um rapaz bonito, tem olhos escuros e ardorosos e outro dia, caminhando na orla, fingi que não o vi sentado no colo da professora de vôlei de praia, é o dodói das meninas. Quem mandou eu ser tão descolorido? se lamenta Júlio. Mauro também roda por aqui, é hoje um homem mais leve, mantém a velha ironia, os filhos gostam que ele venha, aparece de surpresa. Continua bonito, é até mais com o cabelo grisalho, traz sua nova mulher – a terceira desde a separação – quase uma garota, cara boa e jeito apaixonado, tipo obediente, sabe? Olho os dois e bate um sentimento esquisito, uma falha de mecanismo, uma fisgada ou um tropeço, não sei explicar. Coisa boa que estragou.

Cada um se machucou e machucou, o saldo é esta mágoa funda. Um desquite triste, muito tempo sem nos falar, raiva demais, acusação, dor demais. Passou: tempo mata e cura, ficou este mal-estar que nos faz interromper assuntos pelo meio, nos obriga a longas pausas. Teve o tempo do ódio, da secura, da culpa. Então, o quase apaziguamento. Minha, a responsabilidade pelo fracasso? O inquestionável é traiçoeiro, acreditar ou duvidar não muda mais as coisas, tão perto é a certeza e o engano. Se os meninos estão ausentes, não temos o que nos dizer, ele pega um livro, liga a TV, invento tarefas. Traçaram, ele e Antonio, uma linha imaginária, uma reserva de território: "O passado de Celina, só eu conheço bem, começamos a namorar ela tinha..." Bobagem de ex-dono, mas consigo entender: às vezes me irrita o jeitinho íntimo de suas mulheres. Ouviu falar de nossa viagem, disse que talvez se junte na visita ao mosteiro, tem vontade de rever Isabel. Nostalgia pura: Caicó tem o dom de despertar a memória de um tempo onde nos acreditávamos felizes para sempre (*eu acreditava?*). Virou nome mágico, fórmula de contos de fadas, como abracadabra, abre-te Sésamo, salagadula, pirilimpimpim, coisas assim.

HANNELORE E FLÁVIA

Chegaram! Ansiosos no aeroporto apinhado, foi emocionante ver a dupla apontar no desembarque: ao lado de Flávia, perdida, afobada, magra demais, cabelos curtíssimos quase amarelos, penacho de cor impossível de definir – vinha uma mulher baixa, gordinha, de óculos de grau forte (cadê a glamorosa das capas dos discos?), túnica étnica comprida e sandália rasteira, que ouviu o fuzuê e nos acenou sorridente, franzindo os olhos. Pela vidraça, entre a multidão que chegava, a vimos tomar a frente das providências – em pouco tempo, localizou a bagagem, acertou com um carregador e foi juntando caixas, malas, sacolas e frasqueiras no carrinho – e era ela a estrangeira! – e minutos depois, nos atiramos nos braços uns dos outros, uma gritaria! Antonio ficou de longe olhando, diz que cada encontro nosso é um tratado sociológico, acha esquisito e teatral este jeito espalhafatoso. Pusemos cartazes na escada, na porta de casa, Letícia aplicou palavras de papel à toalha de mesa, em todo lugar *Bem-Vindas! Willkomen!* Colegas e vizinhos apareceram para festejar conosco e Isabela, amiga de Letícia – bendita Isabela, com sua leveza! – trouxe balões e produziu estandartes que pendurou nos lustres e nas paredes. Comensal dos sábados e amigo de Antonio, Hugo misturava espanhol, português e inglês e ajudou a montar a mesa (a todo momento, passa por mim, me aperta e repete, levantando os braços: “adoro esta família!”) e todos falavam ao mesmo tempo, e das caixas saíam presentes como coelhos de cartolas, e (*Graças! Hannnelore entende um pouco o português*) exibindo o parco alemão de meu primeiro semestre do Instituto Goethe, abria os braços, apontava *Letícia, Marina, Júlio, Meine kinder* e ela sorria e nos abraçávamos, Sofia trazia Vinicius e ela sorria e se abraçavam e Flávia, deliciada, se orgulhava e dizia: “Não disse que iam te amar?” Uma apoteose! Acabamos de almoçar e mostramos o quarto, os meninos abriam os armários e exibiram suas oferendas e dizendo-se exausta e reclamando do calor (pleno abril, mas o verão continua), Flávia entrou num banho gelado de meia hora e se enfiou num pijama, fechou as janelas e foi dar uma dormida. Continua a fumar e a respirar mal, e não adianta falar, se chateia, fecha a cara, amua. Pouco a pouco, a tarde caiu, as visitas se foram. A sala bagunçada silenciou e retomou seu ritmo, e me estendi no sofá com Antonio para um cochilo quando vi Hannnelore abrir uma mala e com cuidado dela tirar uma geringonça, avaliar o espaço, escolher um canto com boa luz e montar o que entendi ser um pequeno tear. Sentou-se, no colo uma porção de novelos de lãs e fios em meadas de várias cores e começou a tecer! Assim, como estou contando, parecia um sonho! Como se morasse aqui desde sempre e reconhecesse seu lugar e seu direito. Como se, generosa, nos adotasse; generosa, se sentisse adotada! Adorei a sem cerimônia, eu que a imaginava uma europeia complicada, artista famosa e cheia de mesuras. Acho que vou gostar dela. Adormeci, pensando isto: eu vou gostar muito dela.

Tecer é sua paixão, seu hobby de todas as manhãs, e incorporamos aos da casa o som intermitente, a cadência das batidas do tear, de onde ela faz surgir, em espantosa velocidade, paninhos de bandeja, estolas, lenços, cachecóis – Hannnelore é uma máquina de urdiduras e tramas. Aprendeu com a mãe, que aprendeu com a avó: "Na aldeia onde nasci, vivíamos seis meses de inverno por ano e tínhamos que nos unir para sobreviver por período tão longo: todo mundo aprendia a fazer alguma coisa para o grupo, um ofício que beneficiasse todos." Explicava: "Minhas tias faziam picles e conservas; outras, geleias e embutidos; os homens, carpintaria e consertos, fui a terceira geração que escolheu fiar e tecer." Outra de suas singularidades – severa, sóbria, virada pra dentro (mais tarde descobri: nem tanto assim) – em movimentos ligeiros, ela cria fantasiosas combinações de algodão, sedas e fitas, adora o violeta, abusa dos azuis e do verde-bandeira, mistura tudo em peças únicas – o que minha irmã faz no cabelo, ela faz em tecelagem. Algumas vezes, num final destas tardes de outono, a casa cheia – com elas, chegam os amigos músicos que Flávia deixou por aqui, Sofia vem sempre – o céu arrebentando de amarelos e os meninos sentados no chão ou deitados no tapete, ela nos delicia: canta enquanto tece, uma cena medieval. Volto aos claustros, evoco romances de cavalaria e ouço Hannnelore contar aos meninos (como capítulos de um livro, como meus cadernos: pouco a pouco se desvela) – de um jeito tão particular de falar misturando as línguas, entre pausas aflitas, puxando os erres e com auxiliares gestos de mãos – uma noite, sobre a falta de tudo na infância, da guerra e do que era viver na Alemanha naqueles anos sombrios; uma tarde, sobre o pai, oficial de Hitler, que se suicidou quando ela tinha cinco anos – "deixou cartas soturnas e uma mulher na capital, ela tinha três filhos." Outra tarde, da vergonha com a expulsão, perseguição e morte dos judeus: "Mesmo à nossa aldeia, vinham buscá-los. Gente simples, camponeses que trabalhavam a terra ou donos de pequenos negócios. Vinham à noite e dia seguinte, entre sussurros, ouvíamos falar que mais um havia sido levado." Nós a ouvíamos em respeitoso silêncio, às vezes sem entender tudo, e não apenas por dificuldade com a língua, mas porque trazia imagens escuras, destroços de um mundo estranho e terrível. Conservava o espaço do encanto: entre caminhadas na areia, se deliciava com "tantos bebês, em tantos colos de mães, tão carinhosas e faladeiras. Gosto do jeito que se gosta aqui. Na Alemanha, na Áustria e em outros países onde tenho me apresentado, as mulheres estão com medo de ser mães, adiam, ou se recusam. Difícil deixar para trás tanta desolação, ódio e guerra." Lembrava a mãe ressentida, cansada e distante, mas também o acaso feliz da descoberta do talento, a voz que se destacava no coral infantil da igreja, as vitórias na carreira, a ida para Viena, o encontro com Flávia. Chegou tão calada,como imaginar esta catadupa? Onde escondia, em que pedaço do corpo guardava tanta palavra? Tem horas que lembra velhas contadoras de histórias, encaixa uma na outra e sabe o tom certo, domina o ritmo de começar e acabar (cantora lírica, conhece o momento da pausa). Encontra ouvidos ávidos e curiosos, ansiosos para compreender (tão imediato seu envolvimento com os meninos, ela que não teve irmãos, nem filhos. Tão imediata sua entrega a nós!). Fim de tarde, chega à janela, ouve e se delicia com o canto das cigarras, ama o calor e o sol. Romântica, nos faz conhecer Heine: recita sua poesia e se exercita em soantes traduções. E lê alto jornais europeus atrasados – encomenda na banca – acompanha as notícias do mundo da música na Europa: comenta as novidades com Flávia que, na poltrona perto da janela, faz anotações em livros de Gurdjieff e Blavatsky – anda com mania de ocultismo, marca consultas com videntes, deu para frequentar grupos para discutir o sobrenatural. Raras vezes, se exercita ao violino: "Tenho que estudar mais, estou em fase de Brahms, um compositor difícil." Mas se resolve tocar é a mesma maestria, sua arte faz brilhar a sala e recupero o sabor da infância, entrego-me a deliciosos devaneios e deixo correr a imaginação, viajo por países e culturas distantes, eu que conheço quase nada fora do Brasil. Intervalo de fantasia e lirismo– ando tão concreta, tão pão com pão! Me embolo com Antonio e a ouço ler para os meninos trechos de Nietzsche sobre a música: "Quão pouca coisa é necessária para a felicidade! O som de uma sanfona. Sem música, a vida seria um erro, uma tarefa cansativa, um exílio", e provocar uma discussão interminável porque "sanfona é o fim da picada, é coisa de caipira", e começa um bate boca e Júlio se irrita e canta "Asa Branca" e defende o instrumento por causa de Luiz Gonzaga e desanda a discursar sobre a força telúrica da música regional e Vinicius se irrita, pega a guitarra e diz que nada existia antes do rock e grita "Viva Raul Seixas", e as meninas reclamam que assim é impossível, não escutam o telefone e acaba todo mundo batendo porta. Muita libido nesta casa! Flávia se sente desafiada a mostrar a importância da música e cita Huxley: "Depois do silêncio, o que mais se aproxima de expressar o inexprimível é a música" e Beethoven: "A música constitui uma revelação mais alta que qualquer filosofia" e aí sou eu quem entra em cena e defendo minha paixão – faço parte há anos de um grupo de estudos e me arrependo de não ter me formado em filosofia – e todo mundo acha a conversa chata, alguém diz *tenha a santa paciência* e o outro, *mas, que merda* e cada um sai de mansinho e se enfia no quarto. Adoro tudo isto! Herdei de mamãe a alegria de ver gente reunida pelo afeto e uma das lembranças adoráveis dos meus vinte e poucos anos é uma cena no filme francês *As coisas da vida*, com Michel Piccoli e Romy Schneider: antes de morrer num desastre de carro, o personagem imagina realizar seu desejo de juntar em volta de uma mesa farta (coberta por uma toalha branca, é primavera, o céu é azul e o encontro acontece ao ar livre, entre árvores de um campo florido) as pessoas a quem ele amou, que trouxeram alegria e significado à sua vida. Muitas nem se conheciam, mas tinham o rosto alegre e se confraternizavam, sorriam umas para as outras, passavam o pão, as frutas e o vinho, dividiam o alimento – uma mesa pascal – unidos pelo amor partilhado com ele e por ele. Nunca quis rever este filme, me disseram que não era nada assim, que ele tinha um bocado de mulheres e que enganava todas etc., etc., mas eu gosto de achar que era. É assim que guardei e assim me emocionou. Neste cair de tarde de outono, na sala de um apertado apartamento em Copacabana, em meio à bagunça de coisas demais, falas demais, barulho de carros, bate-estacas de obras, fumaça e ônibus demais, de sonhos e livros e música e palavras, novelos, obsessões e manias, sinto o cheiro e o calor do colo de Antonio, olho em volta e comemoro estarmos juntos e eu amar cada pessoa que está hoje aqui. A lembrança destas tardes tem trilha sonora: as vozes de Nina Simone e Ella Fitzgerald. E de Elis.

Outra delícia é ver como – quase sem palavras – cada uma cuida, observa, acompanha, busca o olhar da outra. Cada uma conhece os gestos, as pausas, os silêncios, os humores da outra: "É frágil, artista maior, sensível, delicada demais, uma estrela brilhante", diz de Flávia, Hannnelore. "Ela me ensina, me guia, me faz bem, me abre a vida e me segura. É meu porto", diz Flávia, de Hannnelore. Há uma silenciosa, cálida cumplicidade amorosa entre as duas, lembra os movimentos sem quebra de uma sonata. Raras, raríssimas vezes, uma pontada de ciúme, a impaciência, uma pitada de hostilidade – surgem unhas de gato, a voz ganha um rascante (mais em Flávia, que na companheira). Sigo com olhos invejosos seus mudos olhos parceiros: "Quem sabe, o amor entre mulheres – e o amor entre homens – é reconhecimento mais imediato, identificação menos indagadora, relação menos conflituosa?" Sacudo a cabeça: "Acorda, Celina, acreditar em viver sem frustração é tentativa de restauração da unidade, que nunca houve, que não há. Lembre-se de seus tantos anos de análise."

"*Prost!* Um brinde aos bons encontros, tão raros", propõe Letícia, ao final do jantar: feliz, estuda história e está de casamento marcado com Juan, seu amor espanhol, namoradinho desde a meninice. Aderiram à caravana – embarcamos semana que vem. "Sonhava trazer Hannnelore para conhecer vocês e ver de perto este Brasil profundo. Viveu uma infância triste, passou fome, frio e privações e durante a guerra, um tempão internada num colégio rigoroso, sem poder voltar pra casa. As cores e os cheiros acres, a música e a cultura lá de cima, aqueles espaços imensos, vão estuprar a cabeça da mocinha", Flávia se entusiasma. "Fico só imaginando o que vai sentir diante das rendeiras de Aquiraz, Iguape e Prainha, no Ceará, quando der de cara com a música, o artesanato e os labirintos, os filés, os pontos das rendas, as fibras brasileiras." A visita a Isabel teve que ser adiada mais uma vez: ela estará fora do Brasil até o ano que vem, em visitas aos mosteiros da Ordem espalhados pelo mundo e seu nome está cotado para futura abadessa do Brasil. Tem que se preparar para as novas responsabilidades. Júlio e Vinicius não vão, preferem passar dias na fazenda de amigos do colégio.

Sofia também não pode viajar. Não conseguiu férias na biblioteca e tem prazo para entregar à editora o trabalho de pesquisa que vem fazendo com antigos companheiros: compilam dados sobre as diversas organizações de esquerda, suas tendências e vertentes. Pra quê? "Memória, verdade, justiça", ela diz, "nós que saímos vivos temos obrigação de falar o que sabemos, se ninguém fizer, o registro se perde." Tenho medo, digo que é cedo, melhor não mexer em vespeiros e deixar a poeira baixar, mas decidiram enfrentar o silêncio oficial e começaram a desbastar o emaranhado, reúnem-se toda semana na casa de Sofia. Nunca mais foi a mesma, algo nela se apagou. Sempre se autoproclamou materialista e ateia – lá pelos catorze anos decretou que Deus não existia – mas é quem mais alimenta o plano de rever Isabel, a quem escreve cartas emocionadas, recheadas de fotos de Vinicius e pedidos de orações e bênção. É como se *dependesse* do perdão de Isabel para tocar a vida adiante e *se livrar* do peso do passado. A absolvição! *Como somos divididas por baixo de nossas certezas!* Vive amores, às vezes pede que não apareça em sua casa num fim de semana, alguém passa a noite com ela. Quem? Não diz, se fecha, e uma vez que conversávamos sobre nossa vida afetiva e lhe perguntei a quantas andava, respondeu, tranquila: "Meu coração e meu corpo tiveram sempre menos do que eu pedia e procurava, do que eu preciso." Voltou a assistir à missa, batizou e crismou Vinicius, frequenta a igreja dos Dominicanos do Leme, estuda a teologia da libertação. Às vezes, fala em deixar o Brasil. É ainda bem bonita, mas sujeita a intempestivas variações de humor e seu olhar só ganha vida e brilho à aproximação de Vinicius e seu sorriso escancarado. É curiosa a relação entre os dois, porque não demonstra ciúme e nem lhe cobra nada, sabe que ele é mais feliz no meio da bagunça dos primos e das garotas bronzeadas do Arpoador, que disputam pentear seus cabelos encaracolados, lhe amarram bandanas coloridas. Há em Sofia algo que intimida e emociona, vê-se que o passado a atormenta, vive reclusa na casa escondida no subúrbio, vem pouco pras bandas de cá.

Perguntei-lhe sobre o pai de Vinicius, queria saber se ele demonstrava curiosidade, como reagia à ausência, ao desconhecimento, mas ela mudava de assunto, me descartava. Insisti e ela bateu na mesa, zangada: "É entre mim e meu filho, e mais ninguém, na hora certa vamos conversar." Pronto, acabou, não mais toco no assunto. Antonio começou a acompanhar as reuniões do grupo, mas se decepcionou: "Por enquanto, é um relatório neutro, uma mera listagem de correntes da esquerda, não há calor de testemunhos, não fala de aprendizados ou experiências concretas. Mas Sofia é corajosa e vão encontrar o caminho." Sacode os ombros: "Talvez seja prematuro encarar o que passaram. Não há vida no texto, não parece escrito por gente que viveu e sofreu." Reavalia: "Ainda assim, só uma pessoa muito íntegra assinaria estas pesquisas." Confiante, Sofia segue com o projeto, mas em conversas no dia a dia se recusa a falar da prisão e do que aconteceu, se esquiva a perguntas sobre torturas e desaparecimento de companheiros e uma vez que lhe perguntei se se filiara à guerrilha e teria tomado parte em sequestros e ações armadas, respondeu sem desviar o olhar: "É possível e fácil um guerrilheiro se tornar burguês, é quase impossível um burguês se transformar em guerrilheiro. Se quer saber, não peguei em armas, não roubei, não sequestrei. Dúvidas demais e coragem de menos. Não é com orgulho que confesso."

O Brasil sai de um período de trevas, que deixou dilaceradas marcas dos dois lados e gente demais se arrebentou, gente demais morreu, uma geração aprendeu à força a ter medo. Muitos sonhos morreram no caminho. Sobram desconfianças, exclusões e rachaduras, patrulhas em alerta. Continuo a análise de grupo com dr. Rubens, e Miriam acaba de descobrir – por depoimentos anônimos que lhe chegaram às mãos – que o irmão foi morto poucos dias após ser preso. Ainda não tem certeza se foi no Araguaia ou em São Paulo, é tudo secreto e nebuloso, parece que queimaram as provas. Não sabe onde está o corpo nem o que aconteceu e nem consigo imaginar o que é uma mãe não ter o filho para enterrar, um direito sagrado. A dela se arrasta pela casa em gemidos. Um amigo descobriu que seu padrinho, tio querido e pai amoroso, tem seu nome em lista de torturadores: "Era tão íntegro: só posso imaginar que acreditava cumprir a nobre missão de limpar o Brasil." O país acabou derrotado, todo mundo perdeu, sobrou dor pra todo lado. Tenho medo: entre os militares, há alas que insistem na repressão e não aceitam a anistia, forjam atentados. Por isto, suplico a Sofia: "Deixa esfriar." Desde o covarde episódio da bomba do Riocentro, sofre de pesadelos e se retraiu ainda mais, se entope de remédios, suspeita de vizinhos e antigos colegas. Os meninos daqui de casa e um bando de amigos e sobrinhos estavam entre as mais de vinte mil pessoas no show, era pra ser uma festa, comemorar com música o Dia do Trabalhador e só por sorte não aconteceu uma carnificina. Ligaram de madrugada, "explodiram bombas, há feridos", e aguardamos apavorados: chegaram tranquilos, não sabiam de nada, tudo transcorreu normal, não houve pânico, os disparos não foram percebidos pelo público. Afinal, quem manda no país? Como controlar forças tão diversas? De um lado e de outro, não é hora de esquecer o terror? Consegue-se esquecer? O que vai fazer Sofia com seu coração quebrado? O que fazer, cada um, com suas dores?

DE VOLTA DO NORDESTE

E cá estamos nós, no Rio: a dupla viajou para Viena anteontem. Malas prontas para tomar o avião de volta, festejamos as pacíficas férias: nenhum conflito em catorze dias, num grupo de sete pessoas e duas gerações! Só Flávia aproveitou pouco: quase sempre cansada, às caminhadas preferia a quietude e o mormaço dos quartos sem conforto de tantos hotéis desolados de cidades perdidas do sertão cearense e potiguar. Dormitava a maior parte do dia (sempre foi noturna). Insistia que não perdêssemos nada, da janela acenava, se recolhia com seus livros: "Divirtam-se, passeiem, fiquem tranquilos: de meu quarto, vejo, gozo e escuto a música e as falas das gentes na rua." Em compensação, que esplendor ver Hannnelore em êxtase com a cultura popular brasileira – o que é um olhar de fora, se aberto e generoso! Se apaixonou por Fortaleza, suas praias e jangadas de bandeiras coloridas. Então, nos embrenhamos no sertão e insistíamos em apontar carências, penúria, secas, exploração, ignorância e miséria e tanta coisa que revolta e envergonha – a falta de higiene, de esgotos e água, a desnutrição, a desolação dos povoados, a escassez – e ela retrucava, em sua linguagem peculiar e reforço das mãos: "Tudo isto é verdade, mas quanta riqueza humana, que coragem para enfrentar o precário, quantas *possibilidades.*" Rebatia nossos argumentos: "São ignorantes porque não tiveram estudo nem chance, mas vejo atividade e forte sentido comunitário, e homens plantando e mulheres tecendo, e o fruto do trabalho é sempre sagrado", e ficamos sem palavra, porque é frase que adoramos de música de Milton Nascimento, que ela desconhece. *Róseo, ingênuo, o olhar de Hannnelore?* Me surpreendi ao pensar: "Pena mamãe não estar aqui, ela adoraria esta luterana laboriosa, que fala e confia, acredita em coisas assim." Converso com Antonio, busco entender: "Será por que viveu a falta de tudo este olhar de Hannnelore? Ou é negação, virar a cara para não enfrentar uma realidade atroz?" Porque é como se ela nos forçasse a ver de novo, vem mais limpa e traz menos carga, se entrega mais inteira ao que está à frente. Veio predisposta ao sim. "Pensei que teria muito a ensinar, tenho aprendido com eles." Estive perto de me irritar – ninguém pode ser assim, tão *doador* – e a me convencer que era o tal do fascínio pelo exótico – aquela coisa dos salões europeus do século XVI, os senhores do mundo intrigados, apalpando as pernas, examinando com lupa os dentes, raspando a cara do índio para conferir a cor da pele e a falta de pelos – mas ela é tão genuinamente interessada nos relatos das pessoas, insiste tanto em *possibilidades.* Topamos a toda a hora com caboclos louros de olhos azuis (a seu olhar de interrogação, esclarecemos que devem descender de holandeses e franceses, muitos andaram por aqui), por todo lado circulam mascates, sírios, libaneses com suas malas, Hannnelore se admira: "Um país tão aberto para o estrangeiro!" Somos? Explicamos que os negros vieram como escravos, outros imigraram contratados para trabalhar na lavoura e foram muito explorados, muitos não resistiram. E contamos sobre os japoneses em São Paulo e os alemães no Sul, e ela reflete e entende, fala de *diferenças, diversidade*, aprendeu a palavra *singularidade* e se mostra tão atenta ao que vê, tantas vezes preferiu a qualquer outro programa se sentar (como a gente da terra, agachava, saia enfiada entre as pernas) com as rendeiras e artesãs, participar do plantio de favas ou ver cardar o algodão, ouvir histórias de vida e acompanhar os movimentos dos dedos no desfiar de fibras nossas, como a pita, o buriti, o caroá, a paina, que me rendi, atordoada: "Vivi anos com medo, entre pessoas paralisadas pelo medo: no tempo da guerra e por muito tempo depois, faltavam comida e eletricidade, a vontade se esvaía e muitos morriam congelados, era tudo escuridão e desânimo e desolação. Boa parte da vida, vi pessoas sem esperança. Então, vejo este sol... nenhum de vocês tem ideia do que seja viver sem sol. E vejo a falta, os problemas, as dificuldades, a desigualdade, mas..." *Róseo demais, o olhar de Hannnelore?* Sentada sob um juazeiro, rosto gretado e escapulário no pescoço, a mulher encurvada e sombria, explicou, paciente: "Dona, o sertão tem só uma lei: sobrevivência. O resto é palavreado", e Hannnelore ouvia, refletia. Horas sentada na beira-rio acompanhando a feitura de farinha, vendo socar o pilão, bater a castanha. As meninas também viviam de espanto: convivem com a pobreza urbana, fazem trabalho social nas favelas do Pavão/Pavãozinho, em Copacabana, e Letícia participa de um grupo de pesquisa sobre menores de rua, mas aquela aridez, aqueles descampados, é tudo *demais*, carente demais, o espaço ilimitado demais. Hannnelore já não hesita, aprende rápido o português, se diverte quando protestamos contra a definição de "país do futuro", provoca: "E por que não? Venho do continente do passado, virado para trás, esmagado por guerras, divisões, pela carga de sua história. Na Europa, tudo parece estar pronto... o que instiga mais?" (me emociono, porque assim também vejo o Brasil, tudo por se fazer). Se insistimos, ela se curva: "Mais do que desigual, é injusto com sua gente." Concordamos: injusto é o Brasil. Uma vez só, não sabemos o que aconteceu, não quis falar o que viu ou ouviu: naquela tarde, recolheu-se mais cedo ao quarto e chorou. E à noite, recusou-se a sair para jantar.

Nunca se cansa. Formam, ela e Antonio, um par curioso: nos dois a mesma compulsão a aprender e compreender – desbravam a pé escaldantes quilômetros por dia ("descubro as cidades me perdendo nelas"), se guiam pelo faro, o instinto, a intensidade da luz e da sombra, o curso dos rios e dos astros, pegadas, a força e direção do vento. Percorrem ruas, vielas, becos, caminhos estreitos, entram e saem de casas, somem atrás de muros, não temem a escuridão, a encruzilhada, as portas fechadas. E eu, sempre perguntadeira, me descubro léguas atrás da dupla, que se interessa por tudo, toma notas e desbrava o indescoberto – andarilhos, bandeirantes, conquistadores, pioneiros, navegantes sem instrumentos aportando em terras não mapeadas. No intervalo entre tantos caminhos, conversas e aulas de renda, Hannelore sacode, abaixa e levanta a saia rodada, se abana com a ventarola de palha, tece pulseiras de fibras e, loquaz, descreve o que sente, o que descobriu, viu e aprendeu, fala de surpresas. Flávia a espera no quarto fechado, ansiosa: sem ar, ouve os relatos, sorri feliz. E Marina a segue pelas ruas como um acólito fiel, ouve seus relatos, aprende a fiar, pouco a pouco se apaixona pela forma de viver de Hannnelore.

As estradas são horríveis e os ônibus, pavorosos, mas nosso destino era tecido pelo caprichoso desenho das rotas das bandeiras, das rendas e bordadeiras, continente do imaginário de Flávia, em amorosa doação para Hannnelore. Passamos por vilarejos quase abandonados, no Ceará, no Rio Grande do Norte, imensidão sem dono. Mulheres velhas, olhar perdido, e crianças encardidas de pé cascudo correndo pelo solo arenoso. Avós e netos, os meninos sem rumo. Pais e mães se foram pro sul. "O agreste é castigo: a terra é ruim e seca. Quem tem força vai embora, enche pau de arara todo dia. Deixam os meninos, arranjam trabalho, mandam dinheiro. Mas Deus não abandona: se não dá terra, deu mãos e os miúdos se criam. Uns voltam pro coração não arrebentar de saudades, mas não demoram. Chegam, está tudo igualzinho, juntam as tralhas e vão pro sul outra vez." Ouço, olho este vazião, procuro identificar o que sinto, juntar tanta palavra a tanta natureza sem uso.

O interior do Nordeste é assim, derruba resistências, tem horas que dá vontade de chorar pelo atraso, pela injustiça, pela aspereza. É coisa para gente rija. Dá raiva. Hannnelore parece fitar além: se atrela à magia, ao poder de suscitar do intocado e virgem, tudo não é, tudo por ser. Chega aqui o de fora e vê este vão, o céu enorme, a terra seca que resiste ao trato e a gente crua e pobre e desconsolada – e a porta aberta, a trela folgada que não acaba nunca, o arranjar um jeito de trazer bolo e café numa caneca rachada – e nos vemos obrigados a repensar nossas certezas, o primado da mente se esfarela à força da matéria viva, da vida que arde, soca e pulsa forte. Lembro Cecília Meireles: "*A vida, a vida só é possível reinventada.*" Busco reinventá-la e entre tristeza e raiva a acolho, guiada pelos olhos libertos de Hannnelore. A métrica se dissolve. Puro Dioniso!

Dias ferventes. À noite, deitávamos enfileirados na terra sob o céu limpíssimo e Antonio puxava o cordão: "Vejam que lindo é este lugar à noite: todo mundo levantar as mãos e segurar as estrelas, em céu tão vasto elas relampejam, vamos levar uma pra nós, não vai fazer falta. Olha uma estrela cadente!" (uma faísca de luz cruzava o céu e caía no escuro) "E agora, partir uma fatia da lua para cada um, esta lua linda, medalha prateada, absurda de tão brilhante!" (ah bem-aventurado, Antonio, eu me esquecera que existiam lua e estrelas!), e ríamos e fazíamos gestos de pegar, de agarrar, porque nunca pensaríamos existir um céu tão perto, quase encostava no chão, quase encostava na gente. Uma tarde em que almoçávamos, falávamos de medos, do primitivo que resiste em nós e Antonio nos entreteve contando a origem de mitos e lendas, costumes e festas regionais – antes de vir, andou mergulhando no Câmara Cascudo – e embora sem entender todas as palavras, Hannnelore arregalava os olhos e batia palmas ao descobrir associações com as tradições e mitologia germânica e nórdica e Juan – o silencioso e tranquilo amado de Letícia, que chegou menino no Brasil seguindo o pai, um espanhol perito em instalações elétricas que aqui montou empresa, ganhou dinheiro e voltou há dois anos para sua Galícia – lembra os mitos ibéricos e fala de serpentes aladas e deuses identificados às forças da natureza e em mulheres saídas das águas, mães de todos os homens: em pleno sertão, fornalha ardente e seca, misturamos as amazonas – guerreiras valorosas, amputavam um dos seios, para melhor manejar o arco – às valquírias, belas jovens, montadas em cavalos alados e armadas de elmos e lança; lembramos os irmãos Grimm e o Saci, o negrinho brincalhão de uma perna só, que sabe misturar ervas e fazer medicamentos. Alguém lembrou o boitatá, – "cobra de fogo que protege as matas e persegue e liquida quem desrespeita a natureza" e o boto, "o jovem bonito que seduz as mulheres jovens, leva-as para a beira do rio, as engravida e abandona, desaparecendo nas águas em forma de peixe", o curupira. O lobisomem: Hannnelore pôs a mão na cabeça: Drácula? E lembramos a Mãe D'água, Yara, Yemanjá: fêmeas, símbolos ao mesmo tempo de amor e perigo, que surgem das águas, metade mulher metade peixe, e atraem os homens para a morte no fundo dos rios, na corrente do mar: a nórdica sereia? Thor, os elfos, duendes, a mula sem cabeça. Um delírio regado a Grécia, Espanha, Germânia, Wagner e farinha d'água. Agitados, falávamos e bebíamos garapa e uma suave aguardente e nos abraçávamos suados, levemente bêbados nos confundíamos. Fronteiras eliminadas, éramos um e o outro, iguais e diferentes. Em paz.

Radiante, Flávia olhava com paixão a companheira embriagada de sol – mais do que todos, em meio àqueles lugares sem nome, Hannnelore se ressentia do intenso calor e suava, passava as costas das mãos na testa e as enxugava na saia, e se soltava, gesticulava, sorria, rosto tornado sardento pelo excesso de luz. O tempo todo a terra crestada sob um céu em chamas e entre rendas delicadas como as mais preciosas e caras da Europa, nós lá, traçando carne de sol, tomando cajuína e roendo rapadura e descobrindo como os povos são iguais nas crendices e superstições, no culto aos ancestrais, nos artifícios de defesa do ininteligível, do sobrenatural. E como todos criam e alimentam – para manter vivas suas crenças profundas – cantos e narrativas orais, rituais religiosos de fertilidade, lendas e ritmos e danças, todos preservam e transmitem de geração a geração seus mitos primordiais, elos com uma instância outra, antiga, imemorial, perdida nos tempos. "Ah... os mitos, histórias do sagrado, portas abertas para a imaginação e fantasia, trafegam por campos longe do racional. Não se apoiam em datas, cronologia, fatos concretos, não pousam, não ancoram, habitam o fora do sequenciado, são inaugurais"...suspira, olhar de sonho, Letícia, nossa quase historiadora, a rainha das datas, dos nomes e dos fatos, quase cochilando nos ombros de seu amor: "Há horas que penso que deveria ter escolhido estudar mitologia, ou antropologia." Bainha da calça suja de terra, rosto cansado, Marina foi a primeira a se levantar da mesa, se espreguiçou. Entre bocejos, meditativa, olhou o relógio, anunciou que era hora da sesta – este delicioso hábito que se mantém em cidades do nordeste – e fomos pra cama.

"Em cada sala, um altar, em cada quintal, uma oficina" ao som dos cordelistas e cantadores que nos saudavam na viola com arrastados versos chorosos e cantavam os embates entre Lampião e os volantes, a coragem dos jagunços e a beleza de Maria Bonita, lemos o cartaz à entrada de Juazeiro, terra do Padim Ciço, onde, por insistência de Flávia, nos agregamos à romaria anual. Mais adiante, uma estátua de vinte e sete metros do padre apontava o Santuário: numa sala apertada, tristonha e escura cheirando a vela, suor e incenso, entre rostos em lágrimas e milhares de bilhetes, cartas, orelhas, narizes, pernas, braços e corações de cera, oferendas votivas de pessoas que vieram em busca de cura ou em agradecimento, vimos Flávia cobrir e abaixar a cabeça, tirar os sapatos, puxar Hannnelore para seu lado e se prostrar. Sabia de cor detalhes da vida do santo: "Casto desde os doze anos... escolheu viver em Juazeiro depois de uma visão de Jesus Cristo e dos apóstolos sentados a uma mesa como na Última Ceia e de ouvir a recomendação: *Padre Cícero, tome conta deles!*" Disse ter vindo pedir um milagre, não quis dizer qual.

Esquisitos seus exageros – exasperam e irritam – e me esforço para compreender esta irmã querida que se revela a cada hora, a mais próxima a vida inteira, a artista, a talentosa estudante de música que anos atrás partiu para estudar, se aperfeiçoar e disputar uma vaga em orquestra da Europa – o continente bem pensante, o berço do pensamento cartesiano e do materialismo histórico – e vejo agora fragilizada, enredada no universo mágico de rituais, cerimônias de purificação, profecias e delírios. Reage à minha cobrança: "É Ciência, impossível negar a influência dos astros, o papel dos espíritos e dos santos no cotidiano dos homens." Ciência? Astros? Discutimos e lembrei-lhe nosso amigo Sérgio Menge, astrônomo reputado que deixara uma obra de mais de quinhentas páginas, trabalho de anos e anos, *Astrologia, da ciência ao delírio*, escrita para marcar a diferença entre a origem do interesse nos astros – inicialmente matemático e fundamental para o entendimento do ciclo das culturas, dos regimes dos rios e das marés, o ritmo da luz – e sua apropriação "delirante" por embusteiros, magos e adivinhos. "Você acha que sabe mais do que ele, que é até nome de asteroide?" Ela se irrita e se recolhe, me deixa falando sozinha. A comunicação entre nós se complica: com Sofia, nada de falar de paternidade e prisão; com Isabel, proibido falar em problemas e estripulias amorosas. E com Flávia, nada do que penso de suas obsessões.

Talvez este excessivo misticismo seja o jeito que encontrou para purgar a culpa pela sexualidade: ela se autocondena, pesado demais ser homossexual, sucesso artístico e feliz, é como se não merecesse. Culpa e pecado, culpa e pecado, nossa eterna construção? E o que fazer para amar, compreender, acolher e suportar a tirania de Flávia? "Somos fruto de nossa formação cultural, nossos laços comunitários e religiosos. Mesmo você, com seus tantos anos de análise, se conhece melhor, mas não consegue fugir de sua história e sua infância", conclui Antonio. Tantos anos de divã, tanta tormenta, tanta vida e alegrias e fracassos, vivências e experiências e me curvo a admitir que é verdade. A gente cresce, vive, sofre, briga, aprende, troca, estuda, convive, apanha e amadurece e envelhece e descobre que a criança está ali, emboscada, faminta, malcriada, ciumenta, invejosa e hostil à espreita, esperneando, pronta a chantagear, exibir e impor seu desejo, sua onipotência e raiva. Sempre ávida, pronta para o salto. Muitas vezes dou de cara com ela, tento calar sua boca, aprisioná-la. Ela escapole, ligeira.

Dias depois, a volta ao Rio e ao batente. Queimados de sol, cara repousada de férias. Todos mais apaixonados, mais intrigados com o Brasil, terra virgem, tudo por se fazer. Combinamos nos rever a cada dois anos e o próximo encontro será em Viena: Antonio e eu vamos finalmente conhecer a Europa, nos hospedamos com elas. Flávia já prepara o roteiro: Áustria (claro!), Paris e Londres. Eu queria conhecer a Itália, mas não dá pra tudo de uma vez. Depois, novo encontro aqui para a sonhada viagem às cidades históricas de Minas: adoro cada uma, e nunca me sinto tão brasileira quanto em minhas batatas das pernas doendo no subir e descer as ladeiras de Ouro Preto, nas conversas de fim de dia gelado e ventoso, comendo torresmos nos botecos de São João del Rey. E penso como a cultura de Minas tem a ver com o que é mais forte em nós: o comprometimento com o outro, a forte amizade e a palavra honrada. Tem a ver com "cada um sabe a dor e a delícia de ser o que é", de Caetano. Porque, se para Flávia é o Nordeste, para mim Minas é pena e gozo no limite. Busco imaginar a reação de Hannnelore à circunspecção das gentes, aos horizontes espremidos por montanhas, este jeito virado pra dentro, o jeito *Minas* de Brasil. E Flávia, que vive nos quartos, mas ganhou na Europa a paixão pelas viagens, já projeta uma futura excursão ao Sul, às cidades de imigração alemã, para Hannnelore encontrar e conviver com gente loura como ela, gente que tece, borda e cozinha como ela. Gente que constrói casas nas encostas das serras, em arquitetura que lembra os chalés dos Alpes, como aquele onde ela nasceu e viveu a infância. Ah Flávia, a sonhadora. A que ama e passa o tempo a inventar como proporcionar prazer à companheira.

Agora, a despedida chorosa. Reassumo o escritório semana que vem: Maria Beatriz – amiga e estrela guia – segurou tudo sozinha e não perdemos nenhum cliente, temos até novos contratos. Agora, fico eu para ela viajar em setembro com Paulo: querem conhecer a Itália.

CADERNOS – 1983

PRIMEIRA VIAGEM À EUROPA: VIENA, PARIS, LONDRES (PEQUENOS SUSTOS E UM AFFAIR *EM ROMA)*

A primeira viagem à Europa a gente nunca esquece: lá fomos nós, dinheiro curto, coração aos saltos. Flávia abriu a porta, cigarro na mão, e nos afundamos alegres em seus braços abertos, Hannnelore correu da cozinha, trouxe taças de vinho branco gelado e festejamos – mais vinho, agora tinto, e uma cheirosa massa *al pesto*. Cada dia, uma descoberta. A casa é um *bric à brac*, e o tear – volumoso, mais sofisticado que o nosso velho conhecido, tem um lugar de honra no meio de um amontoado de peças de artesanato, cocares e rendas (*pedaços de Brasil!*), pilhas de discos, aparelho de som e partituras espalhadas – e dias depois, elas nos guiaram por Paris e Londres. Prova de esforço e amor, porque ficamos sabendo que Flávia vive quase trancada, trabalha de raro em raro e não aceita convites para concertos fora da cidade, se esquiva a compromissos, raramente sai de casa. Sua única fresta amorosa é Hannnelore, o resto é ansiedade e delírios. "Viena me oprime, o clima é pavoroso", se queixa (sei que há mais do que isto). Sente frio o tempo todo, está muito magra, mas jurou ter os exames em dia e não ser nada demais. E acende mais um cigarro, o cheiro invade a casa, os cinzeiros transbordam.

Fomos à Ópera ver Hannnelore em cena: ela cresce (*tão baixinha,* quase inexpressiva *ao vivo*), se agiganta, é uma Diva no palco, a voz é extraordinária, potente, límpida, canta as *Bachianas*, de Villa-Lobos, e seu olhar nos procura na plateia e nos encontra em lágrimas, os aplausos não param, é chamada à cena muitas e muitas vezes: reconhecida nas ruas, vêm cumprimentá-la, trazem seus discos, pedem autógrafos. Por onde passa é atração, as pessoas se viram quando ela passa, abordam-na na rua. A meu lado, no teatro, alguém comentava sua beleza, o raro timbre de sua voz. Vejo suas fotos em cartazes nos muros, o assédio nas ruas, sua fama quase legendária na Áustria, na Alemanha, na França e a paixão que provoca, e coço a cabeça e me pergunto como conciliar isto com a mulher cheia de interjeições e curiosidades, de sandália rasa e pé sujo de poeira, que transita com disposição, interesse, compaixão e olhar aberto e confiante pelo Brasil mais abandonado, mais pobre.

Paris era um velho sonho e tantas vezes vi suas imagens e fotos que não imaginava me surpreender, mas sua beleza urbana é mesmo insuperável. Subimos a Champs Elysées e ficamos sem ar: pura perfeição. Lembrei que me contaram: querendo provocar Bernanos, escritor judeu francês refugiado no Brasil, perguntaram-lhe qual seria a mais bela cidade do mundo e ele respondeu: "Pelas mãos de Deus, o Rio de Janeiro, pelas mãos dos homens, Paris." A qualquer lugar que se chegue, de qualquer ângulo que se veja, Paris é bela, harmônica, apolínea. Provei ostras, reagi a seu gosto e textura, carregamos pão debaixo do braço, percorremos o mercado Les Halles. Primavera – flores por toda parte, cheiros e cores, chovia todos os dias, cruzávamos com jovens e velhos friorentos, envolvidos em cachecóis. Também encasacados, vagueávamos horas ao longo do Sena, cada ponte um deslumbre, folheávamos livros nos quiosques, à noite fugíamos para Pigalle, percorríamos Montmartre. Na Place du Tertre, posei para um artista ao ar livre, ele, de paleta na mão e boné: ficou tão ruim que não guardei nem como suvenir, mas por minutos me imaginei musa, modelo, personagem de romance. Nas manhãs, guia na mão, o Louvre, Versalhes. Catedrais, parques, praças, museus, andar a esmo, flanar, plátanos, luzes, milhares de luzes e igrejas e buscar vestígios da Paris libertária, da Paris que por tantos anos ocupou a fantasia da adolescente. Não resisti: camisa de gola rulê preta, parti em busca de Picasso, Buñuel, Sartre, Simone, Camus, pensei ter visto Juliette Greco, nos sentamos no Café de Flore, tomei absinto, cheguei a ouvir cantar Edith Piaf, rolamos por Saint Germain, reverenciei a Sorbonne.

Londres – além de judia, devo ter sido inglesa em outra encarnação, de imediato amei a geografia estranha e tortuosa, me enfiei no Underground, nos embrenhamos nos parques e jardins emaranhados (tão diferentes dos simétricos franceses), me localizava nas ruas enviesadas de numeração enlouquecida. Nas manhãs, o *fog*, os longos casacos pretos, de repente um homem de fraque e cartola, uma dama de ar aristocrático e entediado, uma jovem romântica que parece saída das páginas de Jane Austen; e, na esquina da King's Road, os punks, roupa e olhos pintados de preto, cabelo moicano, alfinete no nariz, alguns os exibiam nos mamilos, camisa aberta, olhar de sarcasmo e ironia. Londres. A linda Albert Bridge, o castelo, de longe, a rainha em sua carruagem, para onde iria? É amada pelo povo, que acena à sua passagem e grita *God save the Queen*. Na rua, curiosa, acompanho o jeito inglês de conviver, em amigos que se despedem, conhecidos que se encontram: reservados, quase não se tocam. Impossível não dar um pulo a Stratford-upon-Avon e assistimos *Hamlet* no teatro do poeta, visitamos sua casa natal e a Holy Trinity Church, onde foi batizado e enterrado. Enlouquecido, Antonio deixou crescer cabelo e barba, se tatuou no pescoço e se perdia nos bares, se entupia de cerveja quente, não perdia uma banda, se arrastava pelas noites lamentando ser um mal remunerado professor brasileiro, comprou discos e discos e em Carnaby Street uma jaqueta dura e mal cheirosa de pele de carneiro que não vai usar nunca no Brasil. Gastava mais do que podia e telefonava para Vinicius para contar o que via e ouvia, jurava se dedicar mais à guitarra. É comum falar mal da comida inglesa, mas descobrimos um restaurante onde devoramos bifes suculentos de um gado que só existe na Escócia (macrobiótica, Flávia vira a cara, tira da bolsa um saquinho e mordisca grãos). Nos perdemos em museus fantásticos, entre obras de arte e tesouros do mundo inteiro, a história, o drama e a glória do homem a nossos olhos. Então, baixava a raiva, nos lembrávamos: a Europa venceu e pilhou o Egito, dominou e pilhou as Américas e a África, roubaram um bocado o Brasil. Nosso ouro veio parar na Inglaterra via Portugal e sem ele talvez nem existisse o Império Britânico. Flávia recordou o tal inglês que levou nossas sementes de seringueira para as colônias, o que foi dar na decadência da Amazônia e no fim do boom da borracha. "Uns piratas bucaneiros, estes ingleses." Mas eu me rendia: gostei da França, fui criada e cultivada por sua cultura e seus artistas, mas adorei os ingleses, adorei a Inglaterra. Em cada canto mais um museu, mais um parque (inesquecíveis oasis silenciosos), fomos à Torre de Londres (Shakespeare!) e largávamos Antonio para nos perder nas butiques mais loucas, onde nos maquiávamos (de graça, em cabines que lembravam camarins) com exagero, pintávamos com spray os cabelos de mil cores, experimentávamos perucas malucas; não existe gente tão excêntrica – ninguém olha pra ninguém e cada um se veste, age e vive como gosta. Aprendíamos o que quer dizer *privacy*. Conheço pouco do mundo, mas se não morasse no Rio, se não fosse brasileira, queria viver na Inglaterra (fora o frio, que detesto). "Ora, que ideia: existe Inglaterra sem frio?", provoca Flávia, saudosa do calor e das praias do Brasil.

Saíamos de um pub, ela confidenciou que, naquela rua, poucos anos antes, uma cigana lera sua mão e pressentira cortes, interrupção, alertou-a para a fraqueza dos pulmões, falou de sangue, luto, tristeza e morte. Rememorava, tremia e acendia um cigarro: "O tempo todo, tenazes apertam meu peito, me falta ar." *Então, era isto? Uma cigana de rua! Uma leitura de mãos, que disparate!* Por isto vive amedrontada? Pediu sigilo: "Hannnelore não sabe, preferi não contar. Não é que acredite, mas nunca estou bem e precisava desabafar, as palavras martelam minha cabeça." Mistério desvendado: a profecia desencadeou nela esta obsessão, por isto se afunda e se tranca. Cética – sempre achei tolice o tal do mapa astral, vaticínios e leituras de sorte – não pensei no assunto nos dias seguintes – mas por muito tempo acordei molhada de suor e Antonio se assustava: no sono eu me debatia e falava alto, procurava sua mão. Admiti que também a mim assustou a profecia, confirmou temores que eu lutava para afastar. Dez vezes liguei para os filhos aquela semana: "Para de telefonar toda hora", mandaram me divertir e deixá-los em paz.

No meio da tormenta, o inusitado; em passeio pelo Tâmisa, encontramos Regina e Fábio, casal amigo que nem sabíamos estar na cidade e combinamos uma ida ao Clube Playboy; afinal, segundo os dois, alvoroçados, "ninguém pode vir a Londres sem ver de perto as coelhinhas da Playboy." Flávia e Hannnelore não aderiram, mas os dois fizeram questão que fôssemos com eles. Regina era uma mulher linda: prima da cantora Maysa Matarazzo, tinha os mesmos olhos entre o verde e o azul profundo e a mesma voz rouca, o tom de pele dourado, um colorido de chamar a atenção. Chegamos e no salão enorme e mal iluminado, cheirando a cigarro, bebida, e sexo, depois de cúmplices trocas de olhares, os dois escolheram a mesa atendida pela coelhinha mais exuberante, roupa mais apertada e peito maior. Constrangidas, coadjuvantes secundaríssimas, assistimos nossos companheiros se exibindo para impressionar a mocinha, pedindo o champanhe mais caro, o caviar originário do mais longínquo rincão do mar Cáspio, o queijo raríssimo da Borgonha, e rindo alto e se cutucando com malícia a cada vez que ela vinha nos servir e quase colava os seios a seus rostos em brasa. Nervosa, eu suava e fazia contas, como pagar a extravagância? Ah, os dois filhos da mãe estavam se divertindo à larga, ah eles teriam muito o que contar a seus amigos na volta! E riam alto e se cutucavam. Não fosse eu ter medo de me perder em Londres naquela quase madrugada e me mandava para não ter que assistir à cena embaraçosa e irritante. E então, assim sem mais nem menos, caiu no meu colo um bilhete, que na pouca luz não consegui ler. Olhei Regina: disfarçando, mostrou ter recebido bilhete idêntico. Corremos ao banheiro: era o convite para um encontro no dia seguinte à tardinha, para "aprender a fazer e tomar comigo um chá turco": embaixo, um endereço e a assinatura "Marjorie, a coelhinha." Que audácia, que ousadia. E que curiosidade! Vamos, não vamos? o que significava o convite? assédio sexual? uma armadilha? vontade de nos conhecer? Intrigadas, assustadas, nos perguntávamos "vamos"? contaríamos *para eles*? Vingança feminina, sobranceiras, dia seguinte inventamos uma desculpa e, coração disparado, nos mandamos para Wembley. Destino traçado: tomar café turco com Marjorie, a peituda. Ah, teríamos o que contar aos amigos do Brasil. Ah, se os dois pensavam... Anticlímax: chegamos, era uma casa geminada, pequena e simples, tijolinho vermelho, flores na janela e um jardinzinho bem cuidado com begônias cor-de-rosa, canteiros margeados por pedrinhas brancas. Uma quietude! A vizinha regava o jardim com mangueira, um pouco de água esguichou em nós e ela se desculpou, ofereceu um lenço, perguntou de onde éramos. Tudo tão singelo. Para mim, tudo infância, tão Minas Gerais! Belo Horizonte em pleno Wembley! Quase comecei a chorar ali mesmo. Olhei Regina, ela olhou pra mim, rabo entre as pernas tomamos o caminho de volta, passos apressados até o *tube*, sem viver nossa (erótica?) aventura londrina, o mistério do convite da coelhinha. Não sei o que perdemos, que caso excitante deixamos para trás. Também não sei até hoje o gosto do café turco: me contaram que à diferença do nosso, eles não coam o pó, deixam decantá-lo naturalmente. Deve ser bom.

Dois dias depois, retornamos a Viena. O Danúbio não é azul e Sissy nem era bonita como a Romy Schneider, mas o castelo é mesmo um *lindo sonho*, a cidade é aristocrática e preserva vestígios dos Habsburgos e nos pátios e nas praças há música, bicicletas e crianças brincando. Mais música nas esquinas, nas igrejas, nos bares, nas pontes, mas percebia-se a separação entre seus moradores: durante muitos anos anexada ao III Reich, ao fim da guerra, a Áustria foi dividida entre os aliados e, tantos anos passados, penosamente buscava integrar-se como país. A própria cidade de Viena havia sido repartida em fatias como um bolo, e aqui e ali era possível reconhecer a dominância das diferentes ocupações, a rivalidade. Mas, orgulhosa, guardava o *glamour*, as mulheres eram bonitas, os homens elegantes e solenes. À noite, sentados em meio à embaralhada parafernália afetiva, conversávamos sobre a Europa e o Brasil, baixava a saudade de casa, fazíamos planos de encontros e viagens e Hannnelore ia para a cozinha e nos regalava com iguarias requintadas, varávamos madrugadas tomando vinho branco, ouvindo discos e canções medievais alemãs. Sol e frio. Acordávamos: o dia lindo lá fora, sons, luz e flores por toda parte, mas na sala escura, persianas abaixadas, uma vela iluminava a mesa onde se senta Flávia, embrulhada em casacos, lívida, o olhar atormentado. "Me comunico com mamãe" – é assustadora a instabilidade de seu estado mental: "Sou capaz de me conectar com o mundo dos espíritos." Uma noite ouvíamos música, deitado em meu colo, Antonio traçava roteiros: as luzes se apagaram, ouvimos barulhos, uma janela bateu, a temperatura caiu com força, tiritamos: "São eles", Flávia se agarrou à companheira. *Foi-se embora sua leveza, a mais moleque de nós é hoje esta mulher acuada, que respira com esforço e não para de tossir.*

Antonio tinha prazo para voltar. Resolvi ficar mais uns dias e retornar por Roma, cidade que era louca para conhecer. Falo bem o italiano, passaria ali um fim de semana. Mineira, do tipo que "não perde trem", cheguei cedo, tinha mais de uma hora pela frente no aeroporto. Me distraí tentando adivinhar a nacionalidade das pessoas pelo andar, pela roupa, pelos traços, quando passou por mim, e veio e voltou, e veio e voltou e me encarou, um homem de rosto interessante, que na quarta volta se apresentou – *Piacere, Giorgio* – e sentou a meu lado e desandou a falar, mãos sublinhando as palavras. Italiano, tinha que ser. Artista plástico de certa fama, voltava para Turim, cidade onde mantinha atelier, (sem voo direto, faria escala em Roma) depois de uma comentada exposição em Londres: fez questão de mostrar os recortes de jornais, resenhas dos críticos. Se encantou ao me saber brasileira; além da curiosidade pelo país, tinha um irmão que "vivia em Betim, cidadezinha perto de Belo Horizonte, fora trabalhar na Fiat." Coincidência! Contei que era mineira e patatipatatá, e ele falou patatipatatá, e nossas mãos se encostaram patatipatatá e comemoramos descobrir que viajaríamos no mesmo avião. O resto, não sei explicar; seu bilhete era de um assento na frente, o meu na penúltima fila, mas foi dando um jeito aqui, trocando um lugar lá e acabou sentado atrás de mim, e de tanto em tanto mexia em meus cabelos, encostava no meu o seu rosto e inventava perguntar qualquer coisa. Chegamos e ele, sem rodeios, enquanto eu recolhia minha bagagem: "Se achar boa ideia, posso ficar o fim de semana com você, em Roma." Que audácia, que ousadia... Recorri a meu melhor italiano, a meus tantos anos de análise e falei que achava ótimo. Pois bem, café turco com Marjorie não tomei, mas fui à forra com Giorgio d'Ambrosio, com quem passei dois dias românticos e divertidos. Ele se esbaldava com meus olhos marejados à visão do Coliseu, da Via Appia, meu deslumbramento com a Fontana di Trevi, minhas lágrimas à lembrança de Anita Ekberg, de Marcello, de Fellini. Arrastei-o por Roma, eu queria ver tudo, me enfiei nas catacumbas, um pedaço de coluna de mármore e eu entrava em transe e ele, artista contemporâneo, desdenhava meus arroubos; "*ah, i monumenti, ne ho visto tanti.*" Uma noite, seu rosto em meu peito: "*ed il tuo cuore, che batte cosi veloce.*" Deus, o alemão pode ser a língua da filosofia, mas existe outra mais perfeita para o amor que o italiano? Benedetta Sophia Baldaccone! Aí, acabou o domingo e ele foi para Turim, achei nunca mais saberia dele. Mas durante meses me ligava ansioso, começamos a sonhar com uma exposição de seus trabalhos no Brasil. Fui a três galeristas ex-clientes, cantava loas à sua arte, mostrava os catálogos e, impaciente, os ouvia falar de dificuldades, custos de trazer um artista desconhecido, inviável etc., etc. De tanto em tanto, Giorgio telefonava, renascia a esperança, quem sabe, quem sabe? Até que Sérgio Augusto, dono de uma galeria importante do Centro do Rio e meu amigo há anos, me fez sentar e escutar: "Presta atenção, Celina, arte é arte, cama é cama, não mistura as coisas. Você vai se gastar em um puta esforço para trazer este homem que ninguém nunca ouviu falar por aqui, ele não vai vender porcaria nenhuma e ainda vai ter raiva de você o resto da vida. Acabou, querida. Guarda o que foi bom e toca a vida para frente." Desisti. Giorgio, *Il dolce* Giorgio, insistiu um tempo, depois não mais ligou. Um ano depois comunicou ter criado um site, acompanhei seu trabalho, depois, depois... o tempo...

Antonio não falava italiano, eu não falava húngaro (ele andara saindo com uma Úrsula), mas foi gostoso reencontrá-lo, nunca me perguntou nada, nunca lhe perguntei nada e voltamos. E foi bom outra vez. Um romance na Itália, passar dias em Roma guiada por um artista não era pra qualquer um e a aventura fez bem a meu ego. Engraçada a reação de Marina: "Nossa, mãe, nunca imaginou que ele podia ser um ladrão ou coisa pior, destes que rondam e roubam senhoras turistas desavisadas?" Não, minha filha, nunca pensei... alguns amigos acharam que fui doida, mas cheguei remoçada.

A verdade é que Flávia me preocupava *quase* o tempo todo e temendo por sua saúde insistiria que viesse comigo, não fosse a certeza do amor de Hannnelore, às vezes cansada, raras vezes impaciente, mas que a protege e desculpa: "Está no ápice da sensibilidade, a busca espiritual é parte de seu apuramento artístico. Os místicos, os ascetas, os poetas e os grandes criadores têm portas abertas a espaços proibidos a nós, pessoas comuns." Modéstia, ou amor demais: ela sim tem uma carreira sólida, é disputada por palcos de toda Europa, não descuida de sua voz. Não sabemos como agir, Flávia inventou um mundo para ela, só se apresenta quatro vezes ao ano, não se exercita, se alimenta mal e vive de ruminar cereais, dorme quase nada, fuma sem parar – o violino, provavelmente desafinado, fica ali, encostado à estante.

Decidimos amiudar nossa comunicação e nos telefonamos a cada cinco dias. Sem conseguir me concentrar (emoção demais, tempo de menos), peito apertado, paro o trabalho, lembro seu rosto e sua tosse: corro para casa, ligo para Viena. "Está tudo bem, não sinto mais nada, fumo pouquíssimo." Não acredito, chamo Hannelore, que confirma, não acredito. Se amam é evidente, mas vivem muito isoladas, quase não saem, têm poucos amigos. Preferem viver assim fechadas, ou há rejeição mesmo na Europa a uma relação às claras entre mulheres? Viajam sozinhas, vivem sozinhas. O meio artístico é liberal em qualquer lugar do mundo, elas têm autonomia financeira, estão distantes de pressões familiares, por que vidas tão apartadas? Comparo com meu dia a dia, a bagunça de minha casa barulhenta e cheia, mesa sempre posta. Penso nisto muitas vezes e não encontro resposta, não sei. De anos para cá, quase tudo em mim acaba em *não sei*. Avanço ou retrocesso, para quem queria entender tudo, ter todas as respostas? Resolvidas a manter o otimismo, confirmamos: nossa próxima viagem será a Minas, vamos rever nossas origens, provar as delícias feitas em fogão a lenha, novamente "palmilhar as estradas pedregosas" das montanhosas cidades mineiras.

Depois de muito adiar – cada vez que marcávamos, surgia um impedimento: o Ano Santo, uma viagem a Roma, a cerimônia dos Votos de um grupo de Noviças – finalmente acertamos, e Sofia, Vinicius, eu e os meus filhos (Juan não pôde, mas Letícia insistiu em vir) fomos ao mosteiro visitar Isabel, recém-chegada da Itália e agora confirmada como futura abadessa. Ainda pura intuição, mas há muito percebíamos (*apenas eu percebia?*) que sua natureza desmedida e os anos de distância e reclusão haviam-na afastado de nós e tornado remota sua chance de compreender, simpatizar ou alegrar-se com o que nos acontecia. Melhor e a mais sensível de nós, Flávia (telefonou ontem: "Não estou bem, desde nossa viagem do ano passado, diminuí meu ritmo e recuso concertos, não tenho forças") viu claro que nossas transformações ameaçam o antolhado caminho de Isabel rumo à transcendência. Se refugiou em sua concha sagrada e há algum tempo nos limitávamos a conversas breves e neutras por telefone, e cartas vagas e lacônicas.

Mesmo assim, naquele apavorante calor de dezembro, nos reunimos cheios de esperança, no severo parlatório do mosteiro, para encontrar a irmã-quase-abadessa que se esforçava para nos sorrir – e Sofia não parava de falar e espalhar dezenas de fotos de Vinicius em todas as idades e o exibir alegre. E mesmo assim – sob seu olhar distante, e agora mais agudo por trás de óculos de lentes grossas – nos esforçávamos para manter o entusiasmo e eu atropelava casos de trabalho e pegava suas mãos e enumerava os avanços, as conquistas, as boas notas dos filhos no colégio e, diante de seu olhar alarmado, os sobrinhos barulhentos, mochilas às costas, disputavam quem faria mais perguntas à misteriosa tia monja de história romântica – e Júlio, sempre curioso sobre o espiritual, Júlio, o-que-não-para-de-buscar, queria saber o que é a fé, como era o dia a dia no convento. Mesmo assim, foi doloroso entender o que acontecia, as meias palavras, a boca cerrada e a pressa para abreviar o encontro: "Lamento tão pouco tempo, preciso retomar meus compromissos, ando ocupadíssima, novas responsabilidades e funções vocês sabem, cabe a mim dar o exemplo. Temos sempre tanto o que fazer!", e suportar a certeza de que aquele seria nosso último encontro, a despedida.

Voltamos cabisbaixos no ônibus entupido cheirando a comida guardada e a galinha fria, a suor, urina e pobreza. Falar o quê? Trocar o quê? Isabel sempre me julgara tola e superficial, "física demais", e a incompreensão marcava nossos contatos, mais intensamente nos últimos anos. À Sofia reservara um tratamento seco (ah, quanto medo de ceder!): "Peço a Deus a graça do perdão, mas não consigo esquecer a dor que causou a nossos pais", e eu via Sofia gaguejar, se encolher: "Por que a intolerância? Tantos religiosos nos entenderam e nos apoiaram, muitos nos deram refúgio..." E Isabel: "Também nós, as Clarissas, acolhemos perseguidos, muitos ficaram meses sob nossa proteção. Serva de Deus, estarei sempre ao lado dos injustiçados, mas aqui trata-se de outra coisa: acima e além da religiosa, estão afetos pessoais feridos. É dor que não fecha." Manteve-se o tempo todo majestática, imperial, "em ascese e nos braços de Deus", desatenta a nossos relatos e inquietações e irritada com os rumos de minha vida afetiva: indignou-se ao saber que meus filhos foram batizados, mas a partir daí fariam sua opção religiosa. De Flávia, guardava longínquos ressentimentos: "Matreira, desde pequena estranha, a caçulinha mimada e excêntrica, a preferida de mamãe (*não era, nunca foi*). Conseguia tudo o que queria e teve todas as oportunidades para corrigir-se e curar-se." Minha voz saiu com raiva: "Que doença tem Flávia? Curar-se de quê?" (*palavras no ar, batiam nas paredes e voltavam, em eco: de quê? de quê? de quê?*). Inquietos, os meninos se entreolhavam, percebiam o diálogo difícil, os gestos secos, o impasse, Letícia continha o choro, Vinicius se achegou a Sofia. Eu segurava o vômito, sempre minha forma de rejeitar.

"Burrice, ingenuidade, não devíamos ter vindo", pensava no ônibus de volta, enjoada e irritada, aos solavancos na estrada esburacada. E como explicar a frase à despedida, o abraço desajeitado mas terno,

os olhos tristes de Isabel? "E, no entanto, meu amor por vocês é o mesmo, o de sempre. E é um amor enorme, maior que o mundo." Procurei na bolsa e rasguei em picadinhos sua última carta: "...se esqueceram do que nos ensinou Paulo: "*Ainda que eu falasse as línguas dos homens e dos anjos e não tivesse Caridade, seria como o metal que soa... e que distribuísse toda a minha fortuna para sustento dos pobres, se não tivesse Caridade...*" Nenhuma se deteve no caminho da *realização pessoal*, do cada uma por si. Não bastassem a rebeldia, a prisão e o sumiço de Sofia e agora a imprópria opção sexual de Flávia, exibida nos teatros da Europa como um troféu – estranham o fim de nossos pais? E você e seu mantra sobre autoconhecimento, *desejo e liberdade*, filigranas de ociosos e homens de pouca fé. Esperando que o Espírito Santo ilumine seus passos etc., etc." Os meninos cochilavam, amontoados uns sobre os outros. *Caridade, o que é? Foi um terrível erro ter vindo.* Sentada à janela, Sofia olhava a paisagem em silêncio, como eu, buscava entender. O calor ampliava o empesteado do ar, o cheiro azedo no ônibus. *Uma estupidez acreditar que face a face ganharíamos sua compreensão.* Não sobrara nada, sua ardente energia amorosa fora integralmente investida no desejo de ser santa.

Grande demais para caber entre os homens, Isabel ficou em seu trono no panteão do Olimpo. Foi uma despedida magoada. À saída, suas pétreas certezas levantaram a ponte levadiça e ela ficou lá, excelsa e encarcerada. "E, no entanto, meu amor por vocês é o mesmo, o de sempre. E é um amor enorme, maior que o mundo." Existe um amor maior que o mundo? Maior que o homem? Ruminava estes pensamentos quando o ônibus enguiçou e saltamos num pequeno e desconhecido povoado: era dia de festa do padroeiro, as ruas estavam cheias e embandeiradas, ouvia-se música por todo canto e a vida explodiu e nos tomou – nunca imaginei tão prazeroso pisar com força o pé na terra e reencontrar os fatos e acasos de um dia comum, gente de nosso tamanho.

Já de alguns anos para cá, eu vinha lutando contra o radicalismo; que perigo! Nos torna capazes da maior generosidade, do altruísmo até o sangramento pela Humanidade, mas incapazes de suportar o próximo, o erro, o frágil. Nos faz virar as costas ao menor resvalo da linha reta, o desvio conflita com o sonho de perfeição! Eu sei! Conheço o ardil, facilmente me enredo nele. Eu vim, eu viria, eu tinha que viver este encontro, mas sabia que seria sofrido.

Reconheço que parte da dor vem de minha raiva em perder um ideal: nunca vou deixar de me escorar na armadilha das ideias puras?

"Entendam: esta é minha força e minha dor, eu não faço concessões. E, no entanto, meu amor por vocês é o mesmo de sempre. E é um amor enorme, maior que o mundo", o que significava? Almoçávamos calados. O vento levantava uma poeira vermelha que ardia nos olhos. Insuportável aceitar que pouca coisa agora nos une a Isabel. Sofia parava o garfo no ar, parecia que ia dizer alguma coisa, se calava. "*... Ainda somos os mesmos e vivemos, como nossos pais*", Elis cantava no alto-falante da praça. "*... E apesar de termos feito tudo, tudo o que fizemos.*" E então, ela tomou a cabeceira, bateu o garfo no copo, pediu nossa atenção. Nenhuma árvore, nenhum verde por perto, nenhuma sombra, nenhuma fonte de água, mas foi da dor seca de dentro que Sofia tirou força para ser de novo a oradora a quem todos os olhares convergiam, a que calava todas as vozes, anos atrás, na sede da União Nacional dos Estudantes , Praia do Flamengo, no Rio.

Ali atrás, um grupo de garotos magrelos recolhe suas pipas amarelas, vermelhas e azuis de longas rabiolas, o vento pode rasgá-las. Enfiei atrás da orelha meus cabelos que voavam: artifício para fazer o tempo passar, eu ansiava pela palavra de Sofia. E naqueles confins do mundo, sentados à mesa cambeta do restaurante bagunçado – entre restos de almoço, desgostos e dúvidas – ela partilhou um pedaço até então guardado de sua vida, um pedaço não remendado de seu tempo de utopia: "Isabel resiste, não estende a mão, não consegue, fala de *afetos pessoais*. O que aconteceu? Nada a ver com Deus, Ele não lhe deu procuração." Uma pausa. "Lembremos quantas vezes Seu nome foi usado para justificar guerras, perseguições, derramamentos de sangue e do estranho segundo Mandamento – inútil, se não fosse tão tentador infringi-lo. Nós sabemos com que desembaraço se pratica a violência nas guerras religiosas. Então, o que vou dizer não é novo, é uma reflexão, uma tentativa de análise do que acabamos de viver." Mordeu os lábios: "Comparo: por muito tempo, acreditei representar a vontade do povo, *nós sabíamos* o que ele queria, nos julgávamos detentores de seu desejo; como certos religiosos, nos achávamos donos do monopólio da verdade. Foi difícil aceitar que ali havia um possível jogo de esperteza: Deus, pátria, causas abstratas, o bem e até o amor podem servir de justificativa para o que quisermos, nossa ânsia de poder, até nossa loucura"(*coisa rara, enrubescia*). "É possível ser profundamente piedoso e manter-se aberto para o outro, seja quem for e viva do jeito que viver. Religião – ou ideologia – não é passe livre para sermos juízes do outro. Isabel, quem sabe por medo, escolheu o refúgio dos princípios absolutos e se fez esta virtuosa inviolável que fecha os olhos ao conflito. Não quer ou não aguenta ver e perdeu a condição de se entregar à perpétua novidade da vida." Concluiu: "Sempre a invejamos, queríamos ser Isabel, mas o radical é solitário, é alto o preço a pagar. Inteira no que faz, ela repetiria hoje a escolha da juventude, da vida inteira. É venerada pelas outras monjas, respeitada na Ordem, fez sua escolha e a ratifica a cada dia. A vinda foi um sonho nosso, um ideal nosso, mas o que viemos buscar – a mão em nossa cabeça, o olhar complacente – ela não pode, não tem e não quer nos dar." Sentou-se, exausta, apertei sua mão.

Ela conhece, ela sabe, ela viveu. Acho que Vinicius chorava – a poeira e o cansaço nublavam minha certeza. *Isabel, íntegra, sem fendas, escolhera o seu lado. E eu? Eu sou o avesso, a que duvida, a que quer aprender a não excluir, quer aprender a construir pontes.*

Nossa irmã percebeu o fosso, não insistiu que voltássemos. Escreve de raro em raro, a mesma letra redonda e infantil às costas de estampas de santos, que orna de primorosas iluminuras douradas. Imagino-a, altas horas da noite, solitária em sua cela monacal entre uma e outra adoração ao Santíssimo, escolhendo o pincel mais fino, a tinta mais fresca e brilhante, para nos encantar com a vivacidade e perfeição dos arabescos. Escrevo de volta em palavras medidas, poupo-a de detalhes de nossas dificuldades, peripécias e confusões, omito pormenores que lhe seriam dolorosos e suplico que reze por nós, pecadores; que interceda por nós, pecadores; insisto que dependemos de suas orações, sem elas de nada valemos. Daqui a dois anos será abadessa: nós a amamos e confiamos que fará um trabalho de excelência pelo crescimento mundial da Ordem das Clarissas, o caminho que escolheu. É nosso maior motivo de orgulho – seria incomensurável para mamãe. Vejo suas fotos em revistas, ouço falar de suas conferências, das viagens a Roma, leio suas declarações e sei que lá está uma mulher que não hesita, uma inteireza feroz. Quem sabe, sua férrea devoção e inconteste fidelidade contem pontos para nós junto ao Criador quando, frágeis e desamparados, chegar nossa hora – haverá?– de contemplar Sua sagrada face.

(Perto de duas da manhã, silêncio no mosteiro. Na capela iluminada pela lamparina, Isabel se prostra em cruz, de bruços, no chão, reza: "Senhor, conheceis o meu coração. Fazei sempre a Vossa vontade, mas poupai-me de passar uma vez mais por esta prova. Atendi ao chamado, escolhida, Vos escolhi. Cumprir minha missão é ainda e sempre será a minha escolha: por ela, pago o suave preço de saudade da família. Mas ouvir e rever as pessoas que deixei para trás e amo tanto é difícil demais e sinto aflorar minha fragilidade, temo ceder à benevolência. Poupai-me, Senhor".)

Em uma conversa quieta, muitos anos antes, um dia lhe perguntei: "Mas, no fundo de seu coração, você nunca, nunca duvidou ou duvida?" E ela respondeu: "Nunca." Repensou: "Ou melhor, por instantes sim, quando vejo um de vocês em sofrimento, às notícias de esgarçamentos, rupturas e doenças. Nestas horas, pergunto a Deus por que. O sofrimento e o mal são provas de fé. Nestas horas, entendo que busquei refúgio em Deus por irrecusável vocação, mas também porque era além de mim defrontar-me com a violência, a movimentação, a excessiva e incessante exigência do mundo."

Mais de um ano se passou. Altas horas da noite e eu pronta para dormir, olhei o céu cheio de estrelas – *onde anda o telescópio de papai?* – lembrei do apelo de vida inteira de mamãe: "Fiquem juntas, não se separem!" Isabel vai nos amar sempre, com este amor enorme, maior que o mundo, mas como uma deusa irada ama os filhos rebeldes. *Eu vi o seu olhar de fogo, não era fogo de amor.* No céu havia estrelas, mas estava escuro: tive medo da vida e do futuro, tranquei todas as portas.

Tento lembrar como tudo começou: ah sim, os banhos de ervas e os livros esotéricos – pensei: "Todo mundo tem suas esquisitices." Mas a coisa piora: quando contei o fracasso do encontro no mosteiro – encontro? – Flávia fez uma pausa e admitiu que esperava por isto: "A distância nunca é só geográfica", ela disse, "contagia nossos afetos e maneira de ver as coisas." Era a deixa para pedir que eu marcasse hora com uma vidente e descobrisse o endereço de um terreiro onde quer ir, antes da viagem a Minas, ano que vem. Anda exercitando a mediunidade, busca o êxtase religioso e estuda os orixás. Monomaníaca, não fala noutra coisa! Impaciente, ouço-a contar como faz mesas se erguerem, como estas práticas lhe trazem respostas para antigas questões. E a música? e o violino e seus concertos? e seus amigos, onde estão? Quero desligar, me lembro do categórico de Isabel e me controlo. Somos todas intolerantes, eu penso, sem saber se devo ou não reagir, porque passa do razoável sua obsessão. Perguntei como os austríacos e os alemães, os *europeus* veem estas crenças e ela jurou que tem *dezenas* de amigos, frequenta *dezenas* de grupos com quem troca informações: "Kardec é francês, esqueceu? Estudou na Suíça, esqueceu?" Contou que foi visitar seu túmulo, no Père Lachaise, em Paris, ficou emocionada e chorou muito, citou o que leu na lápide: "Nascer, morrer, renascer ainda e progredir sem cessar, tal é a lei", e engatou em reencarnação etc etc. E falou que há em Viena muitos xamãs em atividade: "*Todo mundo* aqui frequenta." "Xamãs", responde a minha pergunta, "são magos, taumaturgos, meio profetas meio sacerdotes, adivinhos que entram em transe em rituais, manifestam poderes sobrenaturais e incorporam espíritos da natureza, fazem a ponte com o sagrado. Como no Brasil, mantêm consultórios e dão consultas." Só fala nisto, a minha irmã. Coisa mais estapafúrdia! Não sei onde isto vai parar.

Em meio à tristeza e ao desânimo, a boa notícia: o Brasil volta a reivindicar. A *Folha de São Paulo* noticiava, no dia 17 de abril de 1984:

Mais de um milhão de pessoas em silêncio, mãos entrelaçadas, braços para cima. (...) Ao sinal do maestro (...) a multidão cantou o Hino Nacional. Do céu caía papel picado, amarelo, a cor das diretas, brilhando à luz dos holofotes (...) muita gente chorou (...) na maior manifestação popular já ocorrida no Brasil (...) quando a Sinfônica de Campinas tocou a Quinta de Beethoven, cujo prefixo iniciava os noticiosos da BBC durante a guerra contra o nazismo (...) Mas a alegria superou o choro (...) Enquanto a passeata avançava (...) grupos puxavam novas palavras de ordem (...). Quantas pessoas foram à passeata? (...) jamais houve concentração desse nível e sem nenhum incidente a prejudicá-la, nenhuma briga (...) nenhuma ocorrência policial sequer, a multidão unida na alegria, na emoção e na luta pelas diretas (...) A vítima favorita, porém, foi o Colégio Eleitoral. Lula se transformou no orador mais aplaudido da noite ao afirmar (...) "Baderna é o Colégio Eleitoral." Às 20h30, horário do final do comício, o presidente Figueiredo surgia em rede nacional de TV para anunciar sua proposta: diretas mais tarde, em 1988 (...) informavam que "o verde do Anhangabaú foi coberto pelo vermelho das bandeiras dos partidos de esquerda." E, enquanto a multidão se retirava calmamente, os fogos de artifício escreviam no céu de São Paulo a mensagem do comício: "Diretas, já, Diretas já."

HUGO

Período de luto e perdas afetivas: o distanciamento de Isabel, a piora de Flávia e agora Hugo se foi. Morreu ontem. Vinte e cinco anos, de Aids, ao lado de sua mãe, em Buenos Aires. O quinto amigo que perdemos para a doença – Silvio sofreu mais de um ano, Pedro definhou por três e nem quero falar dos outros – mas Hugo foi impressionante e o que mais doeu. Entre o diagnóstico e a morte, menos de um mês – em quinze dias perdeu quase dez quilos e o Kaposi tomou seu corpo, encovou seu rosto, abriu buracos nas têmporas, expôs sua ossatura, uma coisa pavorosa. Vinha e deitava no meu colo: "As pessoas têm medo, vejo pavor em seus rostos, me evitam, atravessam a rua" (eu também sentia medo, mas nos abraçávamos). Maria Beatriz vinha produzindo uma série sobre a doença para a TVE, pesquisava e fazia entrevistas com cientistas, biólogos, médicos, percorria os quartos entupidos do hospital Gaffré Guinle e foi quem reconheceu os sintomas e deu o alarme, demorei a acreditar: nunca o vi com drogas, não me parecia promíscuo e nunca pensei nele como gay (corria que a principal vítima seriam os homossexuais que tiveram "mais de mil parceiros nos últimos três anos"). Hugo, o esfuziante Hugo, agonizava a nossos olhos.

Amigo de Antonio, vinha muitas vezes aos sábados para o almoço, em dezembro trazia presentes para o Natal, virou parte da família. E sempre seu jeito saboroso de contar coisas: formado em Londres, morava no Rio há alguns anos, mas fora convocado e se recusara a voltar a seu país para lutar nas Malvinas, a tia que o hospedava ameaçou denunciá-lo por falta de patriotismo. Passou com nota máxima nos exames para a cátedra de inglês na PUC, adorava os brasileiros e a gente carioca. Ao saber do diagnóstico, comunicado sem meias palavras, sem nenhuma compaixão "terminal: restam-lhe poucos meses, talvez dias" (por seu trabalho como jornalista, Maria Beatriz lhe conseguira uma consulta de emergência), se desesperou: "Por que comigo? Nunca valorizei, nunca perdi tempo com o sexo." Não tinha um tostão guardado, juntamos a turma e cada um deu um tanto para que voltasse à sua terra, para ser tratado, em verdade para morrer junto à sua mãe – que nenhum de nós conhecia. Tivemos que recorrer à embaixada para conseguir licença especial para a viagem: embarcou de chapéu, cachecol e enrolado num paletó comprido, disfarce para sua figura disforme. Oito dias depois e acabou, em casa: o interurbano de um aluno confirmou a morte. Sua mãe se trancou, nunca atendeu a nenhum de nós, e acusava o Brasil – nos acusava – pela "perdição" do filho. Doença desgraçada!

Duas vezes, fui a Buenos Aires e procurei-a: queria conhecê-la e falar de seu filho, dizer o quanto aprendemos a amá-lo, o quanto era admirado como professor e entregar-lhe livros e uma valise com coisas de Hugo: um fiapo de voz atendeu o telefone e quando disse quem eu era, pediu que deixasse o pacote na portaria, não desceria para me ver, desligou. Tentei outra vez, novamente recusou. Uma história estranha sobre Hugo e a doença: na hora do embarque, contou-nos que ao saber do fim inexorável, entrou nas lojas mais chiques e mais caras do Rio e comprou com cartão de crédito tudo que lhe apetecera a vida inteira e seu salário de professor lhe vetava possuir: "Minha vingança: não vou vestir estas roupas caras, não vou usar estes perfumes nem ler estes livros ou usufruir estes luxos, mas nunca vou pagar nada. Deixo o mundo no prejuízo. O único que tenho o poder de causar."

FICAMOS EM CASA / 1986

E MINAS, UM ANO ANTES

Virou tradição: chegam abril e seu céu lavado de azul e com o mês, Flávia e Hannnelore. E quais são as novidades? Letícia se formou em história, defende tese sobre a Revolta de Canudos (influência da viagem ao Nordeste, centrava antes seus estudos e interesse na monarquia) e este ano se casa com Juan em cerimônia simples e para poucos amigos. Enquanto não faz concurso para o magistério, se juntou à amiga Pati e fazem produção de roupa de época para cinema e teatro. Juan também acha seu caminho: entrou como *trainee* na área de engenharia de uma empresa de comunicação e hoje é gerente de projetos, produz uma revista sobre engenharia de televisão e viaja pelo Brasil em conferências, é um bamba em sua área. Marina passou no vestibular para química e já ganha seu dinheiro: dá três plantões por semana em um laboratório, faz pesquisas sobre fatores de imunidade e outro dia ouvi que ela vai longe, por sua competência e seriedade. Júlio ganhou uma bolsa de três meses no Canadá, vai estudar matemática numa faculdade na ilha de Victória, ao lado de Vançouver. E Vinicius, ah Vinicius, já é um ás da guitarra. Enfim, se genética, sorte, destino, ou qualquer explicação esotérica, saíram melhor do que a encomenda.

Vai longe o dia em que, aflitos e curiosos, queríamos saber quem era a alemãzinha que conquistou o coração quase virgem da "número quatro", e com espanto vimos desembarcar uma gorducha e eficiente Hannnelore, hoje parte da família e quase brasileira. Continua a tecer – pouco conhecida no Rio, circula por aí tudo, conversa nas esquinas (da janela, a vejo entre um grupo na padaria em frente, discute alguma coisa, as mãos reforçam as palavras), palmilha e investiga as ruas do Saara, onde pesquisa algodões, lãs e tecidos brilhantes – acorda cedo e antes do café dá uma caminhada e um mergulho no mar, amorenou, bronzeou, adotou nossos ritos, estamos em abril, mas joga flores para Yemanjá, emagreceu, se apaixonou por nossas frutas – além das tramas complicadas, inventa sucos estranhíssimos. O olhar sempre interessado. Se lhe pedimos para definir o Brasil, ela dirá, com o mesmo ar embasbacado da primeira vez, "mistura, surpresa", o que nela é pura verdade e explica ter introduzido no repertório clássico e europeu, obras de Tom, Vinicius e Edu Lobo. E, é claro, Villa-Lobos, conhece toda sua obra. "Descobrir este país teve em mim função iniciática: passei por profundas transformações desde que o conheci, quase um novo nascimento. Sempre recusei a vida como repetição, repetiçao e mais repetição. Conheci o Brasil; cheio de problemas, desigual, mas aponta para o não ousado. Sou hoje diferente e melhor. Adoraria ser brasileira", declarou em entrevista polêmica a um jornalista alemão. Em Viena, enqunto aguardávamos num café, lemos em matéria de capa de uma revista, que trazia fotos das duas – Flávia apresentada como brilhante violinista e cicerone em viagens, a abraça: "O Brasil foi um mergulho no estranho, no inteiramente novo. Lá aprendi como a vida é multiforme." Brasil *igual a* mistura, surpresa. Hannnelore *igual a* confiança. Impressionante, não conhece o desespero de viver.

Este ano nos refugiamos em casa. Apreensivos com a saúde de Flávia, dispensamos as incursões: ela se arrasta de roupão, a todo momento ouvimos seu respirar difícil e Hannnelore tece para ela casacos e meias e mantas de todas as cores, à noite insiste que se agasalhe, traz uma taça de vinho. Esquenta suas mãos, massageia seus pés: "É friorenta, tem arrepios, suores gelados." Uma tarde, sozinhas nós duas, falou: "Sempre me atraiu o irracional, o obscuro, o não claro, o subterrâneo, meu mal vem daí." Ninguém descobre o que tem, é um entrar e sair de médicos, pedem exames, ela se esconde e não para de fumar, nos exaspera. *É doença da alma, eu sinto.* Os companheiros músicos chegam para distraí-la e trazer-lhe alegria; dava para montar uma orquestra: Júlio César, Wagner, Deborah e Roni vêm e trazem notícias, fofocas, discos e CDs importados, ouvimos Jacob do Bandolim, Maria Beatriz telefona para saber notícias, Sylvia traz um salmão com gergelim que só ela sabe fazer, escutamos Alcione – Hannnelore adora sua voz. A noite é curta para tanta conversa sobre escolhas, filhos, carreiras, música, amores e vida. Tomamos porres de vinho, alguém traz de Minas uma cachaça, Luiz Carlos chega com Cecília: traz sua fé religiosa e arranha o violino (ontem, conversamos as duas a sós no quarto até o dia raiar; linda, inteligente, profissional bem-sucedida, marido amoroso, segura minhas mãos, voz tremida: "Sabe, Celina, como me sinto o tempo todo? Um projeto que não deu certo. Muita potência, pouca realização." Cecília! inteligente, família sólida e unida, tudo para ser muito feliz. Aperto suas mãos de volta, abraço-a com ternura (magra, leve, delicada, meus braços a volteiam) e respondo que a entendo, também eu me vejo tão longe de minhas promessas, tão menor que os sonhos, e digo a ela que a amo como minha quinta irmã. Mais do que em homens, percebo nas mulheres esta ambiguidade: peso e leveza, coragem e medo, em nós o contraste perde as fronteiras, muitas vezes é impossível distinguir o que é força, o que é fragilidade. A conversa é cortada por Vinicius, nos chamam para a mesa, vai rolar uma lasanha. Na sala, é quase de manhã, o sol já vem vindo, mas Marina ainda tece. Ela e Hannnelore são cada vez mais próximas, nas duas a mesma diligência – se parecem nas mãos sempre ocupadas.

A vida ganha um ritmo lento, nos unimos em um trabalho de alfabetização no Pavãozinho; aos sábados, Júlio presta assistência a crianças carentes numa creche na Rocinha. Vinicius já decidiu: quando virar artista de verdade, vai dar aulas no Morro. À noite, vemos filmes – somos um bando de cinéfilos, sobrinhos e amigos incluídos, tanta gente que chega – conversamos. Por vezes, acontece de Flávia se cansar, os encontros a perturbam e ela se excita, não consegue dormir, peço aos amigos que não venham, os meninos fecham portas, o silêncio toma a casa.

Ano passado, fomos a Minas, mas interrompemos a viagem no meio: frio demais, manhãs enevoadas demais e Flávia não aguentou, ofegava. Não sabemos o que tem – sua respiração é curta, arfante e difícil, reside aí sua vulnerabilidade. Ressentiu-se da ingrata geografia para quem vive à cata de ar: ladeiras, o sobe e desce, ruas pedregosas e desiguais, bruscas quedas de temperatura. Do projeto inicial de quinze dias em Ouro Preto, Sabará e São João del Rey, fomos apenas à primeira, cinco dias e decidimos voltar. Antonio não foi, éramos nós três, eu ansiosa para exibir a Hannelore nosso manancial de razão e paixão, contentamento e melancolia e o céu único das cidades mineiras, o barroco, as igrejas e os concertos de órgão, a comida cheirosa e o jeito meio encolhido, virado pra dentro e íntegro da gente que eu amo e me emociona sempre (ao fundo, Milton Nascimento, Milton, Milton). Na curta estadia na pousada antiga de teto alto e piso de tábuas rangentes, na cidade severa encerrada entre montanhas cinzentas que se tornam azul profundo ao entardecer quando nelas escorre a noite e a friagem; foi ali, naquela sequência de dias chuvosos, que tive certeza de que não haveria misericórdia. "Quanta montanha!", disse Hannnelore. De Flávia, a tosse, a sombra fugidia, arisca, esfumaçada, o vulto encurvado entrevisto por trás dos postigos, das vidraças. Nunca Flávia ao ar livre, sorrindo, contra o céu iluminado. Flávia sempre em desfoque, uma vaga tontura, suspiros abafados entre paredes.

Eram os dias da Semana Santa. O que ficou de Minas? O som dos sinos, dos sinos, dos sinos, os cânticos, o bater das matracas, procissões e romarias, os passos ritmados nas ruas de pedras, o arrastar dos penitentes, as ladainhas, as jaculatórias, as igrejas: tantas! uma atrás da outra, o coro da matriz e o timbre do órgão, os estalos do assoalho, o piano dedilhado por trás de uma janela fechada, o cheiro de velas, a chuva caindo dos beirais e se juntando à terra, vozes em eco, o assobiar do vento, mulheres de cabeças cobertas, o roxo das imagens – o ouro, tanto ouro, pra que tanto ouro, que exagero de ouro! E o murmúrio do riacho espremido entre colinas escorregando em frente à pousada, em cujas margens em uma manhã de ar tão puro, tão frio, tão azul, quem sabe para não lembrar o que não ousávamos dizer, quem sabe para enxaguar a dor que se grudava em nós, Hannnelore e eu tiramos os sapatos e arregaçamos a saia e nos sentamos, e as águas transparentes lamberam nossas pernas e fizeram arrepiar nossas coxas e nos deixamos ficar ali um tempo, sentindo a delícia do gelado – a tristeza continuava lá, mas quanta vida sobrava em nós! e a água subia leve no ar, irisada, irisada, e atirávamos pequenos seixos lá longe, mais longe e ríamos e jogávamos a cabeça pra trás como crianças pirracentas que se recusam a aceitar, crianças que não cedem e se entesam em ignorar o mal que existe lá, está vivo lá, entre as paredes da pousada antiga de teto alto e piso de tábuas rangentes. E a água deslizava sobre nossa pele arrepiada, e ríamos e ríamos, o desregramento como resistência. E como sempre eu fazia – (não vou perguntar, me prometera) ah eu nunca consegui ser mais forte que a vontade – entendi que chegara a hora e perguntei baixinho, por medo que ela ouvisse e tivesse a resposta, "quanto tempo você acha que ainda teremos Flávia?" E ela, de repente séria, os pés fora da água, friccionando-os: "Pouco, muito pouco."

Entramos, o passo apressado. A tristeza. De longe, uma tosse abafada.

Três dias depois, o Rio. Não conseguira mostrar Minas para Hannnelore, não conseguira fazê-la amar nem um pouquinho as montanhas cinzentas que se tornam azul profundo, o céu nas manhãs lavadas, as igrejas e os altares, o jeito meio encolhido e íntegro da gente mineira. A origem de Flávia, o alimento de seu desabrochar.

Dias depois, a volta para Viena: a fé se abranda, nos abandona. Desviamos os olhares, cansadas e tristes, à despedida no aeroporto.

Então, resolvemos ficar aqui este ano. Quietos, em casa. Sentada na minha poltrona de leitura ("O imaginário aloja-se entre o livro e a luminária", disse Foucault), faço que leio e penso em minhas filhas, busco decifrar seus mistérios. Ganharam oportunidades novas, abertas por lutas de minha geração e imaginava suas vidas mais simples, menos partidas, mas não é o que vejo: trazem dúvidas e perguntas que não conhecíamos. São solitárias – mais do que fomos, na idade delas. Sonham menos, raras utopias resistiram à passagem dos anos oitenta, mas sabem melhor o que querem. O mundo é mais duro, mais seco. Trabalham muito e não para realizar-se apenas ou por questões do feminino: têm que se sustentar num mundo competitivo e exigente e participam do orçamento da família. E falta muito para terem emprego e salários iguais, o mundo continua dos homens: como tem sido pelos séculos dos séculos, elas continuam a se partir entre carreira, marido e filhos, a decisão de ter ou não filhos é hoje mais dramática, me arrepio ao pensar que este é o eterno destino da mulher. Talvez seja. Hoje não acredito que "ninguém nasce mulher, torna-se mulher", como tantas vezes repetimos Simone: mulher menstrua, dela sai sangue – algumas sofrem cólicas dolorosas – engravida, amamenta, é toda hormônios, tem TPM e menopausa. O mundo do trabalho não gosta de acidentes e mulher é acidentes, acasos e ciclos. *Serão mais felizes? O que é ser feliz?* Lembro Youssef, amigo e psicanalista, quando a pílula apareceu e a saudamos com foguetes: "O sexo nunca será simples. Nem o sexo, nem a morte." Olho minhas filhas, as sobrinhas, as amigas de minhas filhas e, como tantos anos atrás, estremeço.

As filhas: Letícia, militante de movimento ecológico, professora de história, corre todo dia os sete quilômetros na Lagoa, não come carne vermelha, pé no chão, sensata, me perguntou – tinha doze ou treze anos – "qual o sentido da vida?" e eu adoraria ter-lhe dado respostas precisas, dizer que é ser feliz, amar a Deus, aperfeiçoar-se como ser humano, certezas assim, mas só consegui responder: "Prévio, não tem, nós lhe conferimos à medida que vivemos. Defina seus valores e viva a partir deles. Imperdoável, só a indiferença pelo outro": amorosa, muito bonita e irônica como o pai, casou-se com quem ama e escolheu, estuda e trabalha muito, sabe tudo de cinema, projeta abrir uma locadora de vídeos. Às vezes tão séria! Tão excessivamente compenetrada! Acabara de completar quinze anos, me disse: "Você sempre falou: escolham! Sejam malabaristas de circo, artistas, professoras, cientistas, qualquer coisa, *mas sejam felizes*! Parecia simples, até que entendi: nos pedia o que nos escapa, o que nos foge, ser feliz é o mais difícil de tudo!" Decidiram não ter filhos e vivem, ela e Juan, como dois eremitas urbanos, se amam, saem pouco, recebem pouco. Marina: eu, na poltrona manchada de café lendo jornal, ela perto, deitada no chão – introvertida, bonita, o corpo lindo, o cabelo farto e brilhante, estudiosa, tem mais medo da vida que a irmã. Às vezes dá uma risada solta, cantarola; depois, inquieta, levanta os olhos do livro, calada me observa – é delicada e sensível à dor do mundo. Quando quer uma coisa vai buscar. Mas não fala do que gosta, não sei se gosta do que faz, trabalha demais, é dada à solidão.

Mãe e filha é consumação: tem amor demais, raiva, ciúme, inveja, competição, ressentimento demais. Para o bem e para o mal, mãe é *modelo, exemplo* demais. Espelho, gelo muito fino. Narciso, sem margem de escolha. Ainda assim, compreendo melhor o coração das meninas e sei que confusão de sentimentos uma cabeça e um coração de filha podem abrigar.

Se eu morresse hoje, iria sem saber quase nada do que pensam. E o que sabem elas de mim?

Julio: lidar com filho homem é mais fácil, menos complicado, é relação menos *adversária*. Tudo muda, mas ainda hoje o homem está mais à vontade no mundo, é mais proprietário. *E como é o sexo para ele? Como é o amor? Como é o amar de um homem?* É uma relação mais secreta, conheço pouco seu coração, menos a sua voz. Sinto um orgulho diferente pelo filho homem, admiro o pulsar de sua virilidade. Ele me protege, me defende, se antecipa. No entanto, me cobra mais, é mais crítico em relação a meu modo de vida. Disse, outro dia, que sou uma mãe *esquisita*, gostaria que eu fosse mais *comum*. Como será uma mãe comum?

Continuo a olhar em volta: cada vinda de Hannnelore é uma lição, *nos ensina*, logo ela tão pouco didática: mostra quanto somos atados à cultura da casa grande e senzala, ao vício da mão de obra servil. Porque ela – *aclamada estrela internacional do canto lírico* – vai e faz, não espera; cozinha melhor que todo mundo, arruma e limpa e faz compras, vai andando e organizando da forma natural e descomplicada, sem discurso ideológico ou religioso, sem se atribuir *martírio ou mérito*. É escola sem palavras, sem doutrinação, e revela o absurdo pacto de poder, status e hierarquia, que nos mantém tão dependentes da empregada doméstica.

Sofia está por aqui e aparece de vez em quando – fechou contrato para publicar o livro sobre as esquerdas (resultou num trabalho bem completo, será útil como fonte de referência) e se dedica a estudar autores brasileiros, só pensa em Guimarães Rosa (influência do amigo Tazo): "O sertão é o mundo (...) sertão é dentro da gente", se indigna com minha dificuldade e preguiça de ler seus livros. Deu para falar como os personagens de Rosa, faz citações e explica: "Eu me pareço com Diadorim: *sou diferente... sempre fui... eu careço de ser diferente.*" Noites atrás, assistíamos a um documentário sobre uma cantora americana negra, mãe de quatro filhos e casada com um nobre belga. Intencionalmente ou por acaso, os meninos se posicionaram frente à câmera em progressão cromática: o primeiro, muito louro como o pai; o segundo, menos, o terceiro mulato e o quarto, negro como a mãe. Ao fundo, a voz orgulhosa: "Nossa família é o futuro do mundo, a miscigenação." Emocionado, Vinicius largou o que fazia e veio correndo, empurrou as duas pro lado e se sentou de mãos dadas com Sofia. É apaixonado pela mãe, mas não se sente à vontade com ela. Sofia se zanga quando lhe perguntam se é adotado e ela tem que explicar que o pai morreu etc., etc., o que a enlouquece: "Um absurdo: as pessoas se recusam a aceitar que somos um país mestiço."

Ano que vem, ela se muda para Marselha com o namorado, um pesquisador francês que a entrevistou para sua tese de doutorado sobre ditaduras da América Latina. Vão se casar: "Não vai ser daquele seu jeito não, é só o ato jurídico, para eu me radicar na França." "*La pasionaria*" se domestica? "*Será? Será não*", ela diz: "É que agora escolho minhas veredas", o francês se encanta. Diz sentir por ele como Riobaldo por Diadorim: "*Gosto dele, cada dia mais gostava. Como um feitiço. Feito coisa-feita. É ele estar perto de mim e nada me falta.*" Volta a ser a Sofia ardorosa, fez contatos com a universidade francesa e vai dar aulas como professora convidada sobre Rosa e Graciliano. Quer escrever. Estão apaixonados, o olhar azul relampeja. Também o marselhês tem radiantes olhos azuis. É terno e bonito, sonha e acredita nas mesmas coisas que ela e tem cara de gente de bem com a vida, diz que vai fazer Sofia feliz (*Seremos felizes, eu acreditava. Seremos felizes, eu dizia*). Vinicius vai também, se matriculou numa escola de música. Vamos sentir muita falta dele, mas viajar é hoje mais fácil, o crediário está aí, quem sabe nós vamos, quem sabe ele vem...

Hannnelore e Flávia foram embora ontem. Da vidraça do aeroporto, vejo uma mulher caminhar com dificuldade até o avião, ampara-se na companheira: eu a amo, eu a conheço, parece cem anos mais velha do que é. À noite, de pijama e pronta para dormir, ouço o locutor no rádio anunciar, entre informações sobre o tempo: "Hoje à noite, será vista no céu uma estrela de influência feliz." Em silêncio na varanda do apartamento em Copacabana, nenhum filho em casa e ninguém para dividir a dúvida se eu ouvira direito, me perguntei se era um desejo meu, o que eu mais queria acreditar: que existe e vai brilhar hoje uma estrela de influência feliz.

Espantada, leio a confissão de Buñuel em sua autobiografia, *Meu último suspiro*, que até seus vinte e cinco anos achava revoltante ver um homem e uma mulher beijarem-se na rua e julgava obsceno um rapaz e uma moça poderem viver juntos fora do casamento. Quatro anos depois, ele filma, com Salvador Dalí, *Un chien andalou* e um ano depois *L'Age d'or*, o filme do amor louco, um escândalo, sua exibição foi proibida por cinquenta anos. Veloz é o mundo para quem se abre a ele. Leio o livro e me demoro na frase que abre um parágrafo: o acaso é o grande senhor de todas as coisas.

Também me espanta ler Jô Nesbo, autor norueguês de sangrentos romances policiais, cara e jeito de punk, criador de um investigador tabagista e alcoólatra, de temperamento excêntrico e irascível, em entrevista a jornais ingleses: "Nem o futuro mais cintilante pode criar estradas que nos levem de volta ao que havia antes – à inocência da infância ou à primeira vez que experimentamos o amor." Somos todos nostálgicos? Românticos? O que nos faz acreditar que o passado foi bom, melhor do que hoje?

A verdade é que ando atormentada. Em geral otimista, os maus pressentimentos não me largam. Baixou uma sombra. O olho do furacão. Antonio reclama de minha distância; "nunca está onde está, nunca está a meu lado, nunca fala para mim, nunca a sinto perto de mim." Talvez eu envelheça? Sexo já foi importante, hoje ocupa lugar tão pequeno na minha vida... Trabalho muito, estou cansada. Vício e paixão desde a adolescência, tem nos salvado o cinema: adoramos o argentino *A história oficial* e amamos *Pixote*. Vi o filme e entrei num curso com o roteirista, Jorge Durán, um chileno que vive no Brasil: quero aprender a escrever roteiros, quem sabe um passo para meu sonhado futuro livro. Primeira tarefa: roteirizar um conto de Machado de Assis: noites acordada, horas trabalhando. O medo de soltar a fantasia e a criatividade, temo o desatamento e a loucura. Segundo trabalho: roteirizar uma obra que nos tenha impressionado e escolhi *Tão triste quanto ela*, um conto de Onetti que li anos atrás e nunca esqueci: era história entalada na minha garganta, a conhecia de cor, muitas vezes imaginei suas cenas, saiu um roteiro médio.

Terceira tarefa: criar um roteiro original e imaginei um filme sobre a amizade entre duas mulheres de origens e classes sociais diferentes, sua troca de experiências e visões de mundo. Críticas de Durán: falta tensão. Invejo quem cria, algo me amarra, não consigo ir adiante. Tenho o vocabulário, conheço a gramática, li uma tonelada de livros, os instrumentos existem. O que falta? Talento, empenho, dedicação? Parar e fazer? Enquanto isto, horas e horas de cinema e leitura; *Blade Runner, Apocalypse Now, Ligações perigosas.* Redescobrimos Glauber, Scorsese, Woody Allen, Almodóvar, Kubrick, sempre. Rotina. Livros, livros, livros. Filhos, filhos, filhos. Amigos. Afetos.

Tem horas que Antonio e eu é bem-bom. Apaixonados sinto que nunca fomos, surgimos na vida do outro na hora certa, me faz muito bem, tem sido companheiro em horas difíceis, não pede mais do que posso dar. É suave, mais do que eu (vivo aos saltos) e faz voltar em mim uma doçura perdida. O trabalho segue sem problemas, o escritório vai bem. Continuo o curso de filosofia com Henrique Antoun e recebi convite para dar aulas de assessoria de imprensa na faculdade de jornalismo. Toco a vida pra frente. Os meninos vivem uma fase tranquila, e não fosse o eventual cheiro de baseado e a turma que inunda o quarto dos rapazes para ler *Playboy* e *Fórum* e falar de mulher pelada, quem sabe para um coletivo festival de punhetas (quando reclamo do entra e sai: "Você não é a maior fã de Fellini? Que tal lembrar *Amarcord* e a cena do carro?"), nada me preocupa. Talvez envelheça? Queria viver como meu amigo Pedro, que vem jantar e se diz um homem sem tristezas, nem remorsos – ando emaranhada entre os dois. Colega de faculdade, Ângela publicou livro de poemas semana passada e fomos ao lançamento: "Não mais pertenço a tribo ou clã... nem mesmo me possuem cor ou sexo." Já eu pertenço a tribo, sou membro de clã, tenho cor e me pesa o sexo. É possível viver com menos travas? Por que fujo do voo?

E tem Flávia, vem ao telefone, tosse, pigarreia e conta mentiras. Hannnelore não ajuda, as duas se acumpliciam – sei quem comanda o acerto. Chegam e vejo como é difícil a convivência: sumiu a menina safada, Flávia se tranca cheia de caprichos, só faz o que quer e fuma sem parar, se autodestrói à vista de todos. "É adulta, para de querer resolver os problemas dela", diz a amiga. Noites e noites dormindo mal, recorri a dr. Sérgio, que me acompanha há anos: pediu exames, viu tudo, decretou: "Fisicamente está ótima, resultados esplêndidos, não há por que se sentir cansada." Me mandou tomar umas vitaminas, umas gotinhas à noite, mudar um pouco de vida, quem sabe?

Hora de inventar: comecei a remar na Lagoa – saio da sede do Botafogo de manhã cedinho e me meto numa canoa por uma hora, quatro vezes por semana. Me lanço ao novo, me abro, me redescubro. A primeira vez que me vi sozinha, um céu deslumbrante e eu lá, perto do Corte de Cantagalo, rodopiei o barco e olhei em volta esta cidade que adoro, segurei o agito do coração. Trezentos e sessenta graus de Rio de Janeiro! "Meu Deus", disse para mim mesma, "não quero nunca esquecer o que vejo agora, quero olhar tudo, armazenar, registrar, agarrar este momento precioso." Um gosto bom de vida me invadiu, era isto o que eu mais precisava.

MORRER

Outubro: Hannnelore telefonou para dizer que Flávia não está bem, vem de três pneumonias seguidas, tem o pulmão comprometido: "Sofre, não consegue respirar." Tosse sem parar, tem febre alta e quer vir para perto de nós. Chegou muito mal, tuberculosa como tantos anos antes nosso pai – fraca, etérea, desembarcou em maca, máscara de oxigênio no rosto – e, nem terminado o exame, o olhar do médico denunciou a gravidade. O tempo todo deitada – em raras manhãs, mãos dadas com a companheira, sai por meia hora para caminhar à beira-mar e eu a vejo de longe, caniço que se dobra ao vento, saída de praia florida, chapelão na cabeça e os cabelos coloridos, o passo sem firmeza: volta sem fôlego, se joga vestida no sofá ou dormita a tarde inteira. Um sopro. Dela escondemos pequenas manchas de sangue nos lençóis.

Insistiu que fôssemos consultar um paranormal, referência em curas miraculosas. Guiados por uma amiga, saímos numa madrugada escura para um bairro próximo a Jacarepaguá, mapa na mão, até um enorme descampado – o sítio de um rico empresário que tributava ao médium a cura do filho paralítico. Em um galpão coberto, se alinhavam centenas de macas, uma tinha o nome de Flávia. Nós a deitamos com cuidado, aguardávamos. O quê? Silêncio. Aqui e ali, gemidos, soluços. Mais uns minutos e saltou de um helicóptero um homem corpulento, feições indígenas, vestido num avental branco: segundo acreditavam, incorporava o espírito de um famoso médico, morto há mais de cem anos. Silêncio. Percorreu os leitos enfileirados – não fazia perguntas e raramente se detinha diante de um ou outro – e sem que víssemos uma gota de sangue ou se ouvisse um grito ou expressão de dor, fazia em alguns doentes curtos cortes, ágeis e precisos como só os fariam hábeis cirurgiões, com instrumentos rústicos que trazia numa mala carregada por "enfermeiros" auxiliares – e escolhidos a cada caso: uma navalha, uma faca, um canivete, uma minisserra doméstica. O corte a frio, nenhuma gota de sangue. Minha cabeça rodava.

Vinha se aproximando, e tive o impulso de ir embora. O que fazíamos ali? Quem é este homem, que forças representa, por que confiar? Me continha: não cobra nada, não pode ser farsante quem vem de longe para dar consultas, atender centenas de pessoas. Um charlatão não resistiria a tanta frustração. Via brilhar a esperança no rosto da multidão miserável e desesperada, que implorava em grandes gestos a atenção do curandeiro. Sem fixar os olhos em nada ou ninguém, deslizava entre as macas, intangível, incorpóreo. *Um charlatão?* Então, foi chegando perto, mais perto e deu-se o assombroso: a dez passos de Flávia, ele parou e retesou-se, narinas abertas, ele farejou o ar, deu um ronco abafado e entrou em transe – o corpo se contorcia, a cabeça girou para trás, o rosto se repuxou em esgares. Dois, três minutos? Recompôs-se, aproximou-se mais, se curvou quase tocando o chão em reverência a Antonio e Hannnelore, fez em Flávia um carinho na cabeça, mirou o alto e "sob inspiração dos espíritos" falou em voz autoritária e grossa, que poderia vir de homem ou de mulher: "Você aí que faz música de cordas, vive longe e tem companheira mulher, está curada, seu pedido foi atendido, volte para casa." E vimos Flávia levantar-se como ressuscitada, o corpo ereto e forte. Olhava para frente, despertava de um sonho mau. Calei meus medos, larguei as suspeitas, acreditei: eu vira. "Alguns são predestinados", mamãe dizia. Lázaro redivivo no tanque de Betesda. As Bodas de Caná. Milagres existem. Hannnelore sorria, cintilavam os olhos de Flávia. Atordoado, Antonio tomava notas, e, entrevistado para um programa da TV sobre mediunidade, confessou não ter explicação para o que acabara de ver: "Estou atônito, nenhum ramo da ciência explicaria, o que sei eu de forças e energia além das que nossos sentidos podem perceber?"

Entre suspiros, desespero e súplicas, nos dirigimos para o carro, em meio a pessoas que abriam caminho, se curvavam, queriam tocar a roupa, o corpo de Flávia. Outros a hostilizavam, cuspiam à sua passagem, gritavam: "Por que a graça para você e não para mim?" *Alguns são predestinados.* E a vimos caminhar entre as alas quase sem pisar no chão, uma divindade pairando na terra batida, leve, leve, na manhã que emergia. No carro, exaltada, se abraçava à companheira, beijava Antonio, fazia planos mirabolantes, cantava à janela, jurava retomar a carreira, programava viagens: "Agora é viver muito e depressa, agarrar o tempo, não o deixar escapar. E vou largar o cigarro." Deixamos as duas em Ipanema: queria comprar roupas, fazer o cabelo, comemorar, sair por aí, ver gente *saudável nas ruas*. Renascia. Na volta, exibiu as compras: sapato prateado de salto altíssimo, quatro vestidos transparentes, longos, esvoaçantes. *Tanto tesão, vontade de vida*. Provoquei-a: "Que lugar tão importante você vai assim fluida, vestida de ninfa?" Deu de ombros, voltaria à agenda de dez, doze concertos por ano: "Quero estar pronta e linda, saudar vestida de gala as reviravoltas da vida." Cabriolava pela casa, entregava-se a arroubos infantis: de repente, se entupia de chocolate e passava mal, voltou a roer unhas, horas e horas na banheira quente cheirando a sais de banho, retomou o violino, desabrochou, *ela quer, ama a vida, vai conseguir*. Chamava Hannnelore, pedia-lhe para cantar "aquela" canção. Cobramos: prometeu parar de fumar. "Não consigo", gemia. Pegava minha mão: "O tempo não volta, o que está feito está feito." Os meninos a rodearam de novo, contava histórias picantes, criava imitações. Minutos depois, sozinha comigo, apertava meu braço, "Estou com medo." Tudo tão veloz! Tudo tão fugaz! Saudamos a convalescência, a casa transbordou de música – redescobrimos Egberto Gismonti, o CD *Mágico* foi o som daquele ano – o chapelão voltou à orla, Hannnelore retomou os sucos e as tramas e eu, meus cursos, o banheiro se povoava de toalhas manchadas com tintas de cabelos – louros, vermelhos, castanhos – e, à noite, a sala voltou a se encher de falas e amigos, alguém descobria um resto de pizza, armava uns sanduíches. Os meninos voltaram a discutir e brigar; às vésperas da mudança para Marselha, Vinicius retomou as aulas com Heitor, nessas alturas superconhecido no mundo do rock. Antonio trazia baseados: cúmplices, ele e Flávia se escondiam e Hannnelore fingia se indignar. Vivíamos entre o pânico e a euforia: de quimono japonês, na aragem das manhãs deliciosas do quase verão, Flávia lagarteava na varanda ensolarada, cortava uma flor que punha na orelha, provocante, acompanhava ao violino o canto de Hannnelore – a moleque ressurgia (sozinha, apertava meu braço: "estou com medo"). Se adornou de colares de fibras coloridas, que lhe tecia Hannnelore. Então, aconteceu que uma manhã voltando da caminhada, cabelos molhados do mar, ela contou: "Um mendigo louro e feio, de barba e brinco numa orelha só, apontou pássaros negros no céu: 'Voam para as ilhas, fogem da tormenta, fuja você também.'' Mau agouro, explicou. Maus presságios, acreditou. Semana seguinte, andava pela casa, sufocava, resistia a levantar. Paralisados pelo indecifrável, pelo espantoso, nos dobrávamos à sua tirania ácida, depois à deliciosa esperança. *Alguns são predestinados*. Tudo tão veloz! Tudo tão fugaz! "Sabe, Celina, vocês sempre me acusaram de excêntrica. Melhor seria: existiria em mim um centro a ser conservado. Mas se nem sei se existe e onde fica, em mim sempre este desgarramento..." Dois meses e o mundo desabou sobre nossa cabeça. O tear emudeceu. De Flávia, só reconhecível a tosse, a tosse nervosa de quem nunca parou de fumar. Perdeu o controle dos músculos da fala e as palavras saíam com esforço, desarticuladas. Inconformada, raivosa, gesticulava, tentava escrever – as mãos não obedeciam, dilacerava metros de papel – saíam garatujas ilegíveis. Os olhos despejavam faíscas e revolta. Os lençóis se molharam de manchas vermelhas.

Insistiram na internação, "melhores recursos, melhor assistência". Chegou ao hospital inconsciente: cinquenta e oito dias no CTI – lugar de trevas, cheiros e sons e dor e uma luz muito branca que cega os olhos e nunca se apaga, médicos e plantonistas insones em movimento agitado – máscaras, gorros, luvas, sapatos especiais, desinfeta a mão, desinfeta a mão – máquinas, dezenas de máquinas ligadas, ponteiros enlouquecidos, sinal vermelho piscante, silvos, pressa, pressa, urgência! A vida sempre fugindo. Visitas: uma hora e meia por dia. No resto do tempo – um dia é uma eternidade: dá para criar a luz, separar o céu do mar, separar a água da terra, fazer crescerem as árvores, dividir o dia e a noite, criar os peixes, as aves e todas as espécies de animais, criar o homem, de sua costela, a mulher. Em um dia, se morre. Nos esforçávamos para manter a rotina, eu tinha que trabalhar, Hannnelore tecia quilômetros de tripas de lã, os meninos estudavam, andavam na ponta do pé e se escondiam nos quartos, visitas vinham e sumiam, era – mais uma vez – esperar, esperar, mais um dia, mais um dia, agora em sala cheirando a éter e sons e dor. A morte, em busca de mais outro. A ceifadeira. A indesejada.

Todos os dias me levanto e cambaleio: *não vou aguentar entrar naquela sala.*

Entrava. Um cheiro! Trocavam sua camisola, vi o corpo supliciado: buracos de sondas, tubos, marcas roxas, fios e cortes. O corpo tocado sem cuidado, virado de um lado para o outro, não gemia, não reagia. Rezei: "Deus, não faz isto com ela não. Leva se chegou a hora, mas chega de machucar." Há anos eu não rezava. Vinte dias e entrou em coma, os olhos se esvaziaram. Os médicos fingiam não ver e os amigos vinham tocar para ela, baixinho, na sala cheirando a éter. Hannnelore cantou a seu ouvido, lavava, perfumava seus cabelos. Em delírio, suas mãos faziam deslizar o arco em um instrumento imaginário – acompanhávamos o solo silencioso. Sempre me consolou imaginar que a paixão pela música e sua desenfreada fantasia a alimentaram até o último sopro. Tenaz, a vida resistia, depois parecia escapar-lhe. Não sofria, nenhum sinal de angústia, *talvez já morrera?* Até quando vida é vida? Novamente resistia, o corpo retesava, surpreendia. E de novo a desistência, se abandonava. Chamamos Isabel, não podia deixar o convento, declarou-se em contínua oração, e nos enviou uma mensagem dolorida:

"Não posso estar com vocês, mas não entendam minha ausência como falta de amor. Na minha guardada ternura, nos vejo caminhando cada qual na direção do que acredita, buscando relações integrais, verdades e acontecimentos inteiros. Nunca o parcial, o comum. No entanto, hoje me pergunto: o que é uma vida comum? Gosto de acreditar que somos gente verdadeira e íntegra e amo muito cada um de vocês. Cito o Eclesiastes: 'Tudo tem um tempo determinado e há tempo para todo propósito debaixo do céu: há tempo para nascer e tempo de morrer, tempo de plantar e tempo de arrancar o que se plantou'. *Para quem tem fé, morte é liberação, descanso das aflições, tristezas, tentações, perseguições. Enquanto não chega a minha hora, aprendo a suportar meus limites, entre eles a dificuldade de conviver com o incessante, minha vida inteira em busca de migalhas de serenidade. Lembram do nosso*

amigo de juventude, o Marcos, que puxava meu cabelo e dizia: 'Isabel, Isabel, você só sabe ser feliz explodindo?' só a clausura suporta meus arrebatamentos. Por isto, me recolho. Acho que se eu não estivesse aqui, nos braços de Deus, eu não teria resistido".

O doutor, roupa branca respingada de sangue, o rei da vida e da morte: "Vamos tentar um tratamento de última geração que surtiu resultado bla, bla, bla", nem me esperou responder, célere saiu, batendo porta. Irrompi em sua sala, minutos depois: alguma chance de voltar a viver com um mínimo de qualidade? "Quem sabe ganha alguns dias, quem sabe..." Também não o deixei concluir. Chega, não façam mais nada, deixem minha irmã morrer em paz.

Nunca saberemos se poderia ser diferente, se valeria fazer mais, o que faltou. Se ela tivesse parado de fumar? Não tivesse ido para Viena? Não se descobrisse homossexual? Se? Se? Em que momento o fim se tornou via única? "O que tem que ser tem muita força", dizia a vó Brozinha. Morreu sem recobrar a consciência, sozinha naquele lugar tão triste – Hannnelore descera para almoçar. Segundo os médicos, poucos minutos antes, ela se agitou, abriu os olhos e parecia procurar, tentou se levantar, as mãos tatearam o espaço, os cabelos curtos esvoaçaram. Talvez ainda desejasse e a vida lhe disse não.

Descobrimos o insuportável sofrimento (não vivido em Minas, onde contamos com o apoio de parentes) de enterrar nossos mortos: sem ar, sem pausa, em dor, tínhamos prazo exíguo para escolher o caixão, de preços, madeira e acabamentos variados – entre figuras de um catálogo – requisitar atestado de óbito, fazer e distribuir dezenas de cópias, avisar à Santa Casa, comunicar aos amigos, vestir Flávia, reservar a capela para o velório, redigir anúncio para os jornais, dar baixa e pagar o hospital, recolher seus pertences, encomendar a missa. A morte é severa, rigorosa, exige liturgia, burocracia. Papéis, papéis. Atestados. Formulários, formalidades. Rituais fúnebres demandam tempo. Hannnelore cuidaria de Viena.

Uma noite, antes de embarcar de volta, falamos de Flávia: "Ela me expandiu, ampliou meus afetos. Até conhecê-la eu me julgava feliz, pensava não ter falta de nada. Nos apaixonamos e vi como era possível ser muito mais, em mim descobri territórios intocados. Adiei o quanto pude: sua intensidade me acenava com um destino talvez mais arriscado do que eu suportaria. Depois, me rendi e agradeço à vida, vi como antes tudo era pobre e miúdo, como me contentava com pouco." Conviver com Hannnelore foi sempre desafiante e nunca mais conheci alguém que acreditasse tanto no Brasil. Despediu-se enrolando em meu pescoço uma estola de listas coloridas. E com o seu rosto bem perto do meu, segredou-me: "Não se esqueça: *amor fati.*" Em desamparo, repeti *amor fati.* E ela se foi. E descobri que todos nós a amávamos, não apenas Flávia.

Mil vezes me perguntei o que quis dizer a manifestação do espírita, por que, entre tantos suplicantes, minha irmã fora escolhida? Por que a mensagem de cura? Hannnelore escolheu sua resposta: o médium teria visto a morte iminente e decidiu presentear Flávia com um tempo de esperança. "Tornou a confiar, ganhou cinquenta dias de pura graça, provou de novo o gosto de ser feliz, melhor assim." Apagar memórias dolorosas, revesti-las de fantasias, é um reconfortante mecanismo de defesa: foi seu jeito de seguir em frente. De Viena, nos enviou livros, vestidos e coisas de Flávia – guardamos alguma coisa, Vinicius quis o violino, distribuímos o resto entre amigos, tão pouco! Cinco ou seis meses e Hannnelore retomou sua carreira. Dois anos, e comunicou estar amando: me convidava a conhecer sua companheira, peruana e também musicista, toca Cravo na Orquestra Nacional da Áustria. Devem se amar, devem estar felizes, descobrindo as riquezas das ruínas incas: aquela alemãzinha de origem tão triste descobriu, não sei como nem onde, a chave que andei sempre buscando e não encontrei.

Meses atrás, recebi dela uma mensagem: contava que nas férias de verão rodaram pelo interior da Alemanha em trabalho voluntário, na colheita de uvas: "Nossas mãos e unhas estão ainda tingidas de vermelho... dias lindos e o sol e a alegria nos tomaram: acordávamos nas primeiras horas do dia e subíamos as colinas, percorríamos os vinhedos, voltávamos com balaios cheios e pesados. Ao final do dia, nos reuníamos para um lanche servido numa mesa improvisada, sob as árvores – uma refeição regada a vinho, com tortas salgadas e bolos feitos em casa. Para quem está acostumado não é nada, mas em três dias nossas colunas gritaram e tivemos que desistir. Ficamos ainda alguns dias, assumimos o serviço do café…" Era meu filme fetiche, *As coisas da vida*, revivido por Hannnelore e Pilar, entre as vinhas às margens do Reno.

Outra pergunta me faço: quando alguém morre, para onde vão sua determinação, a graça, as qualidades, sua vitalidade, o que o constituía? Os sonhos que sonhou? Os sonhos de uma pessoa viva não morrem – hoje eu sei – eles se transformam em coisa outra, em novos sonhos. Mas de gente que morre vira o quê? Li, em Henry Miller: "O sonho sobrevive depois do sonhador enterrado." Onde? Nas mãos de quem ficam os sonhos?

Três viagens fizemos com Flávia e Hannnelore, e quando me sento neste canto da sala, escuto o amado concerto para violino de Mendelssohn e reúno lembranças, vejo que cada uma deixou uma impressão singular, cada uma nos exigiu e retribuiu de forma diversa, como peças de teatro de gênero, falas, personagens e épocas distintas. A palavra que primeiro me ocorre para definir o que meu coração guardou é *pentimento*. Não a conhecia: é título de livro da escritora americana Lilian Hellmann e fala da alteração de uma pintura que se pode perceber por sob a última forma, indícios de uma coisa outra, de outra versão possível, como se o artista mudasse de ideia durante o processo, mas não conseguisse (ou não quisesse) apagar de todo o que criara originalmente. Então, não se perde o gesto, ele se mantém ali, escamoteado e difuso, mas o que é entregue à visão do público é a forma final, ficando o tratamento anterior como uma espécie de rascunho, o esboço de uma intenção, substituída por outra, mais forte.

Vem à memória a palavra, em processo inverso: no sentido contrário ao gesto que aprimora, ao traço que busca a forma mais perfeita e a torna definitiva, quanto mais recente a lembrança menos física, mais diluída, menos reconhecível e nítidos os contornos de Flávia, como se a cobrissem véus, camadas e camadas de véus. O mais fraco se sobrepõe e impõe a sombra, o límpido se embaça. Da viagem ao Nordeste ficou o alarido, a intensidade, o cheiro e gosto forte das comidas, o ávido olhar e o contínuo encantamento de Hannnelore que alimentavam Flávia: o tema desta temporada é prazer. Quando Antonio e eu viajamos pela Europa guiados pelas duas, era tudo tão novo, víamos pela primeira vez o que só conhecíamos ou ouvíramos falar nos livros e se houve momentos de temor por Flávia, ela se alegrava e se fortalecia com a nossa alegria, prevalecia a confiança, eram sensíveis o desejo e o amor pela companheira, conseguiria recuperar-se. O tema desta viagem é movimento. Minas: medo, medo, frio, portas fechadas, bocas lacradas, tosse, respiração opressa, montanhas. Sinos. Não fossem os enlouquecidos minutos de saias arregaçadas e do irisado da água que arrepiava nossas coxas, restariam desamparo, desesperança e certeza de morte.

Por anos e anos, não consegui escrever uma linha. Nada mais sobrava do mundo da infância. Era isto que eu pensava nos meus quarenta e nove anos. *Uma mulher velha. Uma mulher dilacerada.*

Pensei *tão absurda a vida,* me fechei como uma ostra. Novamente anos de hibernação, agora não por felicidade. De raro em raro, punha a cara pra fora da carapaça: os amigos e restos de amor à vida me ajudaram e continuei a conviver, amar, me amolar, me alegrar, me preocupar, me irritar com os filhos – meu fio terra, ligação com o essencial – a trabalhar e dar aulas. Busquei de novo dr. Rubens (outro fio terra), fiquei mais três anos com ele e há pouco iniciei terapia com a dra. Beth Brick, li e reli livros, descobri e estudei Deleuze e Espinoza: *"Para de me pedir perdão. Não há nada a perdoar. Se eu te fiz... Eu te enchi de paixões, de limitações, de prazeres, de sentimentos, de necessidades, de incoerências (...). Como posso te culpar se respondes a algo que pus em ti?" Espinoza!*Voltei a me maravilhar. *Vó Brozinha tinha razão, a gente tem forças que desconhece.*

Então, chegou a vez de Júlio, e sobre isto eu não quero, não aguento escrever. É ferida aberta, ainda não. Arrebentei, sucumbi, *desta vez não me levanto mais.* Saía para o trabalho, no caminho batia a cabeça nas paredes, nos muros. Antonio telefonava, eu fugia. Vinha, não me encontrava. Eu, cada vez mais brava. Dar conta de cada dia era uma façanha sobre-humana: levantava, arrumava minha cama e pensava *faltam só doze horas para voltar a este quarto e dormir.* E não dormia. Ninguém na casa conseguia, era dor demais, tropeçávamos uns nos outros às cegas, no corredor. Um rancor na minha alma! À época, uma outra mãe, figura pública, viu o filho ser baleado e morto por traficantes, expunha sua indignação, brandia cartazes nas ruas: "Cadeia para os assassinos de meu filho", ameaçava, denunciava, insultava. A quem acusar da morte do meu? A quem cobrar? Quem me deve a vida de meu filho? "Morreu", dizem, "de morte natural." É *natural* morrer aos vinte e três anos?

Tempos de Collor, de confisco e humilhação. De um desastroso plano econômico. De roubo, ostentação e mau gosto. De vale-tudo. O dinheiro preso com o governo. Veio a impagável conta do hospital: "Avanços da tecnologia, exames avançados, equipes especializadas, cirurgião famosíssimo" – a sogra vendeu tapetes e um resto de prataria, vendi relógio que herdei do pai e a cama de bronze, presente da mãe, e Mauro vendeu o carro, vieram buscar alguns móveis. Um Brasil triste. Júlio morreu em vinte e quatro horas de ruptura de aneurisma, a cirurgia foi malsucedida, não nos foi concedida a ilusão da esperança, nenhuma piedade. Uma dor de cabeça lancinante, gritos, convulsões, a morte. Assim. Como não se enlouquece em momento como este?

Digo que não quero, não aguento escrever, ainda não, é ferida aberta, mas escrevo: desaforado, chegava do colégio de camisa rasgada e arranhado nos braços, se engalfinhava com os maiores, me cobrava isto, cobrava aquilo, sonhava consertar o mundo e iniciara um trabalho voluntário na Rocinha. Ia se casar. A noiva vem e falamos sobre ele, lembramos fatos, vemos fotos: sonhadora, ela conta como se conheceram, um dia de mar bravo e ondas altas e ele a abraçou e protegeu, lembra as corridas pela orla. Ah, o acaso! Deixou também inúmeros amores inventados, viajava a trabalho, se enamorava por aí como um marinheiro e se atrapalhava, misturava nomes: "Desde os seis, sete anos, nunca tive um minuto sem estar apaixonado." Cada um se defendeu como pôde: a salvação veio em forma de amores tresloucados, paixões cegas, mudança de país, bebida e drogas, viagens. Me enrijecia, azedei, asperei, amarguei, afundava e brigava com o mundo."Tanta raiva neste seu um metro e meio", acusava Antonio, acuado por meus altos e baixos: queria ajudar e eu o repelia, queria se aproximar, eu o rejeitava. Esta, aliás, uma característica de minha gente: não sabemos dividir tristezas, a dor nos encaramuja. De repente e com razão, ele tinha medo de mim: "Cada vez mais difícil. Não consigo chegar perto." Suave demais, o Antonio: não dava conta de minha ferocidade. Meses depois não aguentou a pressão e candidatou-se à vaga de professor em escola do Paraná – à despedida, meus olhos aliviados viram alívio nos seus. *Menos um para me refletir e julgar:* empobrecida, eu me defendia, guardava e economizava afetos, não sobrava para ele. Não sobrava para mim. Não foi um fim difícil, fora os filhos, nada me importava mesmo. Por alguns meses tive saudades, combinávamos encontros, depois não mais, o tempo não para. Hannnelore veio uma vez, ficou pouco e se despediu depressa, foi embora jurando voltar e não voltou: em carta, escreveu não suportar nos ver tão tristes, queria guardar nossa imagem de outrora. Escreve cartas frequentes, jura que vem um dia, prometo que um dia eu vou.

Veio o Natal: pra todos os efeitos a data não existe, não faremos nada, reuniões onde somamos à dor de um a dos outros são um martírio, a ausência cresce e ocupa tudo. Em carne viva, na rua encontrei o amigo Bernardo, arquiteto – há quanto tempo não o via? – me abraçou: "Soube de sua perda, como está?", minha voz embargou e ele segurou meu rosto, me obrigou a olhar seus olhos: "Lembre-se todos os minutos que tem outros filhos e que eles precisam de você." Contou de um único irmão, morto aos treze anos e que desde então nunca mais seus pais abriram as janelas, nunca abandonaram o preto e o luto, o pai médico fechou a clínica, a morte tomou a casa da Urca: "Eu tinha quinze anos, estava vivo e eles não me viam. Fizesse eu o que fizesse, falasse o que falasse, eu não existia para eles, *minha presença não significava*. Perdi a voz. Aos dezoito, tentei o suicídio pela primeira vez de uma série, um processo depressivo do qual só me livrei perto dos quarenta. Nunca deixe seus filhos pensarem que não valem todo o seu esforço rumo à vida." Enxuguei os olhos. Eles valiam e me rasguei e me esforcei. O milagre de Natal, o nascimento: armamos a árvore e o presépio, ceamos, festejamos a data, recordamos falas, fatos e estripulias de Júlio e outros tempos. Brindamos. A força do simbólico se cumpriu, a consolação veio, saboreamos a paz e naquela noite dormi sem pesadelos. Não mais vi Bernardo, nunca mais soube dele, não tem ideia do quanto representou.

Sufocava. Para não desistir, me dediquei a jogos mágicos: longos anos passei atribuindo significados cabalísticos a gestos banais, preenchia a ocupação mais trivial com indicações e sinais obsessivos, me exauri ao buscar compreender combinações e fórmulas ocultas que eu mesma engendrara. O mundo, as ruas, as placas de carro, os números, cada caminhada se abarrotava de indicações.

Qualquer coisa servia para simular garantias e me fazer acreditar no domínio sobre o acaso. Eu, que tanto amara os acasos. Recorri ao psiquiatra, precisava de remédios; consulta bem cedo pela manhã e depois corria para o trabalho. Chorava, falava de fraqueza e capitulação: "Vir arrumada e de brincos às sete e meia da manhã é sua forma de afirmar que em você a vida é mais forte que a morte. Você vai ultrapassar a dor." Apontou para o que eu mesma não percebia. Fui me ajeitando com a morte. Com a vida. Com meu destino? Mas não conseguia escrever uma linha. Não saía. Escrever era revisitar dias escuros e eu não conseguia juntar o luto à claridade. Fui ler meus cadernos. Os filhos vinham, nos abraçávamos. Sentiam saudades de uma Celina que acreditava haver mais na vida do que comer, trabalhar e dormir. Nem os livros me pacificavam: páginas cheias de palavras sem sentido, em mim não medrava a fantasia. Do amigo Marcos, recebi: "Você sempre foi craque em reinventar-se: esta é a hora, use seu talento."

E então, vieram os caras pintadas e lavaram nossa alma, os jovens de rosto verde e amarelo. Collor foi embora, e vi no movimento o símbolo de coisa nova, pensei em como Júlio gostaria de estar ali, como a vida se renova e nova onda de confiança tomou meu coração. O que aconteceu fora repercutiu no dentro e uma fagulha reacendeu em mim. Mas de peito aberto, nunca mais fui.

Moro sozinha há anos, os filhos tomaram rumo. Não fui nunca uma mãe "cômoda", em parte creio ter acertado: são meus amigos e nos amamos, cada um vive sua vida, dentro do possível escolhe seus caminhos. Me apego à solidão e independência (ou me submeto?). "Ao mesmo tempo, generosa na entrega e individualista. Não sei como se arranja para conciliar forças tão diversas", Flávia dizia. Nunca conciliei: vida afora ficaram como dois lados sem tangência. Gosto de estar sozinha em casa, leio, escrevo, ouço música, vejo vídeos, arrasto a sandália de dedo, creme na cara e no cabelo, a calça velha cai, tem que trocar o elástico da cintura. Depois, a roupa bonita, o brinco e o batom, o sapato alto, os olhos delineados e saio alvoroçada para estar com os amigos, os filhos e agora os netos, e para o cinema, os cursos e tantas coisas que me interessam. Saio para o encontro. As duas sou eu. O sim e o não, crença e descrença.

Não há nada mais desejável que não ter medo. Gostaria de dizer a todos que eu amo: confiem na vida, sabendo que é assim, bom e ruim, claro e escuro. Desde que li, em Antonio Candido: "*Porque há para todos nós um problema sério... este problema é o do medo*" e em Drummond: "*E fomos educados para o medo... Nossos filhos, tão felizes... fiéis herdeiros do medo*", lutei e luto para escapar. É difícil. As perdas, as mortes, as rupturas me trouxeram o medo de... E de. E de. Tantos des... O medo nos cristaliza em medo. Antes atraída para a experimentação, me sinto prisioneira do mesmo. Letícia lembra um caso: "Ele parece você, *antes* da morte de Júlio"... "ela é assustada como você, *depois* da morte"... "foi naquele almoço, você vestida de verde, *antes* da morte de Júlio"... A marca está lá, o marco está lá.

Resolvi me mudar. Vou deixar esta casa, suas paredes, seus corredores: testemunham perdas demais. Neles está gravada a imagem da mulher que não dorme, das portas fechadas, dos encontros e choros calados, das despedidas. Neles, ecoam as mesmas e velhas perguntas, minha obsessão de entender. Vou me mudar, quem sabe abrir de novo os braços, revisitar a vida. Sei hoje que nada, nem a sabedoria, nem todo o esforço e sofrimento nos livra do tempo, mas acredito ser possível inventar outro espaço. Aprendo com Cecília Meireles: "*Se desmorono ou se edifico, se permaneço ou me desfaço, não sei, não sei. Não sei se fico ou passo.*"

Vou me mudar.

"Não adianta, o que a gente sente leva para onde for", disseram amigos. Respondo que não recuso a tristeza, é parte de mim, a que tenho vai comigo. Meu patrimônio. As coisas que foram são para sempre. Deixam rastros. Como o afundado no assento da poltrona onde o pai lia o jornal, a dobra nas páginas dos capítulos III e IV do livro de Elizabeth Lescur – o preferido de minha mãe – e a cor meio amarela da página tão manuseada do Evangelho de Mateus 7:7: "*Pedi e recebereis, batei e vos será aberto, buscai e achareis...*" (*o que ele queria tanto?*), na qual o filho, criado por mãe distante da igreja, deixou escrito o número um e a observação "o trecho mais bonito do Livro." O filho que morreu de morte natural. Segui suas pegadas e conheci o padre José Roberto, a paróquia da Ressurreição e uma fé positiva, acolhedora e plena de vitalidade. A semente mirrada ganhou vida com Vilma e no grupo da Bíblia da casa generosa de Botafogo, sempre de portas abertas no fundo de vila, de Cecília e Luiz Paulo, onde vivíamos o milagre da multiplicação das cadeiras: chegasse quem chegasse era bem-vindo, encontrava lugar, ouvia a Palavra. Vacilante, reencontrei Deus. Explicam-me: "É assim com todo mundo, em meio à dor as pessoas correm e Deus é solução prática e confortável. Está ali à mão, a gente se arruma e rearruma o mundo, puro conformismo." Dispenso a racionalidade: julgada perdida, a fé – tíbia, hesitante, sufocada por pedras e urtigas – voltou. Eu a busquei e comemoro sua volta.

Se não posso apagar rastros, deixo coisas para trás. E levo os cadernos, onde encerrei meus excessos. Registram dores, raiva, inveja, mágoas e ressentimentos, recusa e medos, mas também meus cuidados, fascínios, paixão, descobertas, conciliação e sonhos – forças de resistência, como o brinco às sete e meia da manhã. Matéria-prima do sempre sonhado e adiado projeto de escrever um livro. Sobre a gente de uma família amorosa (*que podia ser a minha*). De uma família severa, frágil e forte, competitiva e complicada (*que podia ser a minha*). Gente fiel a si mesma (*que podia ser a minha*), que em meio ao desalento, aos tropeções e às amarras, às ameaças de dissolução e ao tremer dos alicerces, não se furtou a acreditar nos seus valores e a fruir, sofrer e viver com coragem as complicadas, difíceis circunstâncias de seu tempo (*que foi o meu*).

Vou pegar meus cadernos e escrever. Abrir-me para o que não vivo e desejo, o que pode estar à frente e vejo como possível, ainda. Para mim, hoje – viver é virar-me ao avesso e curvar-me ao mistério sem respostas da vida, obra sempre aberta, rio que transborda de seu leito. O corpo é frágil, o emocional é sensível – pensava que a idade nos fazia mais forte, dá-se o contrário – mas é este o meu tempo. Busco *desaprender* para gozar o mergulho de cabeça neste mundo turbulento e fraturado – espelho de meu coração, turbulento e fraturado. Mundo que é minha casa. É meu endereço. Enquanto.

Assim expira o mundo
Assim expira o mundo
Assim expira o mundo
Não com uma explosão, mas com um suspiro.

T.S Eliot – "Os homens Ocos". Poeta, crítico, ensaísta, dramaturgo. Buscou, na tradição cultural do passado, o sentido de um tempo presente que, por estar sempre vindo a sê-lo, fosse também futuro. Sua obra é a um só tempo clássica e moderna e foi integralmente traduzida para o português pelo poeta Ivan Junqueira.

Então,

convidada para a vida, a mulher se descobriu pesada, entulhada, virada para trás, uma estátua de sal. O que fazer com tanta lembrança? Recolheu das estantes, dos cantos, das cômodas, das malas, os cadernos empoeirados – seu orgulho, seu escudo, vestimenta e desconforto. E como prezava a integridade das histórias verdadeiras, relia, cortava, buscava reconhecer e separar o que era fantasia do real, a invenção do engano, a dor da alegria, o bonito do feio, o pequeno do valioso: *deste, me lembro um pedaço; isto, aconteceu de fato?a irmã falava assim? isto, melhor esquecer; esta mágoa, me pertence? terá havido este encontro?* Quase desistiu e adiou outra vez, tinha vergonha de desvendar-se e muito medo da dor. E medo de contar e ficar vazia e nua – porque ela era a história e sem a história o que era ela?

Seu tempo é curto. (Tão curto o tempo de uma vida)

Então, ela prendeu num coque seu cabelo ralo e grisalho e se sentou em frente ao laptop e pensou *a verdade não tem tanta importância, de coisas da vida, gente, tempo e sentimento, ninguém nunca tem certeza mesmo. Vou contar de meu jeito, é assim que sei contar.*

E digitou:

Tempos atrás, éramos quatro. Quatro mulheres, quatro irmãs.

A história vai começar.

1ª edição – setembro de 2012 – 1.000 exemplares
Capa: Cartão supremo 250 g/m²
Miolo: Pólen bold 90 g/m²
Fonte: Albertina – texto
Museo Sans – títulos